Bjørn Berge

"EXUBERANTEMENTE DIVERTIDO E INTELIGENTE, RECHEADO E FATOS INUSITADOS"
DAGBLADET

MAY10
7-PM

LUGAR NENHUM

UM ATLAS DE PAÍSES QUE DEIXARAM DE EXISTIR 1840 - 1975

Bjørn Berge

LUGAR NENHUM

UM ATLAS DE PAÍSES QUE DEIXARAM DE EXISTIR 1840 - 1975

Traduzido do norueguês por Leonardo Pinto Silva

Grafia atualizada segundo o Acordo Ortográfico da Língua Portuguesa de 1990, que entrou em vigor no Brasil em 2009.

Esta tradução foi publicada com o apoio de NORLA.

Edição: Felipe Damorim e Leonardo Garzaro
Tradução: Leonardo Pinto Silva
Arte: Vinícius Oliveira
Revisão: Ana Helena Oliveira, Lígia Garzaro e Josué Silva
Preparação: Leonardo Garzaro

Catalogação na publicação
Elaborada por Bibliotecária Janaina Ramos – CRB-8/9166

B495

Berge, Bjørn

Lugar Nenhum: o atlas dos países que deixaram de existir / Bjørn Berge; Tradução de Leonardo Pinto Silva – Santo André - SP: Rua do Sabão, 2021.

Título original: Landene som Forsvant

236 p., il.; 21,5 X 15 cm

ISBN 978-65-86460-14-8

1. História. 2. Século XX. 3. Filatelia. 4. Selos. I. Berge, Bjørn. II. Silva, Leonardo Pinto (Tradução). III. Título.

CDD 909.82

Índice para catálogo sistemático

I. História mundial : Século XX : Filatelia

Rua da Fonte, 275, sala 62 B, 09040-270 — Santo André — SP

www.editoraruadosabao.com.br
/editoraruadosabao /editoraruadosabao /editoraruadosabao /editorarua /edit_ruadosabao

NORLA
Norwegian
Literature
Abroad

Índice

Prefácio

> A história, como a própria vida, é por demais complexa; nem a vida nem a história são para aqueles que buscam simplicidade ou consistência.
>
> JARED DIAMOND [1]

Saber o lugar que ocupo no mundo sempre foi, para mim, sinônimo de encontrar um sentido para a própria vida.

A cada verão, faço um retiro de uma semana para vagar à toa pelo litoral da Europa. Sistematicamente, vou percorrendo cada baía e cada porto, perambulando pelas faixas de areia, atravessando diques, chova ou faça sol. Levei mais de dez anos para percorrer a distância de Hirtshals, no norte da Dinamarca, até Boulogne-sur-Mer, no sul da França, e cada passo que dei ficou impregnado em mim como um mapa ao qual meu próprio corpo serve de suporte para armazenar sensações, cheiros, cores e sons. Lenta, mas decididamente, vou conquistando o *planeta*.

Com certa tristeza, fui me dando conta de que seria muito difícil dar a volta completa ao mundo. Talvez fosse o caso de mudar de tática e passar o resto dos meus dias caminhando, ano após ano. Seria uma tarefa impossível, decerto, seja do ponto de vista físico ou de qualquer outro. Consciente disso, dei início a dois projetos paralelos cujo ponto em comum é permitir, em vez disso, que o mundo venha até mim.

O primeiro é recolher destroços que a maré arrasta para a praia próxima de casa — plástico, madeira, o que quer que seja. Pouco importam atributos como beleza ou valor. Interessa a mim que os objetos tragam consigo marcas da jornada que empreenderam, de modo que eu possa reconstruí-la. Estabeleci, então, um padrão que gradualmente vai dando a volta no planeta, abraçando-o como se fosse um amigo íntimo. A joia da minha coroa é uma lata de metal, incrustada de algas e cracas marinhas, inscrita com letras do alfabeto *hudum*. Pode ser que tenha vindo da Mongólia ou da República Federativa de Tuva, na Rússia. Em ambos os casos, originou-se num país que sequer faz fronteira com o mar, e deve ter completado a primeira perna da sua jornada descendo o rio Ienissei, através da Sibéria, até desaguar no oceano Ártico. O fato de que ainda continua lacrada deixa o objeto ainda mais interessante, mas não chega a surpreender. As bolhas de gás carbônico impedem que a maioria dessas latas afundem. Não sei o que há nesta lata *hudum*, mas uma coisa é certa: ela só será aberta no meu leito de morte.

Há também minha coleção de selos. Coleciono selos, mas não quaisquer uns. Meu objetivo é amealhar um selo de cada país ou regime que existiu desde a edição do primeiro "Penny Black", na Inglaterra, em 1840. Um selo virgem pouco me interessa. Quanto mais indícios de uso denunciando sua trajetória, mais valor terá para mim. Eu o seguro nas mãos, sinto seu cheiro, acaricio-o com a ponta dos dedos, passo a língua sobre ele. Sinto o gosto da goma arábica farelenta, do amido, do colágeno

1 Jared Diamond (2012): *Colapso. Como as sociedades escolhem o fracasso ou o sucesso.* Tradução norueguesa por Anne Arneberg.

ou, no melhor dos casos, de algo indefinível que talvez provenha de um passado e de um lugar demasiado remotos. Impressões e sensações que me são alheias, mas das quais passo a fazer parte à medida que me ocorrem.

É assim que vou desbravando o mundo, a partir destas três vertentes distintas, com um simples pinçar de dedos.

O ponto de partida do livro que você tem em mãos **é** a vertente que mais reverencio a cada dia, os selos, e aborda uma série de países que não mais existem. Neste particular, não falta matéria-prima. Em todo o mundo, passa da casa do milhar o número de regimes que já se julgaram importantes o suficiente para emitir selos. Alguns possuem nomes enigmáticos como *Obock*, *Sedang* e *Cabo Juby*, que poucos de nós associamos a qualquer coisa. Outros podem nos evocar lembranças invariavelmente infelizes, como *Biafra* e *fome* ou *Bhopal* e *catástrofe ambiental*. Embora muitas das denominações soem quase inocentes, atrás delas, sem exceção, esconde-se um relato de manipulação e uso do poder. Demarcar os limites geográficos de um determinado território jamais foi sinônimo de incremento da felicidade e do bem-estar dos seus habitantes. Exemplo muito claro disso podemos ver na África e no Oriente Médio, onde as potências coloniais raramente observaram as fronteiras tribais, e também nos Bálcãs, onde o cabo de guerra entre Ocidente e Oriente resultou num êxodo de diversos povos, cujas consequências podem ser vistas até hoje, materializadas em conflitos sangrentos.

Os padrões gráficos dos selos mostram, com grande precisão, aquilo que de fato são — a representação de uma cultura quase inteiramente masculina, que consiste em monarcas em pompa e circunstância, monumentos louvando conquistas militares e heróis de todos os tipos, de preferência representados como pavões empertigados ou gorilas de peito estufado. Antropólogos e etnólogos não teriam dificuldade em caracterizar esse comportamento como pura e simples *ostentação*, cujo propósito principal é conquistar poder (e, em segundo plano, *mulheres*), valendo-se sobretudo do exagero e da fanfarronice.[2]

Ainda somos, nós homens, escravos da testosterona. Pelo menos é assim que transparece no mais das vezes. Há, obviamente, outras razões para ir à guerra. Uma delas é o tédio, que alguns podem até classificar como uma espécie de ânsia de aventura. De vez em quando, todos sentimos a necessidade de viver uma experiência extraordinária, que transcenda a nossa existência, não importa se para o bem ou para o mal, não importa se dela triunfaremos ou sairemos derrotados. Quer se trate de um imperador, de um presidente ou de um carismático primeiro-ministro, esse movimento vai ganhando ímpeto e se expande até contagiar o ânimo do soldado mais raso na frente de batalha. Até mulheres se rendem à inebriante sensação de estar à mercê de um sentimento selvagem e violento. Não pelo bem da humanidade, mas para satisfazer nossos próprios caprichos humanos. Em geral, volta-se para casa cabisbaixo, carregando no peito a sensação vazia de ter se deixado seduzir por uma modorrenta contenda de egos, nem mais, nem menos.[3]

Justificar guerras e conquistas em nome da testosterona ou do tédio não é, evidentemente, um pretexto legítimo nem para monarcas, nem para presidentes, nem para os demais de-

2 Terje Bongard & Eivin Røskaft (2010): *De biologiske mennesket*.
3 Harald Høiback (2014): *Krigskunstens historie fra 1500 til i dag*.

tentores do poder. Em vez disso, costuma-se mencionar carências materiais, necessidade de ampliar mercados e ter acesso a matérias-primas a fim de manter ou aumentar o consumo interno, ou ainda alegar que é preciso resgatar um vizinho das mãos de um déspota ou impor um regime ou religião para o bem comum. Estas justificativas tendem a se sobrepor, mas, qualquer que seja a razão para criar um novo país, o que importa é o seguinte: o plano funciona durante um determinado intervalo de tempo, desde alguns dias a alguns séculos, mas a *derrocada* sempre sobrevém — tão certa quanto inexoravelmente.

Minha pesquisa está fundamentada em três níveis: os *selos* em si, os *testemunhos oculares* e as *interpretações históricas* posteriores.

Assim, os selos constituem o núcleo, uma espécie de atestado de que os países existiram de verdade. E, da mesma forma, uma prova material da mentira que de fato foram. Nos selos, os países exibem-se na exata medida de como desejam ser percebidos: mais confiáveis, liberais, complacentes, imponentes ou sofisticados do que a própria realidade. Por isso, devem ser interpretados como um veículo de propaganda em que a verdade sempre será subalterna. Mesmo assim, podemos confiar na sua consistência, cor, textura, cheiro e sabor com a mesma certeza que sentimos o gosto salobro da água do mar.

Em seguida, temos os relatos testemunhais, registros de primeira mão de autores em contato direto com os eventos. Reservei a estes textos um lugar especial, como se fossem fórmulas de um livro didático de matemática às quais podemos recorrer, tanto quanto possível, para evocar a verdade factual. Mesmo assim é preciso estar atento: também eles podem ser ilusórios e induzir a erros.

O terceiro e menos confiável nível é o conhecimento de segunda mão que nos chega por meio de historiadores e romancistas, desprovidos ou não de uma ideologia política evidente. São essas fontes que presidem as análises em retrospecto daquilo que realmente aconteceu. Tentei exercer um raciocínio crítico ao lidar com esse material, embora nem sempre tenha conseguido me assenhorear da situação. Historiadores acadêmicos costumam ser assépticos e têm um pendor por matraquear datas. Escritores tomam um caminho inteiramente oposto e terminam por romantizar eventos.

A fim de que o leitor possa aferir minhas interpretações e, ao mesmo tempo, ampliar sua própria experiência, relacionei algumas fontes bibliográficas. Em várias ocasiões, recomendei músicas e filmes e, em alguns casos, também receitas culinárias. Durante o processo de escrita, preparei algumas delas para entrar no espírito do país em questão e selecionei as mais efetivas.

Finalmente, desejo agradecer a todos que contribuíram para meu trabalho neste livro. Entre todos os bibliotecários do mundo, quero destacar Sofia Lersol Lund, Lars Mogensen, Stian Tveiten, Anette Rosenberg, Anna Fara Berge, Marie Rosenberg, Svanhild Naterstad, Trond Berge, Dag Roalkvam, Julio Pérez, Marco Pannaggi e Gerd Johnsen.

Antes que avance pelas páginas, caro leitor, quero enfatizar que esta obra absolutamente não se pretende um guia prático para aventureiros em busca dos vestígios de países e reinos já desaparecidos. Eles não cabem em nenhum pacote turístico e só poderiam ser visitados em viagens longas e complexas, recorrendo-se aos mais variados tipos de transporte, sob condições climáticas que ultrapassam quaisquer níveis de razoabilidade. Em vez disso, encare este livro como uma coletânea de contos de ninar para adultos embalarem seus sonhos.

Bjørn Berge,

Lista, primavera de 2016.

VANCOUVERØYA
NY BRUNSWICK
DANSK VESTINDIA
CORRIENTES

1840 ~a~ 1860

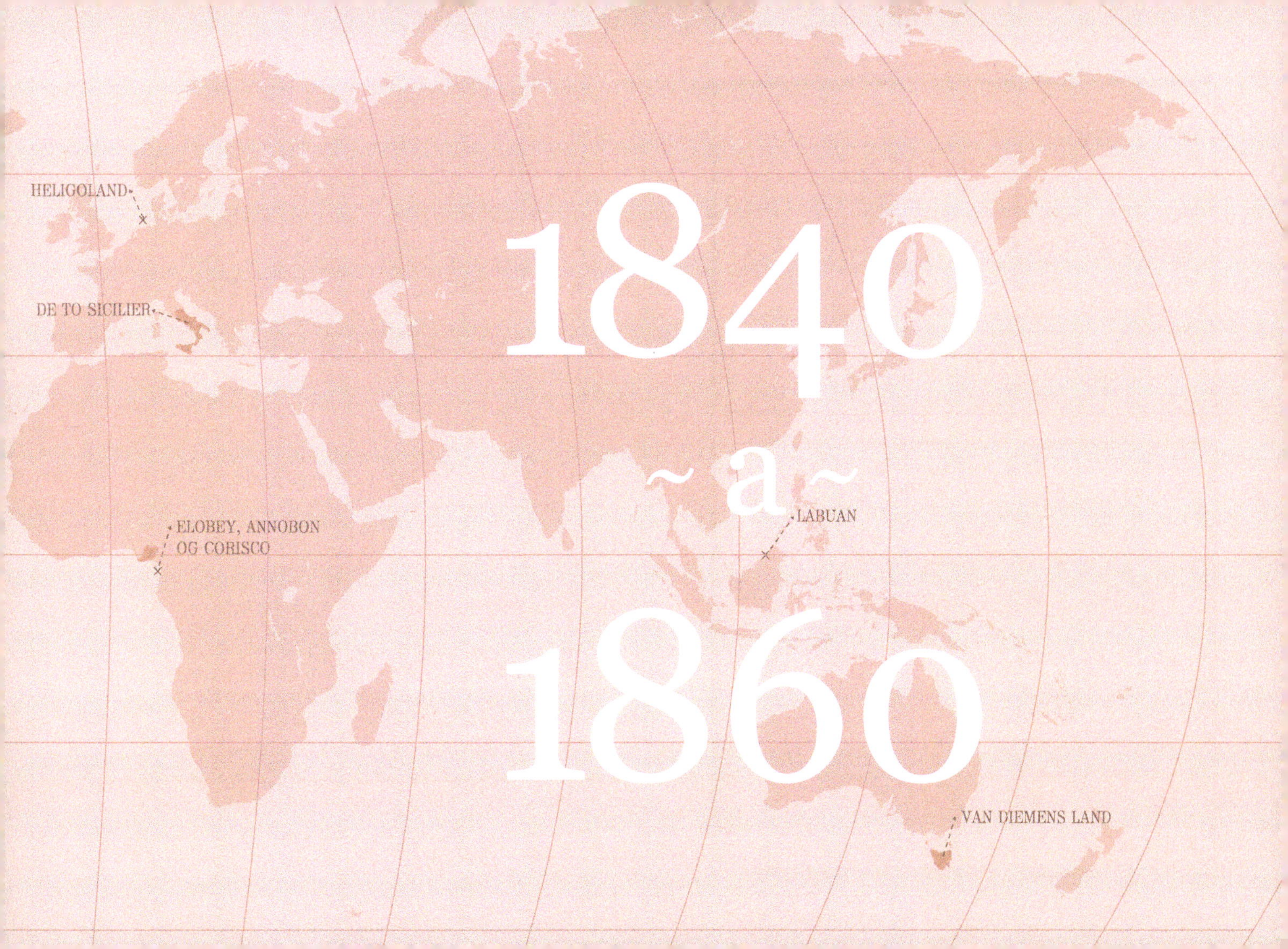
HELIGOLAND
DE TO SICILIER
ELOBEY, ANNOBON OG CORISCO
LABUAN
VAN DIEMENS LAND

PERÍODO:

1816–1860

PAÍS:

REINO DAS DUAS SICÍLIAS

POPULAÇÃO: 8.703.000

ÁREA: 111.900 km²

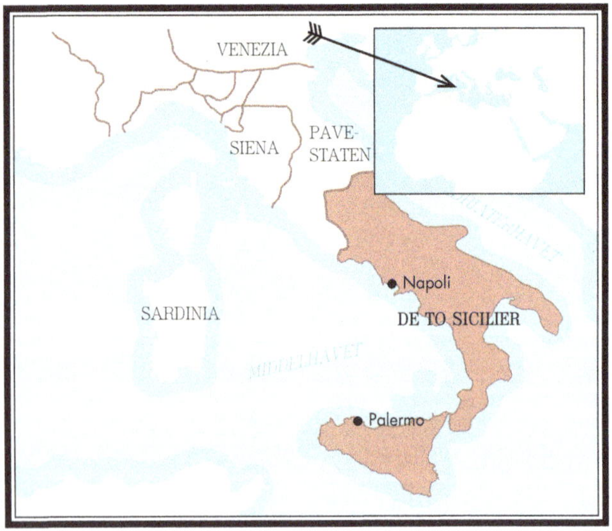

Aristocratas enfastiados e miséria infinita

Carnes, bolos, frutas e bolas de muçarela branca como a neve, em meio a pilhas de sardinhas picadas, entranhas e azeitonas, tudo amontoado como se fora um Vesúvio em miniatura, reluzindo sob o sol da tarde na calçada diante do castelo de Nápoles. Uma salva de canhões dá o sinal à multidão esfomeada. Dos balcões, ouvem-se os aplausos dos aristocratas refestelados. O rechonchudo rei Fernando I — aparentando mais nervosismo que os demais — tamborila os dedos sobre a balaustrada.[4]

Em 1759, ele assumira o trono contando apenas oito anos de idade. Ainda adolescente, sua maior preocupação era ter ideias mirabolantes para o próximo *Grand Galla*, uma das raras ocasiões em que travava algum contato mais próximo com o populacho.

Nápoles e Sicília tinham um histórico de união conhecida como *Reino das Duas Sicílias* quando, em 1735, o pai de Fernando I, Carlos III, da Espanha, repetiu o arranjo mais uma vez, agora tendo a cidade de Nápoles como capital. O território se estendia ao norte até a fronteira com os *Estados Papais* e era consideravelmente extenso para os parâmetros europeus.

Napoleão pôs fim a tanta indulgência em 1799, ao anexar a metade napolitana ao seu próprio reino. Fernando exilou-se na Sicília, protegido por uma poderosa armada britânica. Após

4 Susan Sontag (1992): *Volcano Lover: A Romance.*

o armistício do Congresso de Viena, em 1816, voltou ao poder, não sem antes assumir perante os britânicos o compromisso de realizar reformas sociais, algo em voga na Europa de então. Rapidamente esqueceu a promessa, contudo, e continuou como dantes, chefiando um governo autocrático que ignorava por completo as classes menos favorecidas.

A insatisfação da população urbana era crescente, levando a revoltas tanto na Sicília como em Nápoles. Fernando reagiu espalhando terror, infiltrando espiões e levando a cabo punições arbitrárias entre seus súditos, no que foi exemplarmente copiado por seus descendentes, em particular Fernando II — conhecido pela alcunha de *Re Bomba* depois que debelou uma insurreição em Palermo com disparos maciços e pouco precisos de canhões de sua própria armada.

A escritora britânica Julia Kavanagh cruzou o país de cima a baixo durante a década de 1850. Seu sonho de infância era escalar os vulcões Etna e Vesúvio, flanar pela natureza mediterrânea em vestidos de musselina e visitar as igrejas e ruínas dos antigos conquistadores, mas seu romantismo arrefeceu rapidamente, dando lugar a um diário de viagem permeado por relatos de injustiça, miséria, analfabetismo e decadência.

Antes de o navio que a levaria para a Sicília zarpar de Nápoles, alguns passageiros se reuniram no convés para observar um garoto que remava de barco em barco. Talvez tivesse nove anos. Vestia-se em trapos, mas tinha uma "feição serelepe". Enquanto se equilibra a bordo do barquinho, o menino executa um número de dança que começa com uma tarantela. Em seguida encarna um palhaço, entoa a breve ária de uma ópera para ser apunhalado no peito por um inimigo invisível e desfalecer no chão revirando os olhos. Demora um pouco para que ele se ponha novamente de pé, desta vez segurando uma boina nas mãos. Os espectadores lhe atiram alguns vinténs de cobre.

Julia Kavanagh dá um suspiro de alívio após o navio zarpar. "Nápoles gradualmente se afastou e certamente pareceu melhor a distância".[5]

A miséria era mais evidente nas cidades. Nas zonas urbanas, era menos comum alguém ir para cama com fome. Aqui a vida seguia seu rumo como antes, obedecendo a um padrão feudal que perdurava havia séculos.

No distrito de Cilento, um pouco ao sul de Nápoles, a paisagem se ergue das costas rochosas de onde despontam oliveiras silvestres, seringueiras e murtas, avança pelos bosques de carvalhos e espinheiros e ultrapassa o dossel das árvores até chegar a um ou outro pico encoberto pela neve eterna. As aldeias da região eram compactas, de casas amarronzadas com telhados vermelhos, apinhadas nas encostas e falésias, cercadas em sua maioria pelas muralhas das fortalezas. Ao lado da torre da igreja e de uma ocasional revoada de pombos, o que se vê erguendo a vista é somente o palácio dos nobres. Quanto mais se envereda pelas ruas sinuosas e estreitas de paralelepípedos, mais intenso é o fedor do esgoto a céu aberto e dos chiqueiros dos animais de criação.

As aldeias de Cilento sobrevivem até hoje. O visitante perceberá que o mau cheiro se foi. De resto, continuam parecendo terra de ninguém — não envelhecem nem se renovam —, como pequenos reinos de contos de fada. Que, de fato, eram. Todas

5 Julia Kavanagh (1858): *A summer and winter in The Two Sicilies*. No original: "Naples receded, and looked infinitely better for a little distance".

obedeciam ao poder central em Nápoles enquanto travavam entre si uma guerra perpétua.

As Duas Sicílias passam a emitir selos próprios em 1858, todos num tom marrom-alaranjado, provavelmente impressos com o pigmento barato do solo de Siena, ao norte, dissolvido em óleo de linhaça. A ilustração é o brasão de armas real, com um cavalo rampante e uma figura um tanto absurda de três ossos humanos dobrados, chamada *tríscele*. Ela é visível na metade direita do selo e data do tempo em que a Sicília era parte da Magna Grécia. A inspiração deve ter sido o formato triangular da ilha. O carimbo *ANNULLATO* indica que o selo foi usado e já não tinha valor. Ainda são visíveis os vestígios de cola. O gosto sabe a um quê de trigo.

As Duas Sicílias existiram até 1860, quando o rei Francisco II foi derrubado por rebeldes liderados por Giuseppe Garibaldi. Apoiado pelo reino da Sardenha, o revolucionário desembarcou na costa oeste siciliana liderando cerca de mil homens, em 11 de maio de 1860. Ao chegar, recebeu o reforço de três mil sicilianos, avançou sobre Palermo e logo depois atravessou o estreito de Messina até Nápoles.

Por meio de relatos dos próprios parentes, o escritor italiano Giuseppe Tomasi di Lampedusa teve acesso, em primeira mão, a esse episódio. No romance *O leopardo*, acompanhamos o ambivalente nobre Don Fabrizio Corbera nos últimos dias antes da queda de Palermo.[6] Ele e a família tinham — a exemplo do restante da aristocracia local — um séquito de criados que contava até com um padre particular. O palácio onde habitavam era ornado por afrescos de deuses romanos no teto e rodeado por jardins com gazebos de ferro fundido. Foi exatamente nesses jardins que ele sentiu o odor pútrido que emanava do cadáver de um jovem soldado do Quinto Batalhão de Caçadores. Ferido nos combates em San Lorenzo, ele caminhara até ali para morrer sozinho, sob a copa de um limoeiro.

Nas noites seguintes, a família Corbera acompanha a movimentação das tropas de Garibaldi acendendo fogueiras no alto das montanhas a sul e oeste, num silêncio ameaçador contra a cidadela real. Então, subitamente, o sobrinho Tancredi decide partir e se juntar aos rebeldes, mas, primeiro, vai à biblioteca, onde Don Fabrizio está na companhia do cão Bendico, e tenta justificar sua posição: "Se não nos aliarmos, instaurarão a república. Se queremos que tudo permaneça como está, é preciso mudarmos tudo. Entende o que eu digo?" Don Fabrizio não responde, mas belisca a orelha do cão com tal força que o pobre animal chega a ganir de dor, resistindo ainda imóvel, mas em sofrimento.[7]

O adeus de Tancredi causa comoção à mesa do jantar naquela noite. Don Fabrizio procura manter a fleuma explicando quão inúteis eram os desengonçados mosquetões do Exército Real, sem ranhuras nos canos, que disparavam balaços sem potência.

Tanto Tancredi como o resto da família sobrevivem aos distúrbios e vivem para ver a Itália unida num só país, sob o reinado de Vítor Emanuel II, da Sardenha. Imediatamente, o novo rei promove reformas com vistas a garantir alfabetização, seguridade social e assistência médica universais.

6 Giuseppe Tomasi di Lampedusa (1958): *Il Gattopardo*.

7 Ibid.

Ainda assim, o sul da Itália persiste como uma região mais pobre que o norte, e muitos dos seus habitantes em breve emigrariam para a América. Lá, a máfia os recebia de braços abertos, sobretudo aqueles mais radicais.

1858: Brasão de armas com lírios, tríscele e cavalo rampante

LIVROS

Julia Kavanagh (1858)

A summer and winter in the two Sicilies.

Giuseppe Tomasi di Lampedusa (2017)

Leoparden (O leopardo).

Susan Sontag (1993)

Mannen som elsket vulkaner (O amante do vulcão).

FILME

O leopardo (1963)

Roteiro de Giuseppe Tomasi di Lampedusa, direção Luchino Visconti.

Nápoles gradualmente se afastou e certamente pareceu melhor a distância

JULIA KAVANAGH

PERÍODO:

1807-1890

PAÍS:

HELIGOLÂNDIA

POPULAÇÃO: 2.200

ÁREA: 1,7 km²

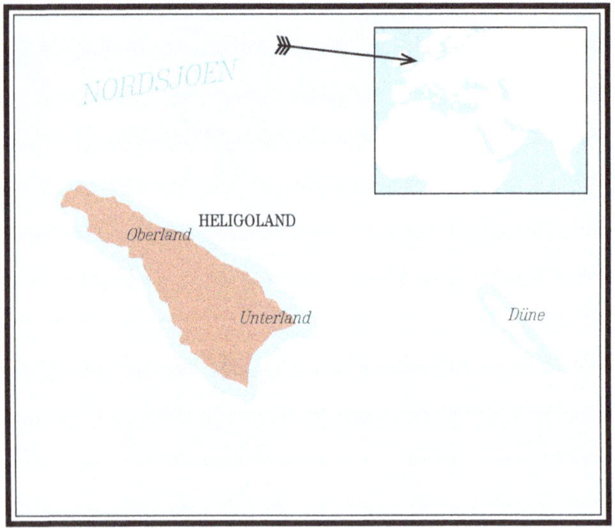

De arquipélago idílico a alvo de bombardeios

As duas pequenas ilhas que compõem Heligolândia — "Terra Santa" — situam-se a setenta quilômetros da costa ocidental da Alemanha e, provavelmente, são o remanescente de um arquipélago maior. Segundo o romano Tácito anotou na sua obra etnográfica Germania, *por volta do ano 98, o território se estendia por todo o delta do Elba a ponto de estreitar as margens de ambos os lados.[8] Reza a lenda que, durante a era cristã, Heligolândia abrigou nove paróquias e dois monastérios.*

O mar do Norte foi erodindo as ilhas pouco a pouco, impiedosamente, às vezes até reclamando pedaços maiores. Como em 1720, quando uma tempestade intensa partiu Heligolândia em duas. Da metade menor não sobrou mais que um banco de areia e conchas quebradiças. A outra metade é um paredão de rocha arenítica que se ergue quase na vertical, onde quebram as fortes ondas que vêm do noroeste, ao todo com um quilômetro de extensão e sessenta metros de altura, com uns quantos tufos de grama brotando na parte mais alta.

À primeira vista, Heligolândia parece um pedaço de terra infértil. No entanto, devido à localização privilegiada na rota das poderosas cidades hanseáticas e próximo da foz de vários rios alemães, o arquipélago sempre foi alvo de cobiça. De início serviu de base para corsários, depois como marco de navegação

8 Cornelius Tacitus (98): *Germania*.

e pesca. Em seguida, durante séculos a fio, foi sendo ocupada alternadamente pela Dinamarca e por diferentes coalizões germânicas até 1807, quando enfim foi capturada pela Inglaterra, sem resistência, depois que a Dinamarca se aliou a Napoleão. Para os britânicos, era fundamental manter um ponto de contato a fim de assegurar o comércio com o continente europeu.

Ao mesmo tempo, a ilha tornou-se um centro de espionagem contra as tropas napoleônicas, que, com o passar do tempo, dominaram toda a faixa costeira. A navegação comercial foi interrompida, e vários capitães passaram a servir como navegadores aos ingleses. Muitos sabiam de cor onde estavam os bancos de areia e sabiam se locomover pela região de olhos vendados. Brunsbüttel, Cuxhafen ou mesmo a foz do Elba até Glückstadt — *Geen problem!*

Em 1850, M. L'Estrange, filha de um oficial inglês, publica *Heligoland*, baseada nas vivências de infância que teve na ilha, por volta do ano 1820.[9] Devia ser uma senhora muito discreta, pois seu nome de batismo não consta nem na capa nem em qualquer outro trecho da obra.

O livro trata, sobretudo, de como ela e a irmã perdem os pais vitimados pela pneumonia e traça um retrato particularmente dramático dos últimos dois dias, mas também descreve como cresceram em segurança na ilha, que oferecia boas condições de vida para as famílias dos oficiais — vivam em casinhas próprias e tinham criados e cozinheiros. O barco-correio trazia duas refeições de carne fresca por semana e farinha, aveia, ervilha, arroz e rum em quantidade mais que suficiente para uma família "moderada" dar conta. Além disso, havia uma ampla oferta de artigos exóticos. Marinheiros passaram a contrabandear produtos coloniais britânicos para a Alemanha e a fazer o caminho inverso, trazendo cobiçadas mercadorias alemãs para as ilhas.

Ela prossegue descrevendo as duas aldeias da ilha principal: *Oberland*, no planalto, a oeste, e *Unterland*, na faixa de areia próxima ao porto, a sudeste. Os molhes de Unterland eram reservados para navios de maior calado, enquanto barcos de pescadores eram arrastados diretamente para a praia ao desembarcar. As construções eram compactas e consistiam em casas estreitas de três a quatro pisos, com janelas de peitoris íngremes voltadas para as vielas estreitas. Diferente das típicas construções frísias de tijolos vermelhos, a maioria das casas eram de madeira, dada à falta de materiais de construção — à exceção de um arenito de emprego duvidoso. Todo o resto precisava ser transportado d'além-mar, e tijolos são uma carga particularmente pesada.

Grande parte da vida da ilha gira em torno da escadaria íngreme que une as duas aldeias, que os homens percorrem à toa fumando cigarro e jogando conversa fora, enquanto as mulheres sobem e descem carregando cestas de pão e baldes d'água ou latas de leite da ordenha de cabras e ovelhas que pastam nos cumes, a oeste. As mulheres vestem saias longas escarlates e, no inverno, cobrem-se com capas tão apertadas que deixam visíveis somente seus olhos e a ponta dos narizes. "Os homens vestem roupas de tecido áspero, cosidas tão largas que seus pantalões mais parecem ceroulas, e camisolas afiveladas com enormes botões de madeira, igualmente largas à altura do colarinho, e protegem o alto da cabeça com gorros muito justos".[10]

9 M. L'Estrange & Anna Maria Wells (1850): *Heligoland or Reminiscences of Childhood: A Genuine Narrative of Facts.*

10 Ibid. No original: "The men dress in very coarse cloth, made so wide that their trousers look like petticoats, enormous wooden buttons, their throats much exposed, and little tight caps upon the very top of their heads".

Quando se cruza com alguém pelas ruas, primeiramente se deseja um "Boa noite" e, em seguida, ao se despedir, diz-se "Não me esqueças", em geral no dialeto local, *halunder*, uma derivação do frísio, cuja peculiaridade é a terminação dos nomes femininos em *o*: *Katherino, Anno, Mario.*

Dos poucos eventos a alterar a rotina diária das pessoas é a migração de tordos, galinholas e estorninhos, que fazem escala nas ilhas na primavera e no outono, quando cada um interrompe o que está fazendo e se põe a caçar as aves. Velhos ou jovens, mulheres ou homens, todos saem em disparada levando consigo a ferramenta que esteja disponível: redes, machados, ganchos e até pás, desde o alto dos penhascos até as areias da praia.

As guerras napoleônicas representaram um período de prosperidade para os ilhéus. Depois de estabelecida a Paz de Kiel, em 1814, porém, o contrabando diminuiu. Quando os últimos soldados britânicos deixaram a ilha, em 1821, o comércio também cessou abruptamente. Os armazéns ficaram vazios e os comerciantes se foram.

Havia então duas mil e duzentas almas habitando a ilha, e ninguém queria ir embora. Foi quando alguém deu a sugestão, aparentemente insana, de investir no turismo, uma ideia que não era exatamente despropositada. Na verdade, médicos britânicos haviam declarado, alguns anos antes, que banhos em água salgada estavam entre as atividades mais saudáveis que se podia imaginar, tanto mais se a água fosse fria. Se Heligolândia tinha algo em abundância era água salgada e fria, o ano inteiro. Os ilhéus decidiram apostar na ideia. Já em 1826, a ilha passou a ter um movimento feérico servindo como balneário para a elite abastada da Inglaterra, Prússia, Polônia e Rússia.

A ilha foi perdendo importância estratégica para os britânicos em função das mudanças políticas que dominaram a Europa ao longo do século XIX. Mesmo assim, emitiu seus próprios selos. Como de costume nas possessões britânicas, a estampa é a efígie da rainha Vitória. Chama atenção o fato de que são selos bicolores — algo que requer um processo de impressão mais trabalhoso e extremamente preciso —, sempre em vermelho e verde sobre papel branco. "Verde é a terra. Vermelho, os penhascos. Branca, a areia. Estas são as cores de Heligolândia".[11] Além disso, a efígie da rainha é em relevo. O exemplar que possuo está rasgado e engordurado, resultado de muita manipulação. Chego a sentir um certo odor rançoso quando o prendo entre os dedos e gentilmente lhe acaricio a superfície. O selo é um dos primeiros a serem emitidos e data de 1867, com porte declarado em xelins (*shillings*) ingleses. Após 1875, as emissões são feitas em centavos (*Pfennig*), evidenciando a gradual aproximação com o continente alemão.

Em 1890, como num jogo de tabuleiro, os ingleses decidiram oferecer Heligolândia à Alemanha em troca da ilha de Zanzibar, na costa leste da África. Os alemães aceitaram a oferta de imediato e passaram a chamá-la de Helgoland, sem o *i*, e de pronto estabeleceram uma base naval de grande importância estratégica tanto na Primeira como na Segunda Guerra Mundial. Diz-se que o cientista Werner Heisenberg, atormentado pela alergia que tinha a pólen e a feno, só conseguiu concluir o esboço de sua teoria atômica durante uma curta estadia na ilha, de vegetação quase estéril, em 1925.[12]

Nos últimos dias da Segunda Guerra, a ilha é bombardeada sem trégua pela aviação britânica. Os britânicos retomam o controle

11 Conforme poema num cartão postal enviado por L. von Sacher-Masoch: "Grün ist das Land. Roth ist die Kant. Weiss ist der Sand. Das sind die Farben von Heligoland".

12 John Gribbin (1985): *Uncertainty that settled many a doubt.* New Scientist 6.

ao fim das hostilidades. O relevo, que agora mais parece uma paisagem lunar, tingiu-se de um tom amarelo-esverdeado e já não apresenta mais nenhum sinal de vida. Heligolândia passa a ser usada como campo de tiro para caças e navios bélicos.

Em 1952, as ilhas foram devolvidas à Alemanha. Não possuem nenhum vestígio histórico além de uma ou outra cratera deixada pelas bombas. Sempre me surpreendo com o cheiro que emana do meu selo — seja ele de entranhas de peixe ou de óleo râncido —, um dos últimos vestígios concretos de uma civilização que outrora existiu.

1869-71: Efígie da rainha Vitória, da Inglaterra

LIVROS

M. L'Estrange & Anna Maria Wells (1850):

Heligoland or Reminiscences of Childhood: A Genuine Narrative of Facts.

Alex Ritsema (2007):

Helgoland, Past and Present.

Os homens vestem roupas de tecido áspero, cosidas tão largas que seus pantalões mais parecem ceroulas,e camisolas afiveladas com enormes botões de madeira, igualmente largas à altura do colarinho, e protegem o alto da cabeça com gorros muito justos

M. L'ESTRANGE

PERÍODO:

1784-1867

PAÍS:

NOVA BRUNSWICK

POPULAÇÃO:

193.800

ÁREA:

72.908 km²

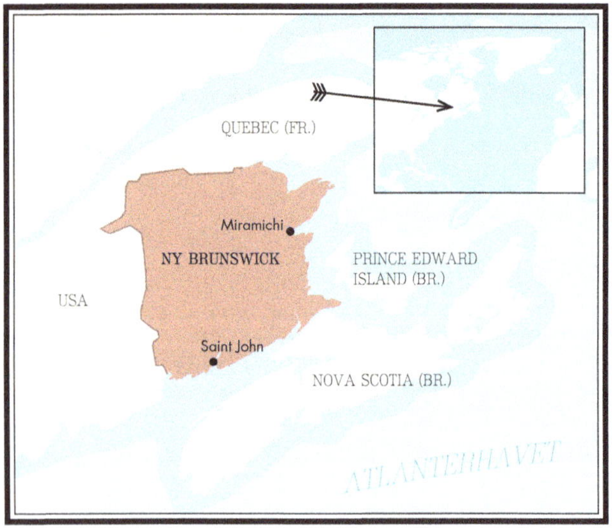

Imigrantes escondendo o jogo

Um dos onze selos emitidos pela colônia britânica de Nova Brunswick retrata um navio a vapor, o primeiro na história da filatelia. O selo foi impresso em 1860 e o navio parece ser o SS Hungarian, *um transatlântico de passageiros de propriedade da britânica Allan Line, que estreara no mar no transporte de imigrantes britânicos pelo Atlântico no ano anterior. A travessia passou a ter grande procura depois que as safras de batata da Irlanda começaram a quebrar dizimadas por uma praga. Costumava levar trinta e seis dias, mas as embarcações eram obrigadas a estocar água e provisões pelo dobro do período, para o caso de atrasos devido às tormentas. A temporada de viagens começava preferencialmente a partir do final da primavera, quando o clima era mais favorável.*

Em fevereiro de 1860, portanto, o SS *Hungarian* zarpou cedo e já se aproximava da costa após ter cruzado o Atlântico. A visibilidade é pouca e, a exemplo de tantas embarcações antes dele, o vapor termina indo a pique nos traiçoeiros bancos de areia da *Ilha do Cabo Sable*, ao sul da Nova Scotia, no Canadá. Os náufragos que escaparam da morte imediata podem ser vistos desde a terra, agarrados ao casco emborcado, mas os ventos fortes e a maré alta impedem quaisquer tentativas de resgate. Todos os duzentos e cinco a bordo sucumbiram.[13]

Para os imigrantes que viajavam em tempos mais favoráveis, a impressão inicial não era promissora. Os fiordes costumavam estar envoltos pela bruma decorrente das ondas, e a

13 Stuart Cameron & Bruce Biddulph (2015): *SS Hungarian*.

diferença entre as marés alta e baixa podia chegar a dezesseis metros. A faixa de praia dourada parecia hostil e lembrava a costa norueguesa assolada por correntes e ventos inclementes, segundo M. H. Perley. Ele descreve o desespero que poderia facilmente se abater sobre um recém-chegado:

> Os penhascos nus e as paredes de granito e de outros rochedos duros, as monótonas florestas de pinho, tudo lhe evoca na mente ideias de verdadeira desolação, tudo é sinônimo de solidão, pobreza e ermamento neste litoral.[14]

Perley — que na verdade era propagandista das autoridades de imigração britânicas — não revelou tudo que sabia, pois a pouca distância da costa atlântica, tem lugar uma mudança brusca. Ele cita um relatório que o major R. E. Robinson fizera a pedido do Parlamento Britânico: "No que respeita ao clima, solo e potencialidades, é impossível fazer jus a Nova Brunswick. Não há no mundo outro território tão abençoado com florestas e cursos de água".[15]

Um colega de Perley, o agrimensor Alexander Monro, concorda:

> ... um clima saudável, um solo excelente para fins agrícolas; madeira valiosa em inesgotáveis florestas, acessíveis ao largo de um extenso litoral e por rios navegáveis; vastos recursos minerais e mares e rios extraordinariamente piscosos.[16]

Que a vida na colônia tinha o seu lado negativo também é verdade, como se depreende quando Perley revela que tempestades de neve raramente ocorrem mais que quatro vezes ao ano. Ele acrescenta que a temperatura baixa trata de deixar a neve menos pesada que na Inglaterra e menciona, também, os riscos que oferecem ursos e lobos. Incidentalmente, menciona os mi'kmaq, a população nativa. São reconhecidamente subjugados, mas ainda guardam os ressentimentos e desilusões das derrotas militares impostas pelos franceses no século XVIII.

Os mi'kmaq eram nômades. Passavam os verões à beira-mar pescando, coletando ovos e caçando gansos. Nos invernos, abatiam alces no interior. A carne dos alces era moqueada e a pele era utilizada para fazer roupas e revestir suas tendas, chamadas *wigwams*. Um wigwam consistia numa estrutura cônica sustentada por troncos de pinho da grossura de um braço, calafetada com cascas de bétula atada à estrutura com raízes finas como barbante. Para resistir aos invernos rigorosos, uma camada interna de grama e musgo fornecia o isolamento térmico necessário.

É assim que vivem os mi'kmaq enquanto levas e levas de imigrantes vão desembarcando na região. Os indígenas tentam

14 M.H. Perley (1857): *A Hand-Book of Information for Emigrants to New-Brunswick.* No original: "The naked cliffs, or shelving shores, of granite or other hardened rocks, and the unvarying pine forests, awaken in his mind ideas of hopeless desolation, and poverty and barrenness appear necessarily to dwell within the iron-bound shores".

15 Ibid. No original: "Of the climate, soil and capabilities of New-Brunswick it is impossible to speak too highly. There is not a country in the world so beautifully wooded and watered".

16 Alexander Monro (1855): *New Brunswick; With a Brief Outline of Nova Scotia. Their History, Civil Divisions, Geography, and Production.* No original: "... a healthy climate; an excellent soil for agricultural purposes; inexhaustible forests of valuable timber, accessible by an extensive sea-board, and by navigable rivers; immense mineral resources, and an unparalleled coast and river fishery".

se manter ao largo, mas não conseguem deixar de ser influenciados pela presença dos forasteiros. As áreas de caça recrudescem e a aguardente vai ficando cada vez mais disponível.

Os navios de imigrantes aportam no cais de Saint John, uma aldeia improvisada de casas de madeira que, em pouco tempo, se tornou a cidade mais importante do lugar. Os passageiros precisam permanecer a bordo durante pelo menos quarenta e oito horas após a chegada, para evitar a propagação de doenças infecciosas. Os que apresentarem algum sintoma são isolados na estação de quarentena em terra firme.

Se algum passageiro for considerado "mentalmente débil, idiota, cego ou aleijado", o capitão do navio será obrigado a pagar uma multa de setenta e cinco libras, a fim de cobrir o custeio desse imigrante pelos primeiros três anos. Os demais passageiros rapidamente desembarcam e encontram acomodações.

Nas primeiras noites, as pessoas assistem a uma apresentação de uma dança chamada *step* no pátio da igreja. Alguns logo encontram ocupação nos estaleiros de Saint John e Miramichi, outros decidem esperar os comboios de carroças que chegam do interior e se aventuram de bom grado rumo a Northumberland, Glouchester ou Kent. Por toda parte, há leilões mensais de terrenos. O preço é de três xelins por acre, que pode ser pago trabalhando na pavimentação de vias públicas.[17]

A expedição de Leif Eriksson à Vinlândia certamente chegou a este mesmo território por volta do ano 1000, mas o explorador francês Jacques Cartier permanece como o descobridor oficial em nome do rei da França, em 1534. Enquanto os franceses usavam sua força para expulsar os índios para o interior, os britânicos ocupavam partes do arquipélago e estabeleciam a colônia de *Nova Scotia*, gradualmente expandida para o continente, a oeste, até se tornar independente em 1784. Ela recebeu o nome de Nova Brunswick em homenagem ao ducado de Braunschweig, no norte da Alemanha, onde o rei Jorge I, da Inglaterra, vivera a infância. A fronteira com o estado norte-americano do Maine foi objeto de uma disputa histórica, só definida no século XIX, durante a Guerra de Aroostook, que, a despeito do nome, não passou de um embate puramente jurídico.

Nova Brunswick foi incorporada como província pelo Canadá em 1867. Houve muitos protestos de pessoas que temiam ser abandonadas pelo governo central, mas a situação se inverteu na virada do século, com a ascensão de uma indústria papeleira cada vez mais ávida por matéria-prima.

Nova Brunswick é hoje a única província bilíngue do Canadá, onde tanto o inglês como o francês são ensinados nas escolas. A indústria florestal ainda tem sua importância, mas o ciclo de vida marinho há muito entrou em colapso e a pesca desapareceu. Dos mi'kmaq restaram apenas alguns milhares de indivíduos.

17 Ibid.

1860: Vapor transatlântico, possivelmente o *SS Hungarian*, da britânica Allan Line

LIVROS

Alexander Monro (1855):

New Brunswick; with a brief outline of Nova Scotia and Prince Edward Island. Their History, Civil Division, Geography, and Productions.

M.H. Perley (1857):

A Hand-Book of Information for Emigrants to New-Brunswick.

Wilson D. Wallis & Ruth Sawtell Wallis (1955):

The Micmac Indians of Eastern Canada.

Os penhascos nus e as paredes de granito e de outros rochedos duros, as monótonas florestas de pinho, tudo lhe evoca na mente ideias de verdadeira desolação, tudo é sinônimo de solidão, pobreza e ermamento neste litoral

M. H. PERLEY

PERÍODO:

1856–1875

PAÍS:

CORRIENTES

POPULAÇÃO: 6.000

ÁREA: 88.199 km²

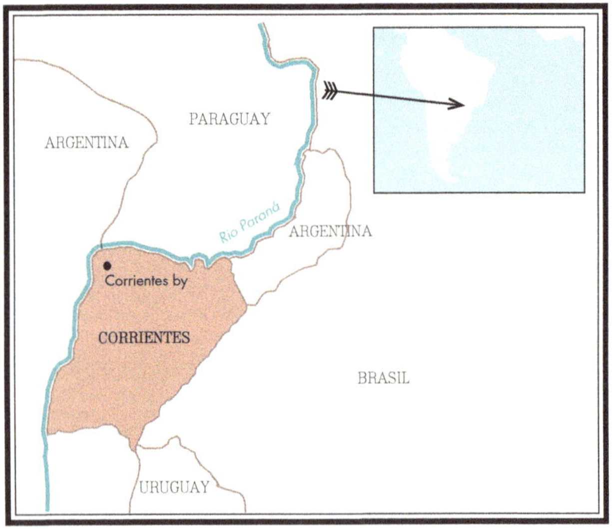

Uma fornada de selos

O escritor e jornalista norueguês Øvre Richter Frich aventurou-se pela província de Corrientes, na Argentina, no começo do século XX, e ambientou várias de suas novelas popularescas ali. Em Kondoren (O Condor)*, descreveu os verdejantes e ondulados relvados dos Pampas, salpicados aqui e ali pela sombra dos cardos.*

> Eles despontam num pequeno arbusto e podem alcançar vários metros de altura, avançando pela terra luxuriante como invencíveis guerreiros em armaduras (...) o viscacha, cão da pradaria, escava suas tocas no chão. Os macacos, os morcegos-vampiro e os pequenos jacarés dos trópicos, que não despertam da sua letargia exceto para abocanhar um indiozinho, estão à espreita pelos imensos charcos de Corrientes.[18]

Um pano de fundo e tanto para uma novela barata, é certo, mas, para o compatriota norueguês Georg Wedel-Jarlsberg, foi também o cenário onde teve seus pertences furtados ao viajar pela região, dez anos mais tarde. Ao reportar o ocorrido na prefeitura, foi discretamente puxado de lado pelo governador, que, suando em bicas pela testa, reconheceu: "Os habitantes de

18 Øvre Richter Frich (1912): *Kondoren. En Landflygtigs roman.*

Corrientes são a escória da república, a maioria pertence à raça romana, são covardes, malgrado serem também traiçoeiros e vingativos".[19]

Rebeliões locais e lutas pela autonomia no início do século XIX deixaram a Argentina muito próxima da independência após trezentos anos como colônia espanhola, mas o período que se seguiu foi tudo menos pacífico, marcado por conflitos internos e guerras civis.

As disputas dividiam, sobretudo, entre as províncias interiores e costeiras, e o pretexto de sempre eram a exploração dos rios e a divisão das verdejantes pastagens dos Pampas. Mesmo depois de promulgada a Constituição da Argentina, em 1854, os conflitos persistiram e resultaram num conglomerado um tanto frouxo de províncias relativamente autônomas.

Uma destas era Corrientes, no extremo nordeste. Aqui, o relevo de terras planas era perfeito para o cultivo de tabaco e algodão e nem tanto para a pecuária, devido às altas temperaturas e ao grande volume de chuvas. A província herdou o nome da maior cidade da região, fundada ainda em 1588 no planalto adjacente à margem ocidental do rio Paraná. O nome era uma abreviatura de *San Juan de Vera de las Siete Corrientes* e deriva das fortes correntes que circundavam as sete pequenas penínsulas espalhadas ao longo do braço do rio.

No seu apogeu, a cidade prosperou como rota de passagem dos jesuítas a caminho das missões nos Andes, a oeste, e no Amazonas, ao norte. Durante o século XIX, cresceu a um tamanho respeitável, com um par de igrejas e vários quarteirões de casas de tijolos pintadas em tom pastel que raramente tinham mais que uma laje — bem ao típico estilo colonial espanhol. O único elemento que sobressaía eram as árvores em abundância, sobretudo jacarandás e laranjeiras, cuja floração devia resultar num espetáculo ímpar.

Ainda em 1856, Corrientes, a primeira província argentina, emitiu selos próprios. Uma escaramuça com a província costeira de Buenos Aires havia eclodido mais uma vez, e Corrientes desejava marcar sua integridade mantendo um sistema postal próprio. Ao mesmo tempo, havia uma escassez de papel e de moedas inferiores a oito centavos. Por isso, decidiu-se imprimir selos que pudessem ser utilizados tanto para franquear correspondências como para servir de meio de pagamento.

Coube a tarefa a Pablo Emilio Coni, que dois anos antes assumira o cargo de diretor da tipografia provincial, mas não tinha a menor experiência na produção de placas de impressão. Foi quando veio em seu socorro o intrépido ajudante de padeiro Matias Pipet, gabando-se de ter sido aprendiz de gravador na Itália.[20] Quando os primeiros resultados do trabalho vieram à tona, ficou evidente que o jovem devia mesmo era estar entediado de tanto assar empanadas de farinha de mandioca.

Não é sabido o que os levou a copiar o primeiro selo postal francês, de 1849, com a efígie de *Ceres*, a deusa romana da agricultura e da fertilidade, mas há razões para crer que a província desejava estreitar seus laços com a república iluminista. De todo modo, a semelhança não era nada sutil. O traço do cacho de uvas preso aos cabelos é grosseiro, o nariz da deusa origina-se bem na testa e, em vez de uma aura divina, seu olhar

19 Georg Wedel-Jarlsberg (1913): *Da jeg var cowboy.*

20 Jack Child (2008): *Miniature Messages: The Semiotics and Politics of Latin American Postage Stamps.*

lhe empresta antes a aparência de quem parece padecer de uma enxaqueca aguda. É verdade que a qualidade da impressão, feita em madeira, vai gradativamente progredindo da primeira até a oitava e última placa. Pablo Emílio Coni relutou em aprovar o resultado, mas, premido pelo tempo, não lhe restou escolha.

A escassez de papel também era crônica em Corrientes, e os selos eram impressos em pequenos retalhos de papel de embrulho em variações desbotadas de azul, cinza e esverdeado. Feito de cana de açúcar, o papel originalmente era destinado a embalar artigos de exportação.

As primeiras edições trazem o valor impresso no rodapé dos selos, num campo que mais tarde, em 1860, foi raspado nas placas de impressão, num trabalho tosco executado a ponta de faca. Ao mesmo tempo, decidiu-se que a cor passaria a determinar o valor de face, ampliando-se o espectro com tons de rosa e amarelo-claro. Meu selo é deste tipo, e a cor rosa representa, provavelmente, um valor de três centavos.

A produção de selos manteve-se ativa até 1878, quando o serviço postal argentino foi nacionalizado. Tanto antes como depois, produziram-se falsificações cujo ponto em comum é a qualidade superior ao original. Por isso mesmo, não é de todo impossível que meu selo seja de fato autêntico.

Durante o século XX, Corrientes prosperou como uma província eminentemente agrícola. Mesmo assim, continua sendo uma das mais pobres da Argentina, cabendo a posse de metade das terras agricultáveis a apenas dois por cento dos habitantes, uma consequência da resistência histórica dos latifundiários às parcas iniciativas de reforma agrária. A família mais poderosa, Romero Feris, deteve o controle da maior parte da indústria tabagista até o fim do século XIX, e sempre tratou da província como se fora uma extensão dos seus negócios particulares.[21]

Depois de uma série de disputas eleitorais, em 1991, a população local e o governo central da Argentina deram um basta à situação. Acusado de malversação de recursos públicos, o então governador, "Tato" Romero Feris, foi apeado do cargo e preso.

1860: Ceres, deusa romana da agricultura e fertilidade, copiada do primeiro selo francês, de 1849

21 Patricia Fernández-Kelly & Jon Shefner (2006): *Out of the Shadows: Political Action and the Informal Economy in Latin America.*

RECEITA

Empanadas de carne e farinha de mandioca (10 unid.)

Massa:

500g de farinha de mandioca
180g de farinha de milho
sal

Recheio:

50g de pimentão verde
100g de cebola
1 dente de alho
25g de manteiga
250g de carne moída
1 ovo cozido duro
1/2 colher de chá de cominho
sal e pimenta

Preparo da massa: Rale a raiz da mandioca, cozinhe em água salgada e amasse até virar um purê. Adicione a farinha de milho e o sal até obter uma consistência firme.

Preparo do recheio: Refogue o pimentão, a cebola e o alho na manteiga. Acrescente a carne moída. Tempera com sal, pimenta e cominho. Pique o ovo cozido.

Montagem: Molde a massa em círculos de cerca de 13 cm de diâmetro. Recheie com a carne e o ovo picado. Dobre em formato de meia-lua e sele as bordas. Frite em óleo até obter um tom dourado.

LIVROS

Joseph Criscenti (1993):
Sarmiento and His Argentina.

Øvre Richter Frich (1912):
Kondoren. En Landflygtigs roman (*O condor. Um romance de refugiados*).

Georg Wedel-Jarlsberg (1913):
Da jeg var cowboy (*Quando fui um caubói*).

Os habitantes de Corrientes são a escória da república, a maioria pertence à raça romana, são covardes, malgrado serem também traiçoeiros e vingativos

GEORG WEDEL-JARLSBERG

PERÍODO:

1846–1906

PAÍS:

LABUÃO

POPULAÇÃO: 9.000

ÁREA: 92 km²

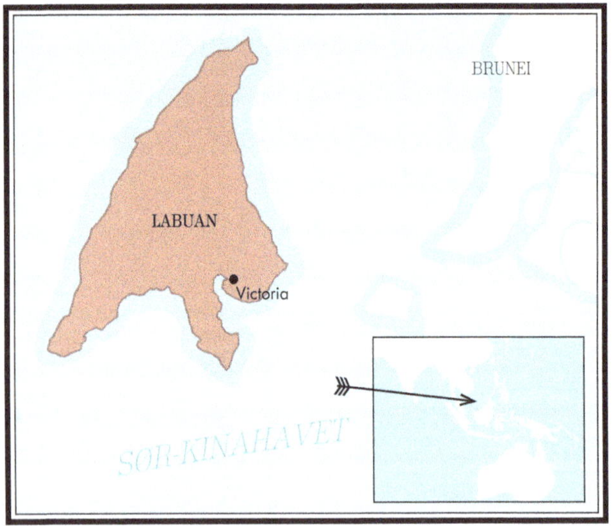

Ébrios no paraíso

A ilha de Labuão fica a poucos quilômetros a noroeste de Bornéu. Exceto pela colina Bukit Kubong, que se eleva a modestos 148 metros acima do nível do mar, o relevo de Labuão é bastante plano.

Quando os britânicos ainda cobiçavam a possibilidade de se apossar de uma ilha quase inabitada, tinham pela frente apenas uma barreira de floresta tropical inexpugnável, isto é, a menos que alguém conseguisse se aventurar por um labirinto de pântanos. Não obstante, condições de navegabilidade eram boas, e a localização próxima ao sul do mar da China asseguravam um excelente ponto de partida para enfrentar os muitos piratas que assolavam a região. Tão logo descobriram depósitos de carvão na superfície próximo a Bukit Kubong, os britânicos não tiveram mais dúvidas.

Pouco antes do Natal de 1846, o sultão Omar Ali Saifuddin II, de Brunei, assinou o acordo que dava aos britânicos domínio sobre Labuão e as ilhotas adjacentes. Embora o poderoso sultão não considerasse Labuão uma perda importante, há raz**ões** para supor que o território não tenha sido cedido sem uma certa pressão. Mais tarde, soube-se que a armada britânica ameaçava bombardear o palácio caso o sultão mudasse de ideia. Certo é que ele recebeu um adiantamento de uma "verba de proteção", a mesma propina cobrada por qualquer milícia nos dias de hoje.

Uma cidade administrativa foi logo fundada na costa leste. De início recebeu o nome *Vitória*, epônimo sempre recorrente para denominar incontáveis outros locais no Império Britânico. Dali se podia vislumbrar a espuma das ondas arrebentando na costa de Brunei e avistar os picos das montanhas de quatro mil metros de altura mais ao interior. Colonos foram trazidos, alguns a contragosto, como prisioneiros de Hong Kong e Cingapura. Não demorou muito para a ilha passar a contar nove mil habitantes.

Não demorou também para ficar claro que Labuão tinha suas desvantagens. Grande parte do assentamento de Victoria teve que ser deslocado depois que as monções trouxeram maremotos que inundavam quarteirões. O clima era úmido ao extremo e não havia períodos secos. Era, sobretudo, quente. Durante os meses de verão, a temperatura se mantinha acima dos trinta graus.

Tudo favorecia à incidência da malária. Muitas pessoas adoeciam e morriam. O único tratamento eficaz era quinino extraído da casca da *Cinchona* diluído em água tônica amarga, uma substância muito fácil de misturar num coquetel com gim.

Labuão, portanto, nunca foi um destino preferencial da marinha britânica, que se concentrava em outros lugares onde houvesse carvão a ser extraído e terrenos melhores a serem expropriados. A ilha se tornou uma esquina perdida no mapa.

Se houve tigres em Labuão neste período, provavelmente pertenciam à população dos tigres-de-java, hoje extinta. Os felinos certamente rondavam as fímbrias da floresta espreitando a administração colonial sucumbir ao declínio.

No clube inglês, a população que restou, e não está embriagada ou doente, perde-se em discussões infinitas sobre estratégias para impulsionar os negócios com Bornéu. Neste particular, o primeiro governador britânico, James Brooke, desponta tanto pelo voluntarismo como pela falta de perspicácia, segundo seus colegas: "Meu amigo Brooke tem tanta noção de comércio quanto uma vaca a tem de uma roupa limpa".[22]

Mesmo assim, os ingleses, como em tantas outras ocasiões, conseguem manter a fachada quando uma expedição sueca liderada por Adolf Erik Nordenskiöld aporta no cais a bordo do *Vega*, um baleeiro convertido em navio de exploração. O ano é 1879 e os suecos estão a caminho de casa após terem logrado ser o primeiro navio a completar a Passagem Nordeste.

Nordenskiöld encontra tudo na mais perfeita ordem. Entusiasmado com a mineração de carvão, acredita que a ilha é a base perfeita para empreender pesquisas mais aprofundadas sobre a geologia de Bornéu. Ele se aventura pela costa e depara aqui e ali com palafitas de pescadores abandonadas:

> Estavam cercadas da água da preamar ou isoladas na praia na maré baixa, desprovidas de qualquer vegetação. Para adentrar essas cabanas, é preciso subir uma escada de cerca de dois metros e meio de altura além do nível do mar. As casas têm o mesmo aspecto dos armazéns marítimos suecos e sua estrutura é muito frágil. O assoalho não passa de troncos de bambu amarrados com nós frouxos, e temi que cedessem quando finquei meus pés sobre eles.[23]

Maravilhado com o que encontra, ele especula: "É bem verdade que os mosquitos são menos danosos nas proximidades da praia que enveredando pelo interior da ilha".[24]

22 O capitão Keppel é citado em Spenser St. John (1879): *The Life of Sir James Brooke, Rajah of Sarawak*. No original: "My friend Brooke has as much idea of business as a cow has of a clean shirt".

23 Adolf Erik Nordenskiöld (1880): *Vegas färd kring Asien och Europa*.

24 Ibid.

Se Nordenskiöld se deixou iludir pelos ingleses, o escritor italiano Emilio Salgari foi muito além do que de fato encontrou ao conceber, na virada do século XIX, *Sandokan*, uma série de livros de aventura que contribuiu para construir no imaginário europeu um estereótipo do mar da China.

Salgari, que, na melhor das hipóteses, sobressai como uma versão italiana de Jules Verne, recorria a mapas detalhados e detinha óbvio conhecimento da região. No entanto, seu relato carrega nas tintas dramatizando episódios banais e descrevendo um cenário aterrorizante de mar tempestuoso e selvas ameaçadoras, nos quais o leitor é conduzido a uma improvável caçada aos tigres no interior de Labuão. Mesmo assim, o tema principal da série é o amor.

No início do livro número três, somos apresentados à *Pérola de Labuão*. Ela é descrita como segue:

> Pequena, porém magra e elegante, de formosa compleição e cintura tão delgada que o punho duma só mão seria capaz de abarcá-la. Sua tez era rosácea e macia qual a pétala da rosa recém-desabrochada. Sua cabeça tão pequena era admirável, seus olhos, azuis como a água marinha. Sua testa era incomparavelmente pura e, acima dela, destacava-se o contorno de suas sobrancelhas arqueadas, tão espessas que chegavam a roçar uma na outra.[25]

O rei pirata de origem britânica fica perdidamente apaixonado, é óbvio. E, embora a Pérola de Labuão vá perdendo seu encanto depois de alguns capítulos, ele ainda segue lutando por seu amor até o último livro da série.

25 Emilio Salgari (1900): *Sandokan: Le tigri di Mompracem*.

Segundo o filósofo Umberto Eco, Emilio Salgari não almejava produzir boa literatura. Tudo que queria era transportar seus leitores a uma dimensão onírica na qual podiam se refugiar da realidade. A série inteira é tão sincera que mal pode ser rotulada como *kitsch*.[26]

Muitos dos selos emitidos por Labuão a partir de 1864 ajudam a sedimentar as noções românticas que Salgari plantou no público europeu. Foram produzidos e impressos em Londres e exibem fantásticas imagens de animais aterrorizantes, como o sinistro crocodilo de água salgada do meu exemplar.

Na realidade, os desdobramentos futuros de Labuão são tudo menos românticos. As construções estão em ruínas, a mineração de carvão é interrompida e a administração colonial é reduzida a apenas três homens, incluindo o próprio governador. Em primeiro de janeiro de 1907, Labuão deixa de existir como colônia e passa a ser subordinada à região dos Estabelecimentos dos Estreitos (Straits Settlements), regime que perdura até 1963, quando a ilha é finalmente transferida à Malásia e passa a integrar o estado de Sabá.

26 Umberto Eco (1962): *Opera aperta*.

1894: Edição com carimbo aposto sobre selo de crocodilo de água salgada de Bornéu do Norte, edição do mesmo ano

LIVROS

Stephen R. Evans, Abdul R. Zainal & Rod W. K. Ngee (1996):

The History of Labuan Island.

Emilio Salgari (2007):

Sandokan: The Tigers of Mompracem.

Meu amigo Brooke tem tanta noção de comércio quanto uma vaca a tem de uma roupa limpa

CAPITÃO KEPPEL, SOBRE O GOVERNADOR BRITÂNICO

PERÍODO:

1864–1867

PAÍS:

SCHLESWIG

POPULAÇÃO: 409.907

ÁREA: 9.475 km²

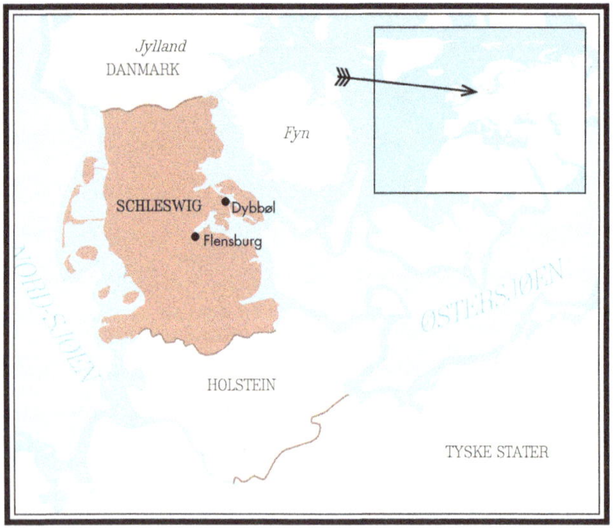

Escandinavismo e fanfarra marcial

Pouco antes do Natal de 1863, Henrik Ibsen compôs o poema "Um irmão em apuros": "Avança o comboio da morte o sinal / dum povo em luto e desaliado / será da Dinamarca o final?"[27] Ibsen queria exortar os noruegueses a defender a Dinamarca sob risco de perder metade do seu território para a Prússia, ao sul. Slesvig, na grafia dinamarquesa, ou Schleswig, na alemã[28], é uma larga faixa de terra entre mares, de prados viçosos e enseadas tranquilas a leste, de charnecas e pântanos férteis ao longo do mar do Norte a oeste — uma paisagem que o pintor Emil Nolde, nos anos que se seguiram, imortalizou em pinceladas horizontais de azul, rosa, vermelho e verde escuro, sem nenhuma presença humana, sempre desabitada.

A exemplo de vários intelectuais noruegueses de seu tempo, como o também escritor Bjørnstjerne Bjørnson, Ibsen era um escandinavista. Na Dinamarca, o movimento pela união de todos os países da Escandinávia era liderado pelos poetas N. F. S. Grundtvig e Adam Gottlob Oehlenschläger, e é tributário do nacional-romantismo que revisitava as origens históricas, linguísticas e étnicas comuns aos países escandinavos. Em 1846, num discurso aos estudantes de Cristiânia[29], o poeta Johan Welhaven resumiu assim a essência do escandinavismo: "Recordamo-nos das imagens do passado, pois é lá que estamos próximos à origem da existência dos nossos povos".[30]

27 Excerto da quarta estrofe.

28 NT: menos conhecida por Eslésvico em português.

29 NT: antigo nome da capital Oslo.

30 Arne Løchen (1900): *J. S. Welhaven: liv og skrifter.*

A topografia de Schleswig era aberta e ideal para um conflito bélico. Durante alguns séculos, o território permaneceu em estado vegetativo como uma espécie de terra de ninguém, uma zona tamponando a fronteira entre os dinamarqueses e tudo que viesse do sul, fosse alemão, francês, saxão ou do Sacro Império Romano-Germânico. Por vezes a região parecia uma colcha de retalhos composta por zonas em que se alternavam os idiomas dinamarquês, frísio ou alemão.

Durante a Grande Guerra Nórdica, no início do século XVIII, os dinamarqueses conquistaram uma área que se espraiava ao sul até o rio Elba. Além de Schleswig, incluía, também, a província de Holstein. Ambas permaneceram na condição de ducados, mas agora sob soberania dinamarquesa, resultando num fenômeno raríssimo na Europa de então: um interstício de paz que durou mais de cem anos.

Enquanto isso, a Europa via o surgimento de um movimento liberal-nacionalista que desencadeou a revolução de fevereiro de 1848 em Paris. Entre os falantes do alemão em Schleswig-Holstein, acendeu-se uma chama de esperança. Protestos concentravam um número cada vez maior de pessoas, que entoavam o hino nacional em uníssono: "Schleswig-Holstein, abraçada pelo mar, suprema guardiã dos alemães". Não tardou para que os mandatários locais enviassem delegados ao rei, em Copenhague, demandando plena autonomia.

As exigências não foram aceitas pelo até então indiferente rei Frederico VII, que, em vez disso, forçou a mão com medidas nada populares, como, por exemplo, a imposição do ensino da língua dinamarquesa em todas as escolas da região. O resultado foi a Primeira Guerra de Schleswig (1848-1850). As tropas prussianas marcharam rumo à fronteira, mas foram obrigadas a recuar ante a ameaça do exército russo de tomar partido da Dinamarca. O czar Nicolau não hesitou ao percebeu que os prussianos desejavam ampliar seu arco de influência no Báltico e, pior ainda, aspiravam a se tornar uma grande potência.

A fim de acalmar os ânimos, o rei Frederico consentiu um maior grau de autonomia tanto para Schleswig como para Holstein. Porém, seu sucessor, Cristiano IX, nascido no castelo de Gottorp, em Schleswig, rompeu com a distensão e determinou, em fins do outono de 1863, que Schleswig se convertesse em território inteiramente dinamarquês sob uma lei única – a Constituição de Novembro. Com isso, a Prússia novamente pegou em armas, desta vez com apoio da poderosa Áustria. A Segunda Guerra de Schleswig estava em curso.

Na Noruega, Ibsen teve uma boa resposta à convocação que fez e muitas pessoas decidiram se alistar para defender a Dinamarca. Mesmo assim, o Stortinget (Parlamento) norueguês manteve a determinação de se manter alheio ao conflito. Um grande número de voluntários noruegueses partiu para a guerra por conta própria. Um deles foi o jovem teólogo Christopher Bruun.

Os prussianos eram em maior número e melhor equipados que os dinamarqueses. Graças a um inverno particularmente rigoroso, que congelou as áreas pantanosas, conseguiram avançar bastante no território então reclamado pela Dinamarca. Quando Christopher Bruun chegou à zona de combate, em Dybbøl, em meados de abril de 1864, os dinamarqueses já haviam recuado para a fortaleza de Danevirke, uma fortificação de trinta quilômetros datada da era viking que rasga a Jutlândia ao meio. Em Dybbøl, as defesas eram mais modernas.

> Não transcorre um único dia sem que Bruun escreva para sua mãe em Lillehammer, na Noruega, embora se

mantenha silente sobre o conflito em Dybbøl, cada vez mais sangrento. Em vez disso, seu tom é leve e bem-humorado.

Quando procurava me abrigar dum canhonaço ou da detonação duma granada, imitava o ziguezague dum pato a tentar esgueirar-se da bola de neve que se lhe arremessam... Atirávamo-nos atrás dum monte de terra e, quando tudo havia terminado, mal éramos capazes de conter o riso.[31]

Depois de bombardear continuamente as trincheiras por semanas a fio, os alemães lançam a ofensiva final na manhã de 18 de abril. O avanço é acompanhado por uma banda de janízaros liderada pelo compositor Gottfried Piefke. Marchando pelo centro do campo de batalha, os músicos executavam continuamente a melodia "Düppeler-Schanzen-Sturmmarsch", especialmente composta para a ocasião. Quando uma granada se aproximava, faziam uma breve pausa em que se ouvia apenas o silvo de um apito e o rufar de um tambor. No futuro, este mesmo efeito sonoro seria incorporado à partitura, executada em praticamente qualquer parada militar alemã desde então.[32]

O conflito não dura mais que poucas horas, e os dinamarqueses admitem a derrota e debandam. Christopher Bruun sente uma enorme frustração e escreve para contar à mãe tão logo chega a um acampamento improvisado numa ilha da Dinamarca: "É este mesmo o povo que 'luta por sua existência', como proclamam em todos os discursos?"[33]

31 Christopher Bruun (1964): *Soldat for sanning og rett. Brev frå den dansk-tyske krigen 1864*.

32 Joachim Toeche-Mittler (1971): *Die Armeemarschsammlung*.

33 Christopher Bruun (1964): *Soldat for sanning og rett. Brev frå den dansk-tyske krigen 1864*.

De volta à Noruega, Bruun retoma seu ministério e, com o passar do tempo, converte-se num dos teólogos mais liberais do país, responsável direto pelo movimento que resultou na fundação das *folkehøgskoler*, as faculdades públicas norueguesas.

O avanço dos prussianos pela Jutlândia ocupada não passou de uma demonstração de força. Logo eles se retirariam para além das fronteiras anteriores ao conflito, ao sul de Kolding. O ducado foi declarado livre e a grafia dinamarquesa *Slesvig* foi abolida em favor da alemã *Schleswig*.

Pouco tempo depois, o país lançaria selos próprios. Os dinamarqueses vinham emitindo selos na região havia duas gerações, sendo a primeira leva uma edição conjunta entre Slesvig e Holstein e a segunda, selos puramente dinamarqueses. A série impressa agora traz estampas simples à guisa de moedas e o valor é expresso em xelins (*schillings*). Arquetipicamente alemães, são estampas sóbrias, austeras e não contêm nada além do essencialmente necessário. Não há por que exibir qualquer informação acessória. Já não pairam ameaças sobre seu território. A Dinamarca foi derrotada de uma vez por todas, para sempre.

O selo carmesim que me pertence data de 1867. Mais tarde, no mesmo ano, Schleswig e Holstein unem-se num só território e passam a emitir selos em conjunto, cuja vigência não dura mais que um ano, até o ducado abraçar a Confederação da Alemanha do Norte — requerendo a emissão de uma nova geração de selos. Após a formação do Império Alemão, em 1871, o país adotou selos puramente alemães.

A sétima geração de selos data de 1920. São impressos antes do plebiscito de adesão realizado logo após a capitulação alemã na Primeira Guerra Mundial, cujos termos foram impostos pelos dinamarqueses. Em Holstein e Schleswig do Sul, ambas áreas dominadas por uma população majoritariamente alemã, as chances eram mínimas. Os dinamarqueses decidem dividir as zonas de votação em duas: Schleswig Central e Schleswig do Norte. Na primeira, oitenta por cento dos habitantes votaram por permanecer na Alemanha. Na segunda, setenta e cinco por cento decidem pertencer à Dinamarca. Como resultado, o extremo sul da Jutlândia, até Flensburg, retorna ao domínio dinamarquês. Se a cisão não houvesse sido levada em conta, a Dinamarca teria perdido o território inteiro.

1865-1867: Edição do Ducado de Schleswig com oval e valor de face

LIVROS

Christopher Bruun (1964):

Soldat for sanning og rett. Brev frå den dansk-tyske krigen 1864 (Soldado pela verdade e pelo direito. Cartas da guerra dano-alemã de 1864).

Gustav Smedal (1938):

Nordisk samarbeide og Danmarks sydgrense (Cooperação nórdica e a fronteira sul da Dinamarca).

MÚSICA

Gottfried Piefke (1864):

"Düppeler-Schanzen-Sturmmarsch".

Quando procurava me abrigar dum canhonaço ou da detonação duma granada, imitava o ziguezague dum pato a tentar esgueirar-se da bola de neve que se lhe arremessam

CHRISTOPHER BRUUN

PERÍODO:

1754–1917

PAÍS:

ÍNDIAS OCIDENTAIS DINAMARQUESAS

POPULAÇÃO:

27.000

ÁREA:

400 km^2

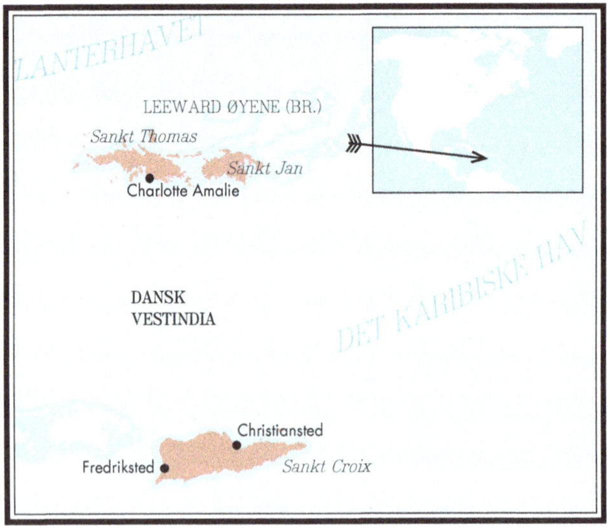

Escravos numa ilha em liquidação

> *Apenas se deram conta de que aqui, no meio do oceano imenso como nem seus piores pesadelos podiam afigurar, no qual, aliás, já vinham navegando por meses e meses, havia umas poucas ilhotas com casas tão magníficas como jamais teriam visto em toda a África. (...) As ruas apinhadas e sinuosas de Charlotte Amalie. Os bulevares retos, compridos e iluminados de Christianssted, entrecruzando-se em ângulos perpendiculares, as arcadas e praças pavimentadas. Mansões suntuosas, com vários pisos de altura, igrejas com suas torres e coruchéus, carruagens puxadas por cavalos. E, por toda parte, pessoas vestindo seda e musselina a quem poucos já haviam posto seus olhos na África: mulheres brancas. Mesmo assim, a maioria dos habitantes destas ilhas remotas eram negros, tal como eu.*[34]

Tudo começou com a Companhia Dinamarquesa das Índias Ocidentais da Guiné, que, em meados do século XVII, apossou-se de um arquipélago um pouco a leste do Haiti. Eram três ilhas extraordinariamente férteis, das quais Sankt Thomas e Sankt Jan tinham origem vulcânica, com montanhas e terrenos acidentados, enquanto Sankt Croix era formada por recifes de coral e tinha um relevo bastante plano. As três perfaziam uma área total de quase 350 quilômetros quadrados e já não eram

34 Thorkild Hansen (1969): *Slavenes skip.*

habitadas por nativos da América. Os espanhóis os haviam levado todos como escravos para colônias mais recuadas no Caribe.

O primeiro navio trouxe 190 colonos voluntários, homens e mulheres dinamarqueses e noruegueses, embarcados no porto de Bergen, na Noruega. Após seis meses, 161 morreram, principalmente devido a doenças tropicais. Ainda assim, embora a agricultura familiar estivesse paulatinamente dando resultados, era preciso mão de obra intensiva que permitisse cultivar lavouras economicamente viáveis e explorar todo o potencial das ilhas. A alternativa imediata foi recorrer a prisioneiros dinamarqueses, aos quais era prometida a liberdade após alguns anos trabalhando no arquipélago. Poucos deles viveram o suficiente para tanto.

O primeiro carregamento maciço veio da Guiné, na África, em 1673. Eram negros comprados de chefetes africanos, aprisionados durante guerras tribais. O projeto foi um sucesso e, em poucos anos, o tráfico de escravos chegou ao auge. Para facilitar o transporte, duas fortalezas foram erguidas na costa oeste da África. De lá, as fragatas eram carregadas com até quinhentos escravos e zarpavam para Sankt Thomas, que logo se tornaria um dos principais núcleos de comércio de escravos em todo o Caribe.

Muitos dos escravos permaneciam no arquipélago, assumindo uma tal proporção que os brancos passaram a se sentir ameaçados. Por via das dúvidas, introduziram-se leis severas e minudentes, segundo as quais participar de revoltas seria punido com a morte, enquanto delitos como fuga e roubo seriam castigados com queimaduras a ferro na testa ou amputação de partes do corpo, desde que a capacidade de trabalho não ficasse comprometida. "Se alguém demonstrar cansaço em função do trabalho, logo será curado de tal moléstia pelo chicote."[35]

35 Anônimo (1792): *Om livet på plantagerne*, em *Minerva*, periódico.

A Companhia das Índias Ocidentais da Guiné anteviu as excelentes perspectivas de um comércio "triangular". Em suma, exportava armas e outros bens industriais para a África em troca de escravos, que eram trazidos para trabalhar nas lavouras de cana das Índias Ocidentais. A terceira etapa do processo resumia-se em retornar para a Europa com uma carga de rum, açúcar e produtos agrícolas. A lógica era brilhante.

No entanto, a empresa vinha dando prejuízo e entrou em falência quando o Estado dinamarquês arrematou o arquipélago inteiro, em 1754, e o elevou ao status de colônia. Havia, então, 208 brancos livres e pouco mais de mil escravos habitando as ilhas. Um censo realizado na virada do século XVIII revelou que o número de escravos aumentara para 35 mil, enquanto a população branca não passava de 3.500 pessoas — uma evidência de que o governo da Dinamarca fazia ouvidos moucos para o escravagismo.

A administração, por sua vez, permanecia inteiramente nas mãos de mercadores particulares. O Estado era apenas um supervisor omisso, embora assegurasse a cobrança de impostos sobre a propriedade dos escravos da mesma maneira como fazia em relação a animais e ferramentas. Diante das altas taxas de sonegação, o então governador, Erich Bredal, protestou formalmente contra comerciantes que escondiam seus escravos nas lavouras durante o recenseamento.[36]

Até o final de 1700, a colônia gerou grandes receitas para a Dinamarca-Noruega[37], mas seu sucesso comercial dependia inteiramente da mão de obra escrava, que já contabilizava mais de cem mil cativos. Quando a Dinamarca-Noruega se tornou o

36 Thorkild Hansen (1970): *Slavenes øyer*.

37 NT: então unidas num único reino (1524-1814).

primeiro país da Europa a proibir a importação de escravos, as perspectivas não pareciam boas. Entretanto, o comércio interno de escravos nas ilhas ainda era permitido, assim como o transporte de cativos para outras ilhas no Caribe, no qual os navios dinamarqueses tiveram um papel significativo. Somente após um grande contingente de escravos ensaiar uma insurreição geral, em 1803, a escravidão foi completamente abolida.

Como resultado, a colônia tornou-se inútil da noite para o dia, e o parlamento dinamarquês rapidamente se interessou por vendê-la, tanto mais diante dos problemas domésticos em Schleswig que cada vez mais sangravam os cofres públicos.

Em 1867, os Estados Unidos estavam prestes a adquiri-las, mas, durante o processo, o arquipélago foi varrido por um furacão devastador, ao qual se seguiram uma série de terremotos e incêndios, e a negociação foi suspensa por desinteresse do comprador.

Alguns anos antes, as ilhas passaram a emitir selos próprios. Embora impressos na Dinamarca, a camada de goma era aplicada por farmacêuticos locais. Meu selo mostra a escuna *Ingolf* no estaleiro em Sankt Thomas despejando uma coluna de fumaça nos ares e traz, nos cantos, as cornetas recurvadas do correio dinamarquês. O carimbo indica que foi enviado desde Christiansted, em Sankt Croix, em algum momento depois de 1905, uma vez que os tipos utilizados são da última série emitida pela colônia. O uso de uma antiga escuna como insígnia só pode ser interpretado como um arroubo de nostalgia.

Enquanto isso, a colônia entrava em franco declínio. A corrupção e o consumo de álcool pelas autoridades atingiam patamares inauditos. A condição dos escravos forros não era muito melhor. Depois que se tornaram trabalhadores assalariados, deixou de interessar aos fazendeiros mantê-los em boa saúde ou mesmo vivos.

Tudo culmina numa grande revolta em 1878. Podemos imaginar a proprietária de uma taberna local prostrada na cama após mais uma noitada rodeada por marujos rudes e burocratas entediados. A mucama acaba de adentrar seus aposentos trazendo uma bandeja de chá com bolinhos. A brisa sacode suavemente as cortinas de renda na janela, de onde se tem uma bela visão da praia. A areia branca e os corais deixam a água tão transparente quanto o ar. O brilho do sol reflete nas ondas, ora azuis, ora esverdeadas.[38] O burburinho das vozes ao longe a despertou, mas ela só se dá conta da gravidade da situação quando se dá conta da fumaça. Em questão de horas, quarteirões inteiros de Fredriksted são saqueados e incendiados. Vários fazendeiros são linchados.

A revolta impôs mudanças à administração da colônia ao mesmo tempo que os fazendeiros afrouxavam um pouco os grilhões. Alguns anos de paz se seguiram até 1915, ano em que os trabalhadores fundaram um sindicato e anunciaram uma greve por salários maiores e melhores condições de trabalho. Como resultado, a Dinamarca novamente pôs as ilhas à venda.

Em 1917, finalmente, os EUA concluíram o negócio pagando 25 milhões de dólares. Desde a tentativa anterior, surgira um fator novo: as forças alemãs ainda estavam em vantagem na guerra em terreno europeu, e impedir que se aproximassem do recém-aberto Canal do Panamá era um objetivo a ser perseguido a qualquer custo. Uma base de submarinos alemães nas redondezas seria fatal.

38 Ibid.

Os EUA as rebatizaram de *Ilhas Virgens (Virgin Islands)*, mas mantiveram os nomes dinamarqueses das ruas. Além de introduzirem os feriados estadunidenses, mantiveram também os dinamarqueses, o que vinha bem a calhar, uma vez que a região começava a despontar como destino turístico.

Enquanto isso, a poucos passos dos hotéis e pousadas, os últimos remanescentes das edificações coloniais vão sendo lenta e inexoravelmente engolidos pela floresta tropical.

1905: A escuna *Ingolf* ancorada em Sankt Thomas

LIVROS

Henrik Cavling (1894):

Det danske Vestindien (As Índias Ocidentais Dinamarquesas).

Thorkild Hansen (1990):

Slavenes øyer (As ilhas dos escravos).

Se alguém demonstrar cansaço em função do trabalho, logo será curado de tal moléstia pelo chicote

ANÔNIMO, SOBRE A VIDA NA LAVOURA

PERÍODO:

1803–1856

PAÍS:

VAN DIEMEN'S LAND

POPULAÇÃO: 40.000

ÁREA: 68.401 km²

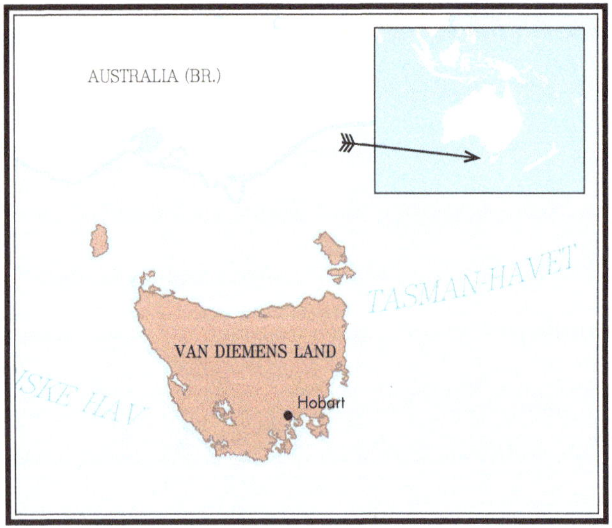

Colônia penal com selos assustadores

"Quando estávamos a trinta graus e dois minutos de latitude sul, fomos colhidos por uma forte tormenta e arrastados para o litoral de Van Diemen's Land. *Dois dos nossos homens pereceram pelo trabalho excessivo e pela ingestão de comida imprestável, e não admira que o restante esteja em maus bocados", escreveu Jonathan Swift em* As viagens de Gulliver. *Poucos parágrafos depois, o navio naufraga e o herói, Gulliver, consegue salvar a própria pele e chegar à terra firme no país de Lilliput, habitado por criaturas de quinze centímetros de altura.*[39]

A costa nordeste de Van Diemen's Land era desconhecida e misteriosa o suficiente para inspirar o enredo do livro de Swift, lançado em 1726. Na época, as pessoas sequer se deram conta de que Lilliput era uma ilha. Até o final do século XVIII, apenas um punhado de europeus já havia posto os pés ali e, mesmo assim, apenas na porção sudoeste do território. Com o vento polar gélido batendo na nuca, a tripulação admirava receosa a topografia acidentada que se eleva em montanhas de mais de 1.600 metros de altura. Entre a praia e a cordilheira há uma rede de vales e rios sombreados por uma floresta densa e indevassável. Não era uma paisagem promissora.

Depois de circum-navegar a ilha e determinar que possuía o mesmo tamanho da Irlanda, os britânicos decidiram colonizá-la. Localizada numa das rotas marítimas mais movimentadas

39 Jonathan Swift (1726): *Gulliver's Travels.*

do Pacífico Sul, ao menos oferecia boas condições portuárias. As primeiras expedições pelo interior revelaram que o solo era fértil e excelente para a agricultura, desde que a vegetação nativa fosse erradicada.

Com isso, Van Diemen's Land tornou-se uma das principais colônias penais britânicas. Muitos dos presos eram irlandeses, galeses e escoceses, condenados por revoltas contra o governo de Sua Majestade, e outros eram criminosos comuns. Os mais perigosos eram encarcerados em instituições, enquanto os demais eram relocados no trabalho forçado de abrir estradas ou ficavam à mercê de um número cada vez maior de colonos.

Das doze mil pessoas que habitavam a ilha em 1822, 60% eram prisioneiros. A fim de garantir a paz e a ordem, o território foi organizado como um Estado policial dividido em nove distritos. As regras gerais disciplinavam quaisquer reuniões públicas, e viagens entre distritos precisavam ser autorizadas num passaporte específico. Um esquadrão de espiões em permanente prontidão trabalhava em conjunto com o governador investigando a tudo e a todos.

Port Arthur rapidamente tornou-se o presídio mais célebre. Localizado próximo à capital, Hobart, no fiorde a sudeste, numa península cercada por florestas, conectava-se ao continente por um istmo chamado *Eaglehawk Neck*. O presídio foi erguido sobre uma colina verdejante adjacente a uma praia de areias brancas. A construção era inteira de pedras naturais e tijolos vermelhos. Consistia nos escritórios administrativos, enfermaria, capela e moinho de grãos. O imenso prédio de quatro andares foi projetado numa espécie de *panóptico*, permitindo a um único posto de vigilância no centro observar as quatro alas de celas dispostas em formato de cruz.

Eaglehawk Neck era patrulhado regularmente por soldados e cães, mas tentativas de fuga sempre ocorriam. O ex-ator George "Billy" Hunt tentou escapar cobrindo-se com uma pele de canguru. A poucos passos da liberdade, foi descoberto por guardas ávidos por carne fresca que ameaçaram atirar. Hunt rendeu-se gritando: "Não atire! Não atire! Sou eu, Billy Hunt".[40]

A ousadia rendeu-lhe 150 chicotadas. Não de um chicote qualquer, segundo John Frost, preso por liderar um levante de mineiros no País de Gales, em 1840:

> O nó era da corda mais resistente e de um tamanho invulgar. O couro era imerso em água salgada até encharcar, depois estirado ao sol para secar, num processo que o deixava duro como arame, e os oitenta e oito nós laceravam a carne como fossem os dentes dum serrote.[41]

Para aqueles que cumpriam penas na companhia dos colonos a vida era mais mansa. A maioria era tratada com o mínimo de dignidade. No pouco tempo livre que tinham, iam caçar cangurus. A carne era magra, com o mesmo aspecto da suína, e o sabor era um tanto exótico, uma mistura de frango e peixe. Os cangurus logo foram extintos ao redor de Hobart e, com o passar do tempo, também no interior.

Até então, os britânicos vinham sendo bastante reservados em relação ao pequeno grupo de aborígenes que habitava a ilha havia milhares de anos. Eram nômades, praticavam a caça

40 Sidsel Wold (1999): *Warra! Warra!: Da de hvite kom til Australia.*

41 Ibid.

e a coleta, habitavam aldeias de cinquenta a sessenta pessoas e mantinham-se afastados do litoral. Suas casas eram choupanas feitas de galhos e cobertas com cascas e folhas. Os cangurus eram parte fundamental da sua dieta, e não apenas como comida. Tudo do animal acabava tendo um fim: o couro como vestimentas, os ossos como ferramentas e armas de caça.

Em 1820, a população aborígene variava entre três e sete mil pessoas e estava em pânico. Num ato desesperado de defesa, os nativos incendiaram uma série de fazendas e massacraram os moradores. Os britânicos reagiram imediatamente e, com rigor, perseguindo-os nos quatro cantos da ilha. Os sobreviventes foram confinados em campos de concentração, onde rapidamente pereciam. No início da década de 1850, estavam reduzidos a apenas dezesseis indivíduos.

Sem nenhuma relação aparente com esses incidentes, esta é a época em que a colônia começa a emitir selos. O secretário colonial em Hobart faz a primeira encomenda às autoridades centrais em Londres em 9 de maio de 1853:

> Honrados Senhores (...) Peço a fineza de providenciar junto aos Srs. Perkins & Bacon as placas necessárias para imprimir selos nos valores de 1d, 2d, 3d, 4d, 8d e 1s, e enviá-las com um suprimento de papel e tinta ou tintas para impressão, juntamente com os insumos básicos para produzir a pasta adesiva.[42]

42 Basset Hull (1890): *The Stamps of Tasmania*. No original: "Dear Sirs,... to request that you will have the goodness to procure from Messrs Perkins and Bacon the requisite Plates for Stamps of the Value of 1d, 2d, 3d, 4d, 8d, 1s and to forward them with a supply of paper, and ink or inks for printing, together with the materials for making the adhesive paste".

Perkins & Bacon eram tipógrafos respeitáveis em cujo portfólio já figurava o primeiro selo do mundo, o "Penny Black". A solicitação foi rápida e devidamente atendida, pois, no intervalo de poucos meses, os primeiros selos já estavam impressos.

A ilustração, obviamente, não poderia ser outra que não a efígie da rainha Vitória. A soberana há muito entrara na casa dos trinta anos, mas, por algum motivo, a estampa reproduz uma pintura realizada duas décadas antes, de autoria do suíço Alfred Edward Chalon. Nela, é retratada de rosto inteiro, no alto de uma escadaria de mármore branco, ostentando na cabeça o diadema de diamantes do rei Jorge IV e, nos lábios, insinua um sorriso. No selo, contudo, seu olhar parece assustado e o sorriso dá lugar a um esgar de pavor — uma expressão de todo condizente com a má fama do lugar.

O governador William Denison não esconde o constrangimento — "Temos aqui a sensação de que existe um certo estigma associado ao nome Van Diemen's Land", reconhece[43] —, mas propõe uma solução: mudar o nome da ilha. Van Diemen's Land passa a se chamar Tasmânia em 1856. O último aborígene nascido ali, uma mulher chamada Trucanini, morre em 1876. No ano seguinte, a colônia penal é fechada e, em 1901, a ilha perde a autonomia e passa ao domínio da Austrália.

A prisão de Port Arthur é a principal atração turística da Tasmânia hoje em dia.

43 James Boyce (2010): *Van Diemen's Land*. No original: "There is a feeling here that to the name Van Diemen's Land a certain stigma attaches".

1855: A rainha Vitória, da Inglaterra, a partir da pintura do suíço Alfred Edward Chalon, de 1837

LIVROS

Sidsel Wold (1999):

Warra! Warra!: Da de hvite kom til Australia (Warra! Warra! Quando os brancos chegaram à Austrália).

Olav Idsøe (1978):

Et folkemord. Tasmanernes undergang (Um genocídio. A derrocada dos tasmanianos).

James Boyce (2010):

Van Diemen's Land.

FILME

Van Diemen's Land (2009):

Roteiro de Jonathan auf der Heide e Oscar Redding, direção de Jonathan auf der Heide.

PINTURA

Alfred Edward Chalon (1837):

Queen Victoria.

O nó era da corda mais resistente e de um tamanho invulgar. O couro era imerso em água salgada até encharcar, depois estirado ao sol para secar, num processo que o deixava duro como arame, e os oitenta e oito nós laceravam a carne como fossem os dentes dum serrote

JOHN FROST

PERÍODO:

1777–1909

PAÍS:

ELOBEY, ANNOBÓN E CORISCO

POPULAÇÃO: 2.950

ÁREA: 35 km^2

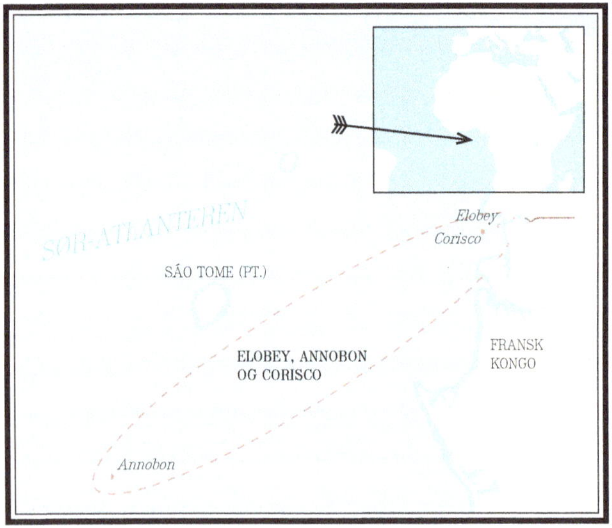

Anti-imperialismo e missionários vexados

Contrastando com o dossel verde-escuro da floresta, a areia da minúscula praia é branca como giz, exceto na estreita faixa recurvada que marca o limite das ondas, em permanente movimento no Atlântico Sul, onde se divisa um tom rosa esmaecido.

Estamos na ilha Corisco, aonde a britânica Mary Kingsley desembarca do veleiro *Lafayette* e vem dar à praia num barco a remo. Ela veste roupas masculinas de tecido leve, sua figura é elegante e esguia e seu temperamento é determinado. Seu olhar lhe empresta uma expressão de leveza que, entretanto, é agravada pelos lábios afilados. Acompanhada de alguns homens da tripulação, ela avança pela vegetação do manguezal, depois pela planície e, em seguida, por uma floresta de árvores altas, onde se destacam as figueiras, cuja casca cinza-esbranquiçada evoca as bétulas da sua terra natal. Mais adiante, a expedição chega a um planalto onde há uma pequena aldeia próxima a um coqueiral. As cabanas feitas de bambu se perderiam na paisagem não fosse pelas portas e janelas, pintadas de azul cobalto e branco, em listras horizontais ou oblíquas. Tudo lhe causa estranhamento. A aldeia está vazia exceto por uma anciã que lhe pede um punhado de tabaco para fumar.[44]

Corisco fica na parte sul do golfo da Guiné, na costa ocidental da África. Portugal se apossou da ilha no final do sécu-

44 Mary Henrietta Kingsley (1897): *Travels in West Africa. Congo Français, Corisco and Cameroons.*

lo XV e a manteve até 1777, quando, juntamente com algumas ilhas vizinhas, transferiu-a para a Espanha em troca de um conjunto de ilhas na costa brasileira. Como resultado, surgia a colônia espanhola de Elobey, Annobón e Corisco.

A mais afastada da costa é Annobón. É extensa, mas, mesmo assim, não mede mais que 6,4 quilômetros de norte a sul e 3,2 quilômetros no trecho mais largo. Seu relevo é muito acidentado, com vulcões extintos cercados de florestas e arbustos até o limite do mar. A população crioula descende de escravos e portugueses. No início do século XVI, já haviam derrubado toda a madeira de serventia, restando pouco a explorar na ilha. Os espanhóis que fizessem bom proveito dela.

A situação de Corisco não é muito melhor. Foi principalmente as ilhas Elobey que despertaram a cobiça dos espanhóis, mais precisamente *Elobey Chico*, de apenas 13 hectares de área, porém localizada próximo ao continente e com ótimas condições portuárias. Os espanhóis logo estabeleceram uma estação de comércio para tentar exportar marfim, azeite de dendê, borracha, mogno e ébano desde o continente, margeando o golfo da Guiné, ao mesmo tempo que levavam para ilha armas, munições, tecidos e bebidas.

Não por acaso, meu selo borrado pela marca do carimbo origina-se justamente em Elobey. As demais ilhas mal tinham trânsito postal. Ilustra-o a efígie do rei Afonso XIII da Espanha — de feições determinadas, porém angelicais, a julgar pela expressão em seu rosto. Ele reinou desde o dia em que nasceu, em 1886. Seu pai, Afonso XII, pereceu vitimado pela tuberculose após engravidar a rainha Maria Christina, sua mãe.

Elobey Chico servia de escala para os missionários que se aventuravam pelo continente africano. Muitos morriam em pouco tempo, vencidos principalmente pela doença do sono, transmitida por um parasita por meio da mosca tsé-tsé. Acreditava-se que o risco de contrair a doença era menor no ar mais fresco das ilhas.

A missão presbiteriana norte-americana transferiu sua base para Corisco em 1850. Dali, os missionários ainda podiam empreender pequenas viagens ao continente, mas o objetivo principal era educar e preparar os nativos para que eles mesmos encampassem expedições evangelizadoras de maior escala. A iniciativa provou-se um equívoco. A mosca tsé-tsé era igualmente agressiva em Corisco e, após alguns anos, os religiosos desistiram da empreitada.[45]

Quando Mary Kingsley desembarcou em Corisco, em 1895, havia na ilha dois padres católicos e três freiras. Todos habitavam a *Missión Claretiana*, a uma curta caminhada desde a aldeia de portas coloridas. Num arraial limpo e bem cuidado, rodeado por mangueiras frondosas, ela é recebida por um grupo de crianças em uniforme escolar. Por um breve instante, poderia até jurar que estava num parque na sua Inglaterra natal. O próprio aglomerado de edificações parecia pertencer a qualquer vila europeia. Havia uma igrejinha, uma loja e uma escola, além do alojamento dos missionários, este bastante grande — tudo caiado de branco, exceto as portas e janelas, pintadas na cor azul cobalto de sempre. No salão de recepções, as visitas são servidas de um bule de chá acompanhado de fatias de abacate. A mobília é surpreendentemente elegante: nove cadeiras em volta de uma mesa de jantar, frascos com essências perfumadas espalhados aqui e ali, e litogravuras de paisagens inglesas adornando as paredes.

45 Per Arne Aasen (1954): *Alfred Saker: Bantu-Afrikas apostel.*

Dona de um longo histórico de convivência com tribos nativas na selva do continente, Mary Kingsley sente um crescente desdém por tudo aquilo. De volta à Inglaterra, escreve um livro contando suas experiências.[46] Neste trecho, dirige-se em primeira pessoa ao leitor:

> Ao ler estas linhas, peço-lhe considerar o amor que sinto por aquelas terras, com suas vastas florestas e rios, bem como por seus habitantes animistas. Minha opinião é a de que eles vivem melhor que nós, na Inglaterra. Seu complexo de superioridade cultural pode até lhe diminuir o ânimo de conhecer a África Ocidental, estimado leitor, mas basta viajar até lá para que me dê razão (...) O pior inimigo da sociedade tribal africana é aquele que ali chega e diz: agora vocês devem abandonar esses hábitos repugnantes, abraçar a civilização e ir para a escola.[47]

Não seria essa uma ideia controversa hoje em dia, mas, à época, foi motivo de protestos. A igreja anglicana sentiu-se ultrajada e vários jornais recusaram-se a publicar resenhas sobre o livro de Kingsley, a quem acusavam de solapar os interesses da coroa inglesa.

46 Mary Henrietta Kingsley (1897): *Travels in West Africa. Congo Français, Corisco and Cameroons.*

47 Ibid. No original: "In reading this you must make allowances for my love of this sort of country, with its great forests and rivers and its animistic-minded inhabitants, and for my ability to be more comfortable there than in England. Your superior culture-instincts may militate against your enjoying West Africa, but if you go there, you will find things as I have said... The worst enemy to the existence of the African tribe, is the one who comes to it and says: Now you must civilize, and come to school, and leave off all those awful goings-on of yours, and settle down quietly".

Em 1909, Elobey, Annobón e Corisco foram incorporados a outros territórios espanhóis ao redor do golfo da Guiné, depois conhecidos por Guiné Espanhola. Em 1968, quando o território conquistou a independência, já denominado Guiné Equatorial, o alojamento missionário em Corisco já estava em ruínas devido a um incêndio. O incidente começou pelas mãos do padre Andrés Bravo, que limpava o jardim para as festividades da Páscoa e resolveu atear fogo a uma pilha de cocos secos. O padre se foi embora na mesma noite para nunca mais voltar.[48]

Até mesmo Elobey Chico saiu de cena há bastante tempo. Depois de servir como centro administrativo por quase meio século, teve as atividades suspensas em 1927 e hoje a ilha não passa de ruínas. Abaixo da copa das árvores – que do alto parecem um infinito tapete verde – estão os remanescentes das construções abandonadas. De perto se constata que toda a matéria orgânica foi reduzida a pó, mas aqui e ali, em casas que antes abrigavam famílias, ainda se pode esbarrar numa máquina de costura Singer ou em berços infantis. Nas ruínas mais sofisticadas, permanecem os chafarizes nos jardins, as janelas em estilo art déco, as escadas e gradis de ferro fundido e, espalhados por toda parte, louças e garrafas de bebida de origem europeia.[49]

Em Annobón, o tempo estacionou. A população, que em 2013 contava vinte mil almas, continua pobre. A partir de 1990 e até o final da década de 2000, empresas britânicas e norte-americanas despejaram enorme quantidade de lixo tóxico e radioativo na ilha, e toda a compensação financeira recebida foi parar nos cofres do governo, no continente.[50]

48 Benita Sampedro Vizcaya (2012): *Routes to ruin*. Artigo em *LL Journal*, vol. 7 nº 2.

49 Ibid.

50 *Der Spiegel*. 28 de agosto de 2006.

1905: Afonso XIII, entronizado rei de Espanha
desde seu nascimento, em 1886

LIVROS

Robert Hamill Nassau (1910):

Corisco Days. The first thirty Years of the West Africa Mission.

Mary Henrietta Kingsley (1897):

Travels in West Africa. Congo Français, Corisco and Cameroons.

O pior inimigo da sociedade tribal africana é aquele que ali chega e diz: agora vocês devem abandonar esses hábitos repugnantes, abraçar a civilização e ir para a escola

MARY KINGSLEY

PERÍODO:

1849–1866

PAÍS:

ILHA DE VANCOUVER

POPULAÇÃO: 30.000

ÁREA: 31.285 km^2

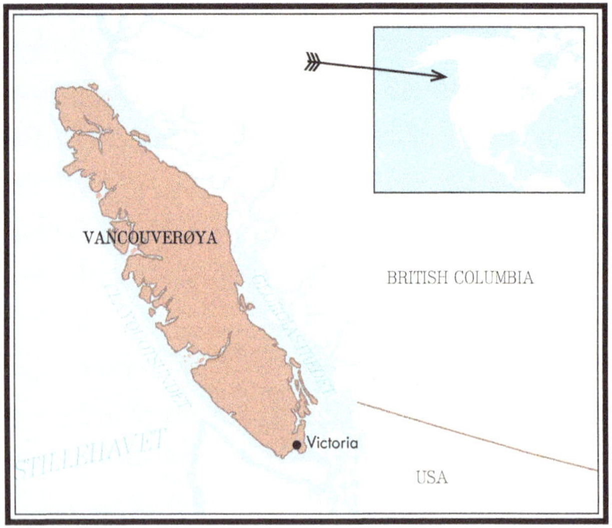

Templos de madeira

Ele pega um cigarro, enfia a cigarreira no bolso do blazer e reclina-se na espreguiçadeira, sem disfarçar o ar de surpresa. A ilha se parece com uma enorme rocha, é verdade, e é coberta por uma floresta extensa de sul a norte. Através das lentes dos binóculos da marca Zeiss, o jovem nobre Charles Barrett-Lennard acaba de avistar a Ilha de Vancouver, a maior do Pacífico a leste da Nova Zelândia.

Junto com o colega oficial Napoleon Fitzstubbs, ele embarcara numa viagem de descanso depois de servir penosamente no regimento dos *dragoons* na Guerra da Crimeia. Estão escoltados por uma chalupa espaçosa, utilizada como transporte de carga, e trouxeram até seus cães, incluindo um buldogue de excelente pedigree. Estamos no final do verão de 1860 e ambos pretendem circum-navegar a Ilha de Vancouver, na qual o capitão James Cook foi o primeiro europeu a pôr os pés, em 1778.

Uma vez ancorada a chalupa ao largo da aldeia de casas de madeira que compõem o centro de administração de Vitória, ao sul da ilha, eles zarpam na direção leste. O plano é começar a navegação pelo estreito da Geórgia. O sol brilha forte e o vento de popa enfuna a insígnia do *Royal Thames Yacht Club*. Não tardaram encontrar os primeiros indígenas, de olhos escuros, pele cor de cobre, rostos largos, lábios grossos e cabelo negro e liso que jamais é cortado. Todos, sem exceção, "trajam peças de indumentária bizarras e coloridas, a bem dizer quase festivas".[51] Um cacique propõe fazer um escambo no buldogue e Barrett-

51 Charles Edward Barrett-Lennard (1862): *Travels in British Columbia: with a narrative of a yacht voyage round Vancouver's Island.*

-Lennard recusa de imediato. No lugar do cão, oferece um par de calças pelas quais o chefe não demonstra nenhum entusiasmo, a despeito de terem sido feitas sob medida pelos alfaiates da Hill & Sons, na Bond Street.

Na baía de Clayoquot, vão avistando uma série de aldeias indígenas em clareiras ao longo da costa e ficam maravilhados: "A mirada daquelas construções deixou em mim a mesma impressão que tive quando da primeira vez que visitei Stonehenge".[52]

As casas são grandes como estações ferroviárias e sustentadas em estruturas de madeira crua cujos troncos medem mais de um metro de diâmetro. O telhado e as paredes de couro curtido são revestidos por tábuas largas separadas umas das outras por um sistema de cunhas. É difícil crer que, apesar disso, os moradores ainda sejam nômades. Cada tribo possui duas ou três aldeias para as quais se muda de tempos em tempos, levando consigo o revestimento das casas e deixando para trás a estrutura.

Na Ilha de Vancouver viviam, em meados do século XIX, mais de trinta mil indígenas das tribos kwakiutl, nuu-chah-nulth e diferentes grupos salish, todos vivendo da caça. Além disso, forneciam à britânica *Hudson Bay Company* peles de lontras, alces, castores e esquilos, recebendo em troca facas, chaleiras, agulhas e linha, mas sobretudo mantas de lã, que funcionavam como moeda na ilha. As mantas eram especialmente produzidas pela Hudson Bay Company e seu valor era atribuído pelo tamanho e pelo mostruário de tiras coloridas.

52 Ibid. No original: "The sight of these buildings produced the effect of wonder in my mind as did the first visit to Stonehenge".

Desde sua fundação, em 1760, a Hudson Bay Company assumiu o monopólio do comércio de peles a norte do continente norte-americano até o Ártico. A companhia inaugurou o entreposto comercial Victoria Station na Ilha de Vancouver em 1846, e imediatamente celebrou um acordo de dez anos sobre todas as exportações e importações locais. O encarregado local chamava-se James Douglas, que ascendeu à posição passando por todos os cargos na hierarquia da empresa. Douglas, um indivíduo corpulento de sobrancelhas espessas e longas suíças, inspirava autoridade e tinha o respeito dos nativos.

A notícia de que a companhia vinha auferindo lucros astronômicos rapidamente cruzou o Atlântico e, em 1849, os britânicos decidiram formalizar o status de colônia da ilha. Richard Blanshard foi enviado como primeiro governador colonial. Era um homem refinado, cujo nível cultural era bem superior ao de Douglas — ou pelo menos era o que ele achava. Sua missão era fazer uma administração eficiente. À parte isso, deveria também facilitar a imigração desde a Grã-Bretanha. Na prática, sua gestão foi marcada por problemas. A Hudson Bay Company era avessa a mudanças: não queria a ilha invadida por colonos e preferia manter as florestas preservadas garantindo, assim, permanente estoque de animais de caça. Sobretudo, desejava manter em ótimo nível as relações com os indígenas fornecedores de peles.

Tudo conspirou para uma rivalidade clássica entre Douglas e Blanshard: a força bruta versus o poder formal. Blanshard rapidamente compreendeu que as iniciais da companhia, *HBC*, também significavam *Here Before Christ* (*Aqui antes de Cris-*

to).[53] Ele não tinha como resistir à oposição que sofria em todos os setores, desde a população civil até agentes do governo, e entregou os pontos no primeiro round.

Parece que Blanshard resolveu descontar as mágoas nos nativos. Ele nunca escondeu seu desdém pela cultura nativa, alegando que os índios eram indisciplinados e irracionais e deviam ser mantidos sob controle para evitar "um rompante de raiva, comum entre os selvagens".[54] Depois de algumas escaramuças envolvendo índios, ele organizou uma expedição para puni-los — mas não perdeu tempo tentando identificar os culpados. Em vez disso, aplicou punições coletivas ateando fogo a várias aldeias. O resultado foi fatal. A cooperação entre índios e colonizadores, incluindo a Hudson Bay Company, subitamente deixou de existir.

Se Blanshard foi forçado a renunciar ou simplesmente se cansou daquilo tudo não se sabe ao certo. Depois de menos de dois anos como governador, demitiu-se e retornou à Inglaterra. Nos anos que se seguiram, não perdia uma única oportunidade de difamar a colônia: "Não passa de um entreposto comercial de peles".[55]

Não é de surpreender que James Douglas assumisse como governador, cargo que acumulou com a chefia da Hudson Bay Company. Readquiriu a confiança dos índios e exortava a todos a manter uma amizade duradoura com os "filhos da floresta".[56] Os poucos novos colonos que aportavam ali neste interim se desesperavam e retornavam à terra natal. A paz a reinar e o registro de conflitos entre brancos e índios no distrito ficou bem abaixo da média para a América do Norte de então.

Foi também James Douglas quem escreveu uma carta à administração da colônia, em Londres, mencionado a necessidade de imprimir selos. Ele sugeriu uma edição conjunta com a colônia vizinha da Colúmbia Britânica, no continente, para economizar recursos. Uma só emissão resolveria, julgava ele, que se apressou a incluir um esboço de sugestão na própria carta. Cem folhas de 240 selos cada supririam a demanda.

Em 1860, os selos são impressos por Thomas De La Rue, em Londres. São vermelho-claros, têm valor de face de 2,5 *pence* e exibem a efígie da rainha Vitória — qualquer outra ilustração seria inadmissível. Desta vez, temos uma versão mais madura da soberana, retratada de uma maneira bem mais profissional que nos selos de Van Diemen's Land. Seus olhos baços e pálpebras pesadas lhe conferem um certo ar de estátua grega e resultam numa expressão superior, distante e fria, própria de qualquer monarca que se preze. Mesmo assim, temo que meu selo perdeu um pouco dessa aura. Está bem mais desbotado do que deveria, provavelmente por ter passado tempo demais sob a luz do sol.

Depois que se descobriu ouro no continente, todo o interesse concentrou-se ali. Quando o tesouro da Ilha de Vancouver ficou sem recursos, em 1865, decidiu-se pela união com a Colúmbia Britânica no ano seguinte, mantendo-se este mesmo nome. Em 1871, a Colúmbia Britânica passou a ser uma província do Canadá.

53 Robin Fisher (1992): *Contact and Conflict: Indian-European Relations in British Columbia*.

54 Ibid. No original: "a sudden outburst of fury to which all savages are liable".

55 Edwin Ernest Rich (1959): *The History of the Hudson's Bay Company*. No original: "Nothing more than a fur trading post".

56 Robin Fisher (1992): *Contact and Conflict: Indian-European Relations in British Columbia*.

1860: Busto da rainha Vitória, da Inglaterra

LIVROS

Matthew Macfie (1865):

Vancouver Island and British Columbia: Their History, Resources and Prospects.

Charles Edward Barrett-Lennard (1862):

Travels in British Columbia: with a narrative of a yacht voyage round Vancouver's Island.

Margaret Horsfield & Ian Kennedy (2014):

Tofino and Clayoquot Sound: A History.

A mirada daquelas construções deixou em mim a mesma impressão que tive quando da primeira vez que visitei Stonehenge

CHARLES BARRETT-LENNARD

BOYACA
IQUIQUE

1860 ~ a ~ 1890

PERÍODO:

1862–1894

PAÍS:

OBOCK

POPULAÇÃO:

2.000

ÁREA:

7.500 km²

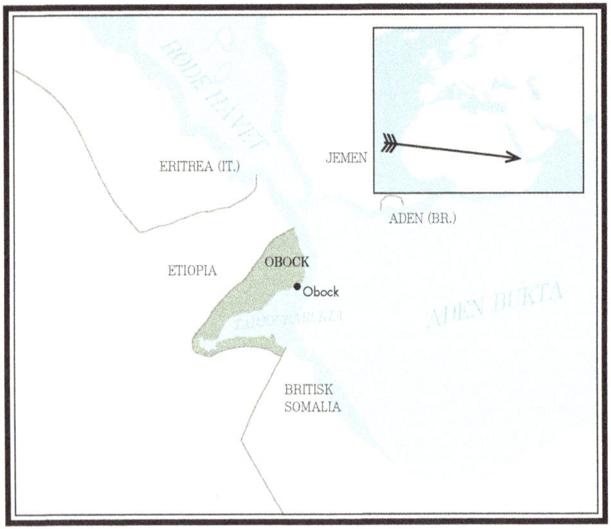

Tráfico de armas e sopa de bode

Ao ser adquirida pelos franceses em 1862, Obock não passava de uma vila de pescadores isolada em meio a um deserto verde-oliva cuja areia era mais grossa que a dos demais desertos.

Paira um clima de permissividade, e um funcionário colonial recém-chegado facilmente se entregaria aos excessos do lugar. Quem sabe por ter bebido além da conta na sua recepção de boas-vindas, ele agora se vê perdido nos labirintos ermos além dos limites do quarteirão administrativo, onde as ruas são de calçamento tosco e as casas de tijolo nu só têm o andar térreo. Aqui, não. A população vive em cabanas de pau a pique. O céu estrelado não chega a vencer a escuridão da noite, exceto onde alcança o lume dos lampiões a óleo. Ele tropeça e deixa cair no chão a garrafa de pastis, que se espatifa em cacos. A próxima sensação que consegue identificar é a da areia enchendo-lhe a boca. Ao longe, ouve o latido de cães. De repente, sente alguém erguê-lo pelos braços. Só despertará com as primeiras luzes da manhã, deitado sobre um colchão de palha trançada. Uma mulher lhe oferece sopa de bode, que ele nem ousa provar. Sente-se péssimo, porém fica aliviado ao lembrar que sua família, que deixou na França, não o encontrará naquelas condições.

Obock tornou-se a primeira colônia francesa na região do mar Vermelho. Os sultões locais de Tadjura, Gobaad e Rheia viram-se forçados a aceitar todas as imposições depois do assassinato do cônsul francês em Áden, alguns anos antes. O valor: meros dez mil táleres Maria Theresa[57], assim chamados em homenagem à imperatriz austríaca há muito falecida, mas ainda emprestando seu nome à moeda corrente na região.

As obras no canal de Suez já duravam alguns anos. Tanto a Itália quanto a Inglaterra já haviam se estabelecido ali, e a França almejava ter sua base própria para garantir o suprimento de carvão, necessário tanto para sua marinha em processo de modernização como para um fluxo constante de cargueiros que retornavam abarrotados de mercadorias das colônias no sudeste asiático.

Obock, porém, se mostrou uma escolha infeliz. Embora cercado por recifes de corais, o porto não oferecia proteção contra as fortes marés do golfo de Áden, decorrentes das tempestades que assolam o Oceano Índico ano após ano. Somente em 1894 os franceses resolvem se fixar num porto em melhores condições, na margem oposta do golfo de Tadjura, no Djibuti.

No seu auge, entre 1884 e 1885, a população de Obock chegou a duas mil pessoas. Entre elas, além dos agentes oficiais e de uns poucos mascates, havia muitos aventureiros e alguns meliantes atraídos pelas generosas ofertas do rei Menilek II, que não fazia segredo da sua enorme fortuna em marfim e outros artigos de valor.

Um dos caçadores de tesouros acaba sendo o poeta francês Arthur Rimbaud, famoso por seu desejo de liberdade infinita e por seus experimentos com bebidas, drogas e sexo. Aos 21 anos, ele tem para si que não havia mais nada que ainda pudesse ser escrito. Depois de cruzar a Europa de cabo a rabo e

57 Equivalentes a 230 quilos de prata na época.

desaparecer sem paradeiro conhecido pelas florestas de Java, ele ressurge em Obock.

Desiludido, até aqui de mágoas, exausto e sem dinheiro após anos e anos de excessos, Rimbaud tenta dar a volta por cima, mas precisa, antes de mais nada, obter uma fonte de renda, pois já não suporta mais viver das mãos para a boca. A solução? Contrabandear armas.

Ele então aluga uma casinha de porta e janela a oeste do golfo de Tadjura a fim de evitar chamar a atenção dos outros colonos.

> É uma pequena vila Danakil[58] com algumas mesquitas e palmeiras. Há um antigo forte construído pelos egípcios, onde seis soldados franceses veem seus dias minguarem sob as ordens de um sargento que comanda o destacamento.[59]

Seu olhar sobre a sociedade de Obock é de puro desprezo: "A gentinha da administração francesa só se ocupa de realizar banquetes e beber à custa do dinheiro do governo, que não verá um centavo desta colônia horrorosa, colonizada por não mais que uma dúzia de flibusteiros".[60]

58 *Danakil* é o nome da região desértica.

59 Paterne Berrichon (1899): *Lettres de Jean-Arthur Rimbaud* – Égypte, *Arabie*, Éthiopie. No original: "C'est un petit village Dankali avec quelques mosquées et quelques palmiers. Il y a un fort, construit jadis par les Egyptiens, et où dorment à présent six soldats français sous les ordres d'un sergent, commandant le poste".

60 Ibid. No original: "... la petite administration française s'occupe à banqueter et à licher les fonds du gouvernement qui ne fera jamais rendre un sou à cette affreuse colonie, colonisée jusqu'ici par une douzaine de flibustiers seulement".

Naturalmente, ele se considera acima de tudo aquilo e, portanto, sente-se à vontade para obter um bom lucro oferecendo ao rei Menilek II carabinas francesas obsoletas por 40 francos a unidade. O negócio se prova mais fácil que ele pensara a princípio, o que atiça sua megalomania: ele escreve ao ministro das Relações Exteriores da França propondo inaugurar ali uma fábrica de armas, mas a ideia não sai do papel.

Como era de esperar, Rimbaud acaba envolvendo-se num romance, provavelmente com uma francesa, e a relação tampouco dá certo. Imagine o cenário: um sujeito maltrapilho, cabisbaixo, de idade ignorada, vagando sem rumo pela praia deserta, tomado por sentimentos de autocomiseração e pessimismo e infenso a quaisquer impressões externas, sejam elas o odor acre de sardinhas mortas na praia ou o sol brilhando nas águas azul-claras do golfo: "Já conheço este baile de máscaras (...). Preciso aproveitar os dias que me restam caminhando a esmo, exausta e penosamente, sem esperar nada senão a morte e o sofrimento".[58]

Por fim, ele consegue, a muito custo, fugir para o território britânico de Áden, no lado oposto da foz do mar Vermelho. Em seguida, é embarcado às pressas no vapor *L'Amazone* de volta à França, onde morre.

Quem acaba levando a melhor é Menilek II. Ele conquista o império etíope e é sucedido por seu neto, sua filha e depois por seu primo, o ainda mais lendário Hailé Selassié.

A estampa do meu selo mostra um grupo de guerreiros nativos com escudos e lanças — e dá a exata medida da importância das armas que Rimbaud decidiu contrabandear.

O selo tem um carimbo datado de 9 de março de 1894, ou seja, pouco antes da colônia ter sido extinta. Talvez tenha sido usado para avisar aos destinatários que o reencontro com o remetente não tardaria a ocorrer. A perfuração na margem dos selos serve para destacá-los uns dos outros, o que já era uso corrente na maioria dos países, mas não em Obock. Neste selo, cujas marcas de corte são apenas desenhadas, o que vale é a intenção.

A França manteve sua possessão ao longo do golfo de Tadjura, primeiramente batizado de *Somalilândia Francesa* e depois de *Território de Afar e Issa*, de acordo com as duas etnias locais mais relevantes.

Somente após um referendo e mediante uma pressão maciça dos países vizinhos, *República Livre do Djibuti* declarou-se independente em 1977. Menor país do Chifre da África, seus constantes conflitos internos resultam em massacres sangrentos por toda parte. A cidade de Obock, localizada na área tradicional da etnia afar, por enquanto tem sido poupada.

1894: Guerreiros nativos reunidos no conselho de guerra

RECEITA

Sopa Fah-Fah (5 porções)

500g de carne de bode

250g de batatas

1/4 de couve ou repolho

1 alho-poró

1 tomate

1 dente de alho

1/2 pimentão verde

1 cebola

sal, pimenta e coentro

Preparo: Corte os legumes e a carne em pedaços e coloque numa panela com água. Deixe ferver em fogo baixo por 20 minutos. Adicione o coentro picado e o alho amassado. Acrescente um pouco mais de água e cozinhe por uma hora. Tempere com sal e pimenta.

LIVROS

Wyatt Mason (2003):

I promise to be good. The Letters of Arthur Rimbaud.

Richard Alan Caulk (2002):

Between the Jaws of Hyenas: A Diplomatic History of Ethiopia.

A gentinha da administração francesa só se ocupa de realizar banquetes e beber à custa do dinheiro do governo, que não verá um centavo desta colônia horrorosa, colonizada por não mais que uma dúzia de flibusteiros

ARTHUR RIMBAUD

PERÍODO:

1863–1903

PAÍS:

BOYACÁ

POPULAÇÃO:

498.541

ÁREA:

91.647 km²

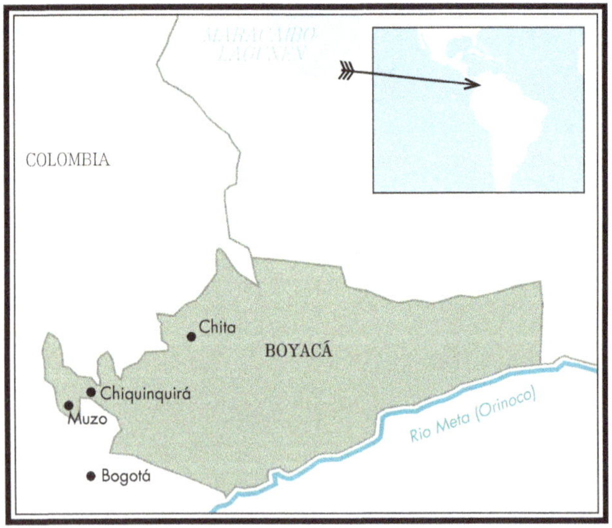

Decadentes na guerra

Julio Flórez nunca colecionou selos. Ocupava-se de outras coisas. Em fotografias tomadas na virada do século XIX, ele faz uma pose quase narcísica – cabelos cacheados, penteados para trás com gomalina, bigode eriçado como a cauda de uma onça negra, sobrancelhas espessas e arqueadas que não fariam vergonha a Salvador Dalí. Tudo isso cuidadosamente arranjado para servir de moldura a olhos levemente esbugalhados, como se quisessem saltar das órbitas, bem próprios a um poeta. Ele acabara de lançar uma coletânea de poemas eróticos que ultrajaram a sociedade local, o que só pode ter lhe deixado em êxtase – diante do pai, da mãe e do restante da família.

Julio Flórez nasceu em 1784, no seio da aristocracia liberal da aldeia de Chiquinquirá, centro administrativo do *Estado Soberano Boyacá*, no cinturão cafeeiro dos Andes. A cidade fica encravada na face oeste das escarpadas montanhas da *Cordillera Oriental*, que se ergue a mais de cinco mil metros de altitude a leste para então descer pelos planaltos de Llanos até o nascedouro da bacia do Orinoco e a fronteira com a Venezuela, ao norte.

Até 1863, Boyacá fazia parte da Colômbia, a primeira (1819) república constitucional da América do Sul. Depois de uma guerra civil sangrenta, a república dissolveu-se numa colcha de retalhos instável de estados mais ou menos autônomos. Boyacá era de longe o mais miserável deles. Não exatamente por carecer de recursos: possuía as maiores minas de sal, em

Chita, e de esmeralda, próximo a Muzo. Havia também extensas áreas férteis, sobretudo nos vales a oeste, porém as estradas eram péssimas e o transporte de mercadorias precisava ser suspenso durante as duas estações chuvosas do ano — na melhor das hipóteses, uma única tropa de lhamas transportando alpargatas de sisal conseguia chegar ao mercado em Bogotá.

Depois de mais uma guerra civil, em 1885, a soberania de Boyacá chegou ao fim. A República da Colômbia foi restabelecida e o território rebaixado a província, ainda que com amplos poderes. Em 1899, aproveitou a oportunidade de lançar selos próprios, um dos quais mostra um condor andino de pescoço nu, colarinho branco e asas estendidas sobre um brasão de armas indistinguível. O papel de má qualidade facilmente se rasga e a impressão tampouco é motivo de orgulho — basta uma lambida para perceber que até a camada de cola está ressecada.

A coletânea de poemas de Julio Flórez foi publicada em 1899, mesmo ano em que o escritor Jorge Luís Borges veio ao mundo em Buenos Aires, a mil quilômetros ao sul do continente. Quando o último selo de Boyacá foi emitido, em 1904, Salvador Dalí nascia em Figueras, na Espanha. Julio Flórez já estava morto havia algum tempo, mas, de certa maneira, foi uma espécie de predecessor ideológico de surrealistas mais célebres.

É nesta época que ele se muda para Bogotá e cria *La Gruta Simbólica* em companhia de artistas com quem tinha afinidade. A ideia surgiu, segundo ele mesmo, após escaparem por um triz de serem presos por um batalhão de soldados do governo, durante um toque de recolher. As conversas regadas a muita bebida que se seguiram resultaram, na manhã seguinte, no panfleto "De la decadencia y el simbolismo", francamente inspirado pelos franceses Charles Baudelaire e Arthur Rimbaud.

O fim do século XIX foi um período de prosperidade e de crença no futuro, mas especialmente artistas e filósofos não compartilhavam desse otimismo. Surgia o conceito do *fin-de-siècle* para descrever, com certa melancolia, um período que chegava ao ocaso. Os mais radicais chamavam a si mesmos de *decadentes*. Vem daí o termo *décadence*, empregado muito mais como estratégia de provocação. Os artistas decadentes não desejavam parecer como tais. O propósito era revelar a decadência que enxergavam na contemporaneidade ao mesmo tempo que reivindicavam o direito à liberdade artística, independentemente de influências unidimensionais ou autoritárias. No reino "supernatural" da beleza, declarou Baudelaire, o desejo é "puro", a melancolia, "graciosa", e o desespero, "nobre".[61]

La Gruta era composta por 70 artistas plásticos, músicos e poetas, alguns do sexo feminino. Eles fazem saraus secretos nos restaurantes *La gata golosa* e *La cuna de Venus*, próximos à catedral de Bogotá. Aproveitam as noites cálidas para se aventurar em passeios pelos cemitérios do bairro:

> Ouve-se da cripta um melancólico arranjo de cordas. Alguns pássaros batem as asas nos ciprestes e, sob um enxame de pirilampos, o luar clareia os mármores das lápides. Trocam-se confidências com os túmulos. Fazem-se serenatas aos mortos! Alguns repousam a testa nos troncos de árvores e meditam.[62]

---

61 Per Buvik (2001): *Dekadanse.*

62 Luis María Mora, citado in Juana Salamanca Uribe (2007): La Gruta Simbólica. Una anécdota en sí misma. No original: "Una melancólica música de instrumentos de cuerda sonaba en la cripta. Algunas aves sacudían las alas en los cipreses; cruzaban de lejos las luciérnagas de los fuegos fatuos y la luna iluminaba los mármoles de las tumbas. ¡Eran confidencias con los sepulcros! ¡Eran singulares serenatas a los muertos! Algunos inclinaban la frente contra los troncos de los árboles, y meditaban".

A Colômbia daqueles tempos estava devastada pela *Guerra dos Mil Dias*, um levante liberal contra um regime autoritário e conservador. A crise irrompeu quando os conservadores foram acusados de fraude eleitoral e se agravou devido à crise econômica após a derrocada dos preços do café. Mais de cem mil colombianos foram feridos ou perderam a vida na guerra, entre eles um grande contingente de crianças, obrigadas a pegar em armas pelo lado conservador.

Pouca coisa mudou quando um acordo de paz foi assinado em 1902, sob forte pressão dos Estados Unidos, que temiam que a instabilidade atrasasse a construção do Canal do Panamá.

Em 1905, Julio Flórez foi exilado por blasfêmia. Por motivos pouco claros, foi reabilitado alguns anos depois e nomeado secretário da embaixada colombiana na Espanha, onde morreu, em 1923, provavelmente de câncer. Seu nome talvez seja desconhecido para a grande maioria das pessoas, mas, na Colômbia, "Mis flores negras" é um exemplo de obra que se tornou maior que seu autor: "*Oye: bajo las ruinas de mis pasiones / Y en el fondo de esta alma que ya no alegras / Entre el polvo de ensueños y de ilusiones / Brotan entumecidas mis flores negras*".[61] O poema é certamente uma paráfrase de *As flores do mal*,[63] coletânea de poemas de Baudelaire, e foi musicado por vários cantores de tango latino-americanos.[64]

A província original de Boyacá está atualmente dividida em três: Boyacá, Arauca e Casanare. A nova província de Boyacá compreende sobretudo as áreas montanhosas a oeste. A 2.800 metros acima do nível do mar, a cidade de Tunja, com seus 180 mil habitantes, é a capital. As estradas encontram-se atualmente em melhores condições e a produção de café, tabaco, frutas e cereais consegue chegar aos mercados.

Nos bastidores, a rivalidade política entre liberais e conservadores persiste até hoje e chega, às vezes, a extremos de violência. Julio Flórez, depois de tudo, foi homenageado com um parque que leva seu nome na localidade onde nasceu, Chiquinquirá.

1903: Brasão de armas com condor e bandeiras

63 Julio Flórez: "Mis flores negras". Primeira de cinco estrofes.

64 Por exemplo, Carlos Gardel (1999): "Mis flores negras", gravação remasterizada.

LIVROS

Julio Flórez (1988):

Poesia escogida, nova edição.

José Vicente, Ortega Ricaurte & Antonio Ferro (1981):

La Gruta Simbólica.

Per Buvik (2001):

Dekadanse (Decadência).

MÚSICA

Carlos Gardel:

"Mis flores negras"

Ouve-se da cripta um melancólico arranjo de cordas. Alguns pássaros batem as asas nos ciprestes e, sob um enxame de pirilampos, o luar clareia os mármores das lápides.

LUIS MARÍA MORA

PERÍODO:

1771–1949

PAÍS:

ALWAR

POPULAÇÃO:

682.926

ÁREA:

8.547 km^2

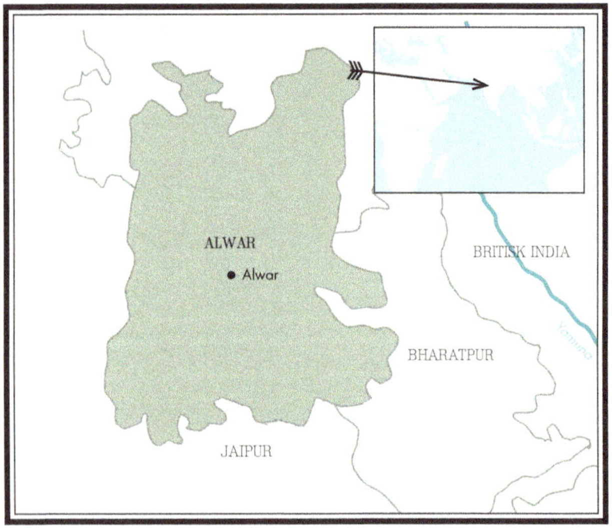

Príncipes encantados e doces

O texto no selo de 1877 é escrito no alfabeto devanagari *indiano. No alto, fica claro que estamos em Alwar, um principado um pouco maior que o bairro de Copacabana, no Rio de Janeiro. Na parte interior, está declarado o valor do porte seguido do número 31, o que é um mistério. É provável que as chapas de impressão tenham sido produzidas em 1931 do calendário hindu, o que corresponde a 1875 no calendário gregoriano, mas o selo só veio a ser impresso dois anos depois.*

A ilustração traz a tradicional adaga chamada de *katar* com cabo em forma de H e lâmina triangular, tudo compondo uma só peça. Reza a lenda que um príncipe se livrou de quatro bandidos que o haviam capturado retirando o katar do cinto de um deles usando apenas os dedos do pé, para então apunhalá-lo no estômago.

O mito fundador do principado de Alwar diz muito da sua essência, um local cuja tradição de ardis, traições e violência faz as aventuras das *Mil e uma noites* parecerem historinhas infantis.

O pano de fundo para tudo isso é a instituição dos principados indianos. Mais uma vez são os britânicos quem dão as cartas.

A East India Company (Companhia das Índias Orientais) era o correspondente oriental da Hudson Bay Company, na América do Norte — uma empresa puramente comercial estabelecida no século XVII por aristocratas e comerciantes abastados. O objetivo era trazer para a Grã-Bretanha artigos do "longínquo Oriente", como algodão, especiarias, tintura índigo, chá e ópio. O Estado britânico pouco se envolvia, e a companhia conseguia maximizar seus lucros sem nenhum limite ético ou diplomático, incluindo aqui exércitos mercenários e administradores que solapavam qualquer tentativa local de autonomia. Na Índia, a companhia detinha, sozinha, o controle de mais de sessenta por cento das terras, enquanto o restante era dividido pelos principados.

O primeiro principado a assinar um tratado de cooperação foi Alwar — então Ulwar — em 1803, sob regência do marajá Bakhtawar Singh, descendente dos xátrias da dinastia Rajapute. O tratado lhe era duplamente favorável. Não apenas assegurava uma ótima fonte de renda como também evitava que rivais ensaiassem qualquer tentativa de destroná-lo. Os mercenários da Companhia das Índias não permitiriam.

Mesmo assim, o marajá sentiu-se ameaçado e, em 1811, achou por bem eliminar todos os muçulmanos dos seus domínios. Mandou queimar as mesquitas e decepar narizes e orelhas dos fiéis, os quais enviava como presente aos príncipes muçulmanos da vizinhança. Até os ossos das vítimas eram despachados para além das fronteiras.[65]

A Companhia das Índias Orientais ficou apreensiva devido a problemas de longa data com os muçulmanos, que constituíam uma parcela significativa da população de muitos estados indianos. Sob ameaça do exército da empresa, Bakhtawar Singh cedeu e prometeu não repetir a desdita. Como prêmio de consolação, foi autorizado a renomear o território para Alwar, para ficar à frente tanto no alfabeto como na fila da lenta burocracia indiana.

Apesar do aumento da demanda por bens coloniais em toda a Europa durante o século XIX, surgiram grandes dificuldades financeiras para a operação da Companhia das Índias Orientais. Após uma série de desastres ocasionados pela empresa, que impunha o cultivo de ópio nas lavouras em vez de grãos, uma rebelião eclodiu em 1857 e se alastrou rapidamente pelo continente indiano. O exército de 280 mil homens da companhia viu-se em apuros, e os tumultos não cessaram até o governo britânico agir e nacionalizar a empresa, em 1858. O fato de o imperialismo empresarial ter se transformado em imperialismo estatal pouco afetou os marajás de Alwar e os outros principados. Eles podem até ter cedido aqui e ali, mas as estruturas de poder permaneciam como antes.

No final do século XIX, a norte-americana Eliza Ruhamah Scidmore faz uma viagem por Alwar. Como muitos outros turistas estrangeiros, fora atraída pela mística dos contos de fada dos príncipes e seus excessos de riqueza e esplendor.

Em 1892, Jai Singh Prabhakar Bahadur herda o trono. Ao contrário de seus antecessores, que, sem exceção, exibiam compridas barbas tingidas, ele parece um europeu ordinário, com barba aparada e bigode estreito, mas seus olhos traziam um certo exotismo e suas vestes de seda adornadas com ouro e diamantes não têm rivais entre os demais principados, para deslumbre dos turistas.

Eliza Ruhamah Scidmore descreve procissões com trezentas cantoras acompanhando o elefante do príncipe aonde quer que vá. Também menciona castelos de aposentos enormes com paredes de puro mármore, móveis de prata e enormes jar-

65 G. B. Malleson (1875): *A Historical Sketch of the Native States of India.*

dins de orquídeas nunca vistas; tigres de estimação e papagaios azuis recitando frases inteiras em rajapute; estábulos com quinhentos cavalos e quarenta elefantes "que empinam as patas e balançam as trombas para honra e glória do rajá".[66]

De volta ao hotel, na estação de trem, ela toma um chá com suas companhias de viagem e decide pedir *kalakand*, um doce local feito à base de leite adoçado e frutas secas, cozido numa panela grande até engrossar.

No quarto, ela encontra brochuras turísticas que revelam o outro lado do principado. "Roga-se aos hóspedes que não açoitem os empregados e queiram, em vez disso, denunciá-los ao diretor, que os castigará em pessoa."[67] É também apresentada ao sistema *begar*, segundo o qual quem não pertence à aristocracia deve contribuir trabalhando um mês de graça a cada ano. O próprio príncipe determinará quando e como o trabalho deve ser realizado. As mulheres podem ser intimadas ao palácio a qualquer momento, a despeito de qualquer outra atividade que estejam realizando, e os homens devem abandonar suas lavouras se convocados para colher ópio nas plantações do príncipe. Ao mesmo tempo, a carga tributária é alta e taxas extraordinárias podem ser impostas sem aviso prévio caso uma princesa vá contrair matrimônio, por exemplo, ou se o príncipe desejar comprar um elefante ou um carro novo.

Carros novos é o que Jai Singh Prabhakar Bhadur não para de adquirir em suas constantes viagens à Europa. Carros de luxo, é claro. Ao se sentir humilhado numa concessionária Rolls-Royce, em Londres, ele resolve adquirir seis deles, os mais caros, e convertê-los em veículos para a coleta de lixo, para desgosto e prejuízo da montadora, que teve contratos rescindidos em toda a região.

Noutra ocasião, insatisfeito com o desempenho dos cavalos durante um torneio de polo, o príncipe decide queimá-los vivos no estádio, embebendo-os primeiro em gasolina, um rompante capaz de ferir a sensibilidade até dos oficiais britânicos na plateia.[68] A gota d'água foi quando se descobriu que costumava caçar tigres usando como iscas crianças pequenas. Os britânicos destituem o marajá em 1933 em favor do seu primo, Tej Singh. O antigo regente muda-se para Paris, onde passa seus últimos anos usando luvas para evitar o contato físico com os brancos.

Tej Singh Prabhakar Bahadur não era tão irascível quanto seu antecessor, mas demonstrava a mesma arrogância e um completo desinteresse em promover melhorias sociais: "Somos os descendentes do sol e da lua. As pessoas são nossos filhos, e o relacionamento que nos une é o mesmo entre um pai e um filho. O Livro Sagrado nada diz sobre reformas".[69]

De toda forma, Alwar chega ao fim em 1949 e é incorporado à incomparavelmente mais democrática *União da Índia* (1947-1950). Tej Singh Prabhakar Bahadur, porém, não cedeu o poder de bom grado, como perceberam os muçulmanos da região — estes bem mais inclinados a um governo democrático. Ao longo de seis meses, quase todos foram expulsos pelo marajá.

Tej Singh Prabhakar Bahadur retirou-se de cena e retornou para Délhi, onde viveu confortavelmente de rendas até morrer, em 2009.

66 Eliza Ruhamah Scidmore (1903): *Winter India*. No original: "... tramping and swinging their trunks in idleness 'for the honor and glory of the raja' ".

67 Ibid. No original: "Visitors will please not beat the servants, but report them to the manager, who will punish them".

68 Olle Strandberg (1961): *Tigerland og sydlig hav*.

69 Margaret Bourke-White (1951): *Gjennom India. Det nye India og Pakistan*.

1877: Edição com adaga e texto na escrita devanagari

LIVROS

Eliza Ruhamah Scidmore (1903):

Winter India.

RECEITA

Kalakand

1,5 litro de leite

100 g de açúcar

1 colher de chá de açafrão

2 colheres de sopa de vinagre

Frutas secas para guarnição

Preparo: Ferva o leite e adicione o açúcar e o açafrão. Cozinhe até que o líquido esteja pela metade. Retire 150 ml e acrescente o vinagre ao restante, mexendo lentamente durante alguns minutos até o leite talhar. Retire a panela do fogo e deixe-a descansar por 15 minutos. Despeje o soro e amasse cuidadosamente a coalhada que restou com as mãos.

Aqueça 100 ml do leite reservado e acrescente à coalhada. Depois que a mistura secar e adquirir uma consistência firme, despeje-a numa tigela e a leve à geladeira. Para servir, acrescente o restante do leite reservado e as frutas secas picadas.

Somos os descendentes do sol e da lua. As pessoas são nossos filhos, e o relacionamento que nos une é o mesmo entre um pai e um filho. O Livro Sagrado nada diz sobre reformas

TEJ SINGH PRABHAKAR BAHADUR

PERÍODO:

1878–1908

PAÍS:

RUMÉLIA ORIENTAL

POPULAÇÃO:	ÁREA:
975.030	32.550 km²

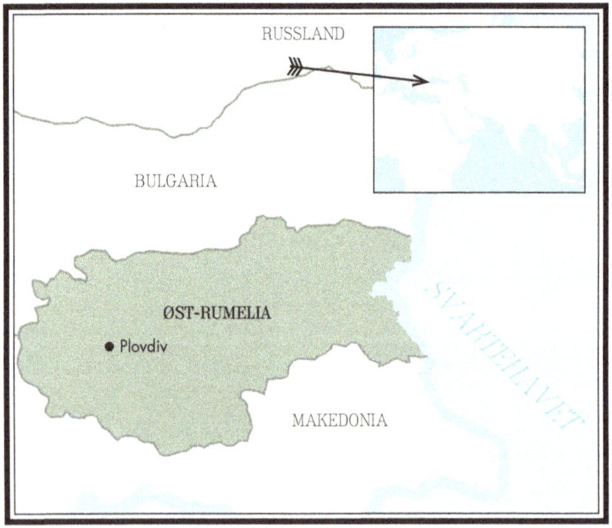

Um país esboçado na prancheta dos burocratas

Os Bálcãs sempre foram uma região problemática. No final da década de 1870, a situação política novamente se agravou, desta vez nos territórios abaixo do mar Negro, a leste. Os esforços diplomáticos internacionais são inúteis, e as grandes potências do Ocidente enviam seus representantes à região, tanto para tentar influenciar a situação como para medir a temperatura do que está de fato acontecendo.

Um cenário idêntico – embora ambientado numa época mais recente – transcorre no romance *Dardanelles Derelict* (*Abandono em Dardanelos*, em tradução literal), de Francis Van Wyck Mason. O livro começa com dois agentes norte-americanos saltando de paraquedas sobre uma paisagem montanhosa coberta de neve. Um deles é Hugh North, personagem à James Bond que se repete em vários romances policiais de Wyck Mason, o outro é o agente Jingles Lawson. Ambos se disfarçam de fazendeiros e North precisa usar uma peruca, pois os homens da região nunca cortam os cabelos. Ao mesmo tempo, os demais pelos do corpo são raspados, de acordo com a tradição local. "Provavelmente para evitar parasitas", diz Jingles, corando de vergonha. Os agentes também passam rapé no canto do olho, para simular uma inflamação, e recebem ordens explícitas de jamais assoar o nariz, a não ser com os dedos. Historiador por formação, Wyck Mason pode ter se inspirado em fatos reais para descrever tantos detalhes – e pode também ter abusado da licença poética em alguns deles.

Em 1870, a questão se resumia — como foi antes e voltaria a ser depois — a um joguete das grandes potências manipulando a população local de acordo com seus interesses. A Rússia estava determinada a conquistar quaisquer territórios necessários para assegurar um acesso ao Mediterrâneo. Para tanto, teria que expulsar os otomanos.

Fundado por um clã de turcos *oghuz*, o Império Otomano viveu seu auge no século XV, quando seus domínios abarcavam o Mediterrâneo a sul e a leste, e avançavam pela Ásia Menor até o Índico. Após dois séculos de estagnação, o império começou a se dissolver. A Rússia enxergou uma oportunidade em 1877, interveio e facilmente conquistou a porção de terra que cobiçava. O Tratado de Santo Estêvão, assinado no ano seguinte, assegurou a criação da Bulgária Maior, um território dominado pela Rússia que se estendia até à cidade portuária de Tessalônica, no mar Egeu.

As demais potências, que até então permaneceram passivas, passaram a se incomodar com o aumento da influência russa na região. Grã-Bretanha, França, Itália e Império Austro-Húngaro negaram-se a aceitar o tratado. O chanceler alemão Otto von Bismarck comprometeu-se a fazer uma mediação e, no verão de 1870, apresentou o Tratado de Berlim. Nele, o espólio russo fora drasticamente reduzido. Sob ameaças severas, os russos tiveram que ceder.

Bismarck ficou particularmente impressionado com a tenacidade do primeiro-ministro britânico, Benjamin Disraeli. "Aquele velho judeu. Que homem!"[70]

É certo que os russos mantiveram seu perímetro de influência sobre o norte da Bulgária, mas a Macedônia, ao sul, permaneceu sob domínio otomano. Para assegurar a coexistência pacífica, uma zona autônoma seria introduzida entre ambas. Coube aos britânicos sugerir o nome: *Rumélia Oriental*. O novo território deveria incluir a área entre o mar Negro, a leste, as montanhas dos Bálcãs, ao norte, e a cordilheira Strandzja, no sul. Os otomanos foram autorizados a manter a autoridade administrativa sob a expressa condição de que o novo país tivesse um dirigente cristão.

As especificidades étnicas e políticas nas áreas afetadas não foram levadas em consideração. Tudo não passava de um plano burocrático urdido em gabinetes que, como observou o ministro das Relações Exteriores britânico, Robert A. T. Gascoyne-Cecil, tinha lá suas limitações: "Devemos restabelecer algum tipo de domínio turco no sul dos Bálcãs. Trata-se, entretanto, apenas de uma trégua. Não há longevidade nela".[71]

Mesmo assim, os otomanos se deram por satisfeitos e cederam à Grã-Bretanha a ilha de Chipre como sinal de agradecimento. O Império Austro-Húngaro, por sua vez, manteve a Bósnia e Herzegovina inteiras.

Obviamente, a Rússia não ficou satisfeita com o resultado, mas pelo menos conseguiu assegurar que o novo príncipe regente da Bulgária, ao norte, fosse indicado pelo czar Alexandre II. Ele escolheu um sobrinho de sua esposa alemã, também chamado Alexandre. Quando o czar resolveu nomear um ministro da guerra com simpatias pelos russos, os búlgaros acharam que era hora de dar um basta. Surpreendentemente, o príncipe tomou partido dos búlgaros, mas foi imediatamente raptado por agentes russos e renunciou ao trono sem protestar. Os búlgaros aproveitaram o vácuo político para escolher seu próprio

70 Erling Bjøl (1986): *Imperialismen*. No original: "Der alte Jude, das ist der Mann".

71 Alan J. P. Taylor (1971): *The Struggle for Mastery in Europe 1848–1918*. No original: "We shall set up a rickety sort of Turkish rule again south of the Balkans. But it is a mere respite. There is no vitality left in them".

príncipe, que conseguiu se manter no poder até 1918, para infortúnio dos russos.

Enquanto isso, no recém-criado país da Rumélia Oriental, os otomanos haviam conseguido encontrar um príncipe cristão búlgaro com simpatias otomanas. Alexander Bogoridi foi instituído como regente. Os 975 mil habitantes, a maioria búlgaros, mantiveram-se apáticos à primeira vista. Na realidade, a chama da revolta começava a arder.

Os primeiros selos da Rumélia Oriental são emitidos em 1881, talvez como tentativa de infundir um sentimento de nacionalidade. São impressos em Constantinopla com elementos de design típicos de selos otomanos com a insígnia um tanto ambígua "Correios do Império Otomano" escrita em árabe. Além disso, trazem inscrições em grego, búlgaro e francês, numa espécie de prenúncio do que estaria por vir.

Meu selo traz o carimbo de *Philippoupolis*, nome grego da metrópole de Plovdiv, localizada no coração da planície da Trácia, a leste, em meio a uma paisagem ondulante de colinas discretas próximo às praias do rio Maritsa — um lugar com mais de seis mil anos de história. Trata-se, portanto, de uma das cidades mais antigas da Europa, séria candidata a se tornar a capital do novo país.

Em toda a região, fica cada vez mais evidente o desejo de uma Bulgária unificada que deve abranger não apenas a Rumélia Oriental e o restante do território ao norte, mas também a Macedônia. O clima se torna tão hostil que o governo otomano renuncia ao direito de manter tropas na Rumélia Oriental e recua seus exércitos para a Macedônia. Pouco depois, quando eclode na Macedônia o chamado levante de *Kresna-Razlog*, centenas de voluntários agrupam-se na fronteira do norte. Por pouco as forças otomanas não conseguem conter a revolta.

Em toda a região prossegue o movimento pela unidade búlgara e é criado o *Comitê Central Revolucionário Secreto da Bulgária*. O comitê aposta num levante na Rumélia Oriental, uma vez que não há mais soldados otomanos estacionados ali. Em 6 de setembro de 1885, os rebeldes tomam o poder no país recém-criado, apoiados por tropas búlgaras e sem derramar uma gota de sangue. A população imediatamente sai às ruas num frenesi de liberdade, trazendo nas mãos qualquer coisa que pudesse fazer barulho, de tábuas de lavar roupas a panelas e cornetas. Pouco tempo depois, as ruas silenciam e os céus são tomados por chapéus atirados ao alto.

Assim, a Rumélia Oriental deixa de existir da noite para o dia e é anexada à Bulgária. O objetivo de incorporar a Macedônia a uma grande Bulgária, porém, nunca é alcançado. As grandes potências permanecem demasiado céticas, e os otomanos, fortes demais para que isso ocorra. A Rumélia Oriental continua na condição de província, preservando certa autonomia interna, até 1908, e os otomanos conseguem assegurar alguma influência na área, pelo menos no papel.

Os selos, boa parte dos quais ainda existe, continuam válidos até a revolução de 1885 (depois passam a ser impressos com o leão búlgaro, como é o caso do meu). A partir de 1886, entram em vigor somente selos búlgaros.

1881: A Crescente com o texto "Correios do Império Otomano" em turco, grego, búlgaro e francês

LIVROS

Alf Grannes, Kjetil Rå Hauge & Siri Sverdrup Lunden (1981): *Som fugl Føniks. Bulgaria gjennom 1300 år. (Como a Fênix. A Bulgária ao longo de 1.300 anos).*

Francis van Wyck Mason (1950):

Dardanelles Derelict.

R. J. Crampton (1997):

A Concise History of Bulgaria.

Devemos restabelecer algum tipo de domínio turco no sul dos Bálcãs. Trata-se, entretanto, apenas de uma trégua. Não há longevidade nela

ROBERT A. T. GASCOYNE-CECIL

PERÍODO:

1854–1902

PAÍS:

ESTADO LIVRE DE ORANGE

POPULAÇÃO: 100.000

ÁREA: 181.299 km²

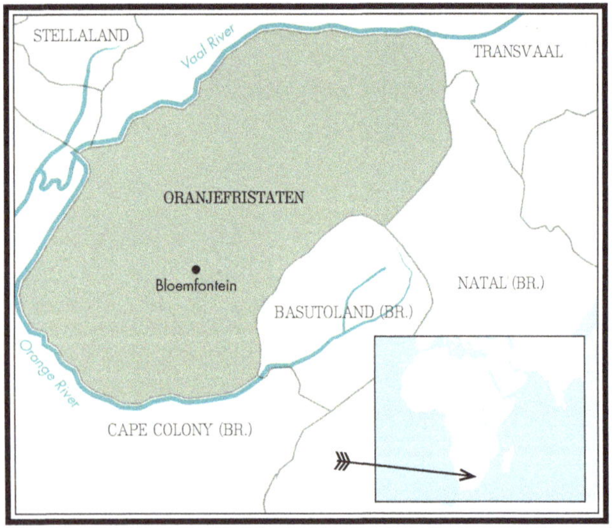

Salmos e racismo

"Não faço ideia de quais peculiaridades podem estar diante de meu nariz."[72] O norueguês Ingvald Schrøder-Nilsen suspira demoradamente e se debruça sobre sua escrivaninha improvisada numa tenda nos planaltos sul-africanos, onde conseguiu um emprego como agrimensor. A noite cai e ele se esforça para registrar tudo o que mediu naquele dia. A pena do tinteiro precisa ser traçada com firmeza para não borrar o papel, mas o enxame de moscas torna a tarefa quase impossível.

O ano é 1898 e o Estado Livre de Orange completa quase cinquenta anos, encravado entre os rios *Vaal* e *Oranje*, no planalto sul-africano. O rio Oranje, o maior deles, nasce nas montanhas de Drakensberg, que se elevam a mais de mil metros de altitude, a leste. Esta área acumula dois metros de precipitação atmosférica por ano, que no inverno ocorre na forma de uma neve que tinge os picos de branco. Ao rumar para o oeste, em direção ao Atlântico, o leito do Oranje adquire um tom alaranjado que atrai pássaros, crocodilos, hipopótamos e elefantes. Em ambas as margens o rio é guarnecido por arbustos de acácias, mas, mesmo assim, o sol é forte o suficiente para esturricar a terra durante os verões.

Esta era originalmente a área tribal dos Tswana, dos Khokhoi e dos bosquímanos San, mas, no início do século XIX, os agressivos Zulus, vindos do leste, expulsaram todos dali para se retirar do território logo em seguida.

72 Ingvald Schrøder-Nilsen (1925): *Blandt boerne i fred og krig.*

Portanto, foi com certa facilidade que os colonizadores brancos chegaram, ao final deste período, vindos do sul. Eram descendentes dos huguenotes holandeses[73] e franceses que haviam se estabelecido nas colinas do cabo da Boa Esperança, dois séculos antes, insatisfeitos com a colonização britânica da costa a partir de 1795.

Chamavam a si mesmos de *bôeres*, a partir do termo em flamengo para "fazendeiros" (*boer*). Eram altos, fortes e hábeis na equitação e no tiro. E eram, acima de tudo, calvinistas dogmáticos, o que significa dizer que acreditavam que todas as pessoas eram predestinadas por Deus para alcançar a glória ou a perdição. Condizente com a religião, seu arranjo familiar era patriarcal e todos levavam uma vida simples e frugal, em fazendas pequenas e distantes entre si.

Nas suas viagens de exploração, Ingvald Schrøder-Nilsen experimentou de perto a cultura bôer. Ainda jovem, o que primeiro lhe chamou a atenção foram as mulheres:

> (...) vestindo chapéus peculiares, chamados *kappie*, tão projetados à frente da testa que lhes sombreiam toda a face, abrigando-lhes do sol causticante, a que temem mais que tudo. Por conseguinte, a pele das moças é alva e rósea como leite e sangue, tal como nos contos de fadas. (...) Costumam ser saudáveis e fornidas nos seus verdes anos, embora poucas possam ser consideradas beldades... As matronas são tão corpulentas que homem algum imaginaria para si contrair matrimônio para, no futuro, vê-las assumir tal aspecto.[74]

73 NT: na maior parte das ocorrências, a tradução optou por utilizar "Holanda" e "holandês" como sinônimo e gentílico de "Países Baixos", denominação pela qual o país prefere ser conhecido atualmente.

74 Ibid.

Ele é frequentemente convidado para um café ou um jantar, que consiste geralmente em carne de ovelha cozida com purê — de batatas-doces, abóbora ou milho —, servido dentro das casas térreas construídas com tijolos de lama secos ao sol e cobertas por um telhado de palha ou de folhas de flandres onduladas.

> São divididas entre quatro e cinco aposentos, de chão de terra batida ou de tábuas de madeira. (...) O único esboço de conforto que possuem é o chamado "Rustbank", banco de cochilo, um sofá primitivo com assentos de tiras de couro de boi entrecruzadas. O assoalho da sala de estar, quando existe, é duro e liso, uma mistura de lama e esterco de vaca.[75]

Ele comparece também aos serviços religiosos.

> Todos tossiram e pigarrearam até que o pastor, que também presidia os cânticos, entoou uma nota especialmente longa e aguda, finalizada num vibrato assustador. Imediatamente depois, todos se uniram num coro a plenos pulmões. Jamais antes escutei coisa parecida![76]

O Estado Livre de Orange foi estabelecido como uma república independente em 1854, alguns anos depois do vizinho Transvaal, ao norte, também fundado por bôeres. Tinha uma área quatro vezes maior que os Países Baixos. O centro admi-

75 Ibid.

76 Ibid.

nistrativo foi construído em Bloemfontein, uma sequência de quarteirões retangulares de casas baixas, separadas por ruas invulgarmente largas, de cascalho marrom. A língua oficial era o holandês (flamengo), e todos os homens brancos com mais de dezoito anos tinham o direito de eleger o chamado *Volksraad*, conselho popular. A constituição deixava claro que os nativos do lugar eram seres humanos de segunda categoria: "Nenhuma forma de igualdade entre cidadãos de cor e brancos será permitida, seja no âmbito da Igreja ou do Estado". [77]

Muitos anos transcorreram em relativa paz e tranquilidade e, em 1875, a população branca passou de quinze mil para 75 mil habitantes. Com a expansão das fazendas, aumentou também a necessidade de mão de obra. Com isso, os nativos – chamados de *kaffirs (cafés)* pelos bôeres – passaram a ser acomodados num sistema de arrendamento.

Ingvald Schrøder-Nilsen observou que a administração das fazendas ali parecia ser muito mais simples do que na sua Noruega natal:

> O fazendeiro lhes empresta bois e arados durante o período de colheita, mas, em troca, o *kaffir* é obrigado a executar todo o trabalho agrícola, enquanto as mulheres ajudam a dona de casa a lavar, abater os animais e realizar os demais afazeres, ao passo que as crianças pequenas cuidam do gado e tratam de tangê-lo de volta para os currais, à noite.[78]

77 Andrea Lollini (2011): *Constitutionalism and Transitional Justice in South Africa.*

78 Ingvald Schrøder-Nilsen (1925): *Blandt boerne i fred og krig.*

Paralelamente, florescia ali um sistema escravocrata, com negros importados de Madagáscar, Moçambique e Malásia.

Os britânicos, que haviam introduzido leis antiescravagistas, usaram este pretexto para invadir o Estado Livre de Orange, em 1898. Tudo indica, entretanto, que o motivo real foi a descoberta de minas de ouro e diamantes no vizinho estado do Transvaal, nas décadas de 1880-90.[79] Como resultado, ambos as nações, que haviam firmado um pacto de defesa mútua, foram tragadas pelo conflito.

A Guerra dos Bôeres irrompeu e os britânicos enfrentaram uma resistência inicial bem maior do que esperavam. Os bôeres eram individualistas e especializados em ações de guerrilha, enquanto as fazendas espalhadas pela região eram fonte garantida de suprimentos. Para quebrar a resistência, os britânicos empregaram uma tática de terra arrasada. Ateou-se fogo a fazendas, os animais foram abatidos e a terra, salgada. Foram também construídos campos de concentração, nos quais trinta mil mulheres e crianças rapidamente pereceram vítimas de fome, doenças e exaustão.

Meu selo foi carimbado em 1899, em Bloemfontein, pouco antes de os britânicos ocuparem a cidade, suponho. O Estado Livre de Orange emitira seus primeiros selos ainda em 1868. Foram impressos pela firma Thomas De La Rue, em Londres, numa variedade de cores e valores, mas todos com a mesma imagem de uma laranjeira bem podada, cercada de três cornetas postais. A ilustração é à prova de chauvinismo e aparenta ser autêntica e honesta – quase ingênua.

Ao tomar Bloemfontein, os britânicos encontram grande quantidade de selos virgens, que são imediatamente carimba-

79 Martin Meredith (2008): *Diamonds, Gold and War: The British, the Boers, and the Making of South Africa.*

dos com a sigla V.R.I. (*Victoria Regina Imperatrix*) e recolocados em circulação.

1869: Edição padrão com laranjeira

A Paz de Vereeniging é assinada em 1902. Tanto o Estado Livre de Orange como o Transvaal são anexados como colônias britânicas. O Estado Livre de Orange é renomeado *Orange River Colony*. Em 1910, passa ao domínio da União Sul-Africana como a província *Free State*.

Ingvald Schrøder-Nilsen combateu na guerra ao lado dos bôeres. Depois de escapar da prisão, voltou para a Noruega, onde se tornou gerente da estação telegráfica da cidade de Molde.

Muitos dos bôeres também partiram, alguns para a Argentina, outros para o México e para os Estados Unidos, mas a maioria permaneceu na África. Sua visão de mundo não tardaria a transparecer em várias leis sul-africanas que, entre outras coisas, impediam os nativos de possuir terras, ao mesmo tempo que os obrigavam a trabalhar em fazendas e mineradoras. A isso se seguiu a política do apartheid, adotada pelo governo da África do Sul até Nelson Mandela se eleger presidente, em 1994.

LIVROS

Anônimo (1875):

Sketch of the Orange Free State.

Ingvald Schrøder-Nilsen (1925):

Blandt boerne i fred og krig (Entre os bôeres na paz e na guerra).

Todos tossiram e pigarrearam até que o pastor, que também presidia os cânticos, entoou uma nota especialmente longa e aguda, finalizada num vibrato assustador. Imediatamente depois, todos se uniram num coro a plenos pulmões. Jamais antes escutei coisa parecida!

INGVALD SCHRØDER-NILSEN

PERÍODO:

1879–1883

PAÍS:

IQUIQUE

POPULAÇÃO:	ÁREA:
16.000	30 km^2

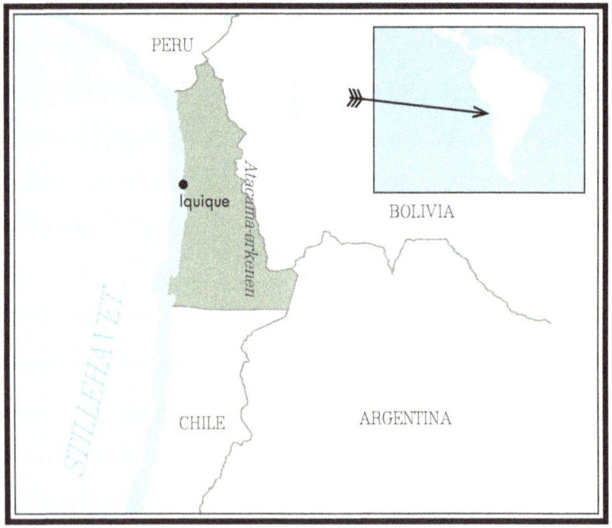

Salitre na paisagem coberta de pó

O mineral salitre *é formado pela reação de plantas e vegetais em decomposição com, por exemplo, o solo salino do fundo do oceano que, com o avanço das eras geológicas, vai aflorando acima do nível do mar. A substância é cobiçada desde a Alta Idade Média, quando os chineses inventaram a pólvora misturando 75% de salitre, 10% de enxofre e 15% de carvão vegetal. A mistura era adicionada de álcool, posta para secar e então moída, resultando num pó preto e luzidio. De início, a pólvora era utilizada apenas em fogos de artifício, mas logo se tornou um item fundamental em todas as guerras do mundo, a própria essência de canhões, pistolas e fuzis.*

Ao longo do século XIX, o uso do salitre foi sendo expandido. A substância é quase nitrogênio puro e podia facilmente substituir estrume e fertilizantes naturais na agricultura intensiva que avançava a passos largos na Europa e nos EUA. A indústria de explosivos enveredou por outros caminhos e a agricultura terminou sendo a principal destinação do salitre.

As maiores reservas de salitre do planeta encontravam-se no deserto do Atacama, em camadas que alcançam os mil metros de altitude. Os platôs se estendiam por seiscentos quilômetros ao longo da costa central da América do Sul, às margens do Pacífico. Um pouco mais ao norte, as reservas eram peruanas; ao centro, adentravam o território da Bolívia e, em menor parte, ao sul, pertenciam ao Chile. Como a extração e os lucros cabiam exclusivamente a empresas chilenas, os vizinhos ao norte ficaram enciumados e retaliaram ameaçando aumentar a tributação e nacionalizar os negócios. O Chile caiu na provocação e, em

1879, declarou o que mais tarde seria conhecida como a *Guerra do Salitre*. Com seus rifles e mosquetões antiquados, Peru e Bolívia tinham poucas chances diante do moderno exército chileno. Ainda assim, por via das dúvidas, os chilenos dopavam sistematicamente seus soldados com *chupilca del diablo*, uma mistura de pólvora preta e destilado de álcool que os privava de sentimentos como medo e remorso.

À medida que avançavam, as forças chilenas celebravam suas vitórias com estupros e saques, é legítimo supor, como na maioria das guerras. Também emitiam selos. Em todas as cidades que conquistaram, a produção de selos postais foi imediatamente iniciada para uso das tropas chilenas. Os selos traziam a efígie de Cristóvão Colombo com seu habitual chapéu de marinheiro de abas dobradas e uma expressão visionária, quase provocadora, no semblante. Para os destinatários, receber notícias da guerra com um selo novo anunciando o avanço das tropas a cada correspondência era motivo de festa.

Meu selo tem o carimbo de Iquique, uma cidade no Peru conquistada em novembro de 1879. Espremida numa estreita faixa de praia entre o mar e as encostas íngremes do deserto do Atacama, a cidade localiza-se numa das zonas de menor precipitação atmosférica do planeta, cujo volume anual de chuvas pode ser igual a zero — e perdurar assim durante anos.[80] Nada cresce naquelas condições e, com exceção das vias litorâneas, umedecidas pela névoa marinha, o restante do lugar está permanentemente coberto por uma espessa camada de pó acinzentado. Tudo gira em torno do salitre e a única razão para alguém se dispor a trabalhar ali, venha de onde vier, é somente o dinheiro.

80 Robin Clarke (1992): *Vann: Den egentlige krisen.*

Vários diretores das grandes indústrias de salitre també vivem em Iquique. Um deles é o britânico John Thomas North. O futuro não lhe parecia promissor quando desembarcou em Valparaíso, em 1866, metido num paletó velho e amarfanhado, com apenas dez libras no bolso, mas ele consegue dar a volta por cima e agora é dono da própria empresa, que detém o monopólio de distribuição de água potável na cidade.

Novas oportunidades não param de surgir. A guerra fez o valor das minas de salitre despencar. No caos que sobreveio, North enxergou a oportunidade de expandir seus negócios, seja na mineração, navegação ou transporte. E deu sorte. Assim que os chilenos tomaram o deserto do Atacama, os preços voltaram a subir e até ultrapassaram o patamar anterior.[81]

No meu selo mal se percebe o carimbo do ano 1882. Iquique está sob ocupação chilena há três anos, e é justo quando John Thomas North resolve regressar à Inglaterra, desta vez na condição de um dos homens mais ricos do mundo. Ele agora é conhecido como *Rei do Nitrato* e tem pressa de gastar sua fortuna, boa parte investida em propriedades e apostas em corridas de cavalos e galgos. Também patrocina festas extravagantes nas quais se fantasia de Henrique VIII e tem a companhia de figuras notáveis da elite britânica, como o lorde Randolph Churchill e o príncipe de Gales, futuramente rei Eduardo VII.[82] North é nomeado coronel honorário e rivaliza com a família real a atenção dos jornais — e também da boataria. Sob a manchete "North nega", o *Hampshire Telegraph* publica uma série de estripulias atribuídas a ele, satirizando-as com negativas.

81 William Edmundson (2011): *The Nitrate King: A Biography of "Colonel" John Thomas North.*

82 Ibid.

O coronel North *não* ofereceu ao governo pagar três milhões de libras pela National Gallery, assim como *não* tenciona adornar as paredes de sua mansão com obras do acervo. O "Rei do Nitrato" *não* planeja usar um traje adornado com o Koh-i-Noor e as demais joias da coroa na sua próxima recepção particular. O coronel *não* arrematou o vapor *Great Eastern*, *não* deseja transformá-lo num palácio flutuante e *não* convidará o príncipe de Gales para navegar pelo mundo a bordo. O "Rei do Nitrato" invariavelmente usa palitos de dentes de ouro após as refeições, mas *não* tem o hábito de se barbear com lâminas de diamantes e *não* estimula a sra. North a enrolar seus cabelos com bóbis envoltos em cédulas novas do Banco da Inglaterra.[83]

A Guerra do Salitre chegou ao fim em 1883, e o armistício impunha ao Peru abrir mão de grandes extensões de terra em favor do Chile, incluindo a cidade de Iquique. No ano seguinte, a Bolívia percebeu que havia perdido para sempre seu litoral marítimo.

Como resultado, o Chile passou a ter domínio total sobre as receitas de salitre, mas a maior parte dos lucros seguia nas mãos de investidores estrangeiros, entre os quais John Thomas North. Em 1888, o presidente chileno, José Manuel Balmaceda, sugere nacionalizar as minas de salitre, no que enfrenta a oposição acirrada de políticos conservadores a soldo de um generoso coronel North. A guerra civil eclode no Chile e os conservadores recebem a solidariedade da marinha britânica, que bloqueia os portos do país. A imprensa britânica faz sua parte chamando Balmaceda de "ditador da pior estirpe" e "açougueiro".[84] Balmaceda é derrotado e comete suicídio.

John Thomas North morre intoxicado pela ingestão de ostras anos depois, mas nem mesmo sua morte reduz a influência britânica na economia chilena. Três quartos das exportações chilenas passam pela Inglaterra, e quase toda a renda origina-se no salitre.

As condições laborais nas minas de salitre do Atacama eram terríveis, com jornadas de dezesseis horas diárias e salários de subsistência. Os mineiros organizaram uma revolta e marcharam com palavras de ordem sobre Iquique em dezembro de 1907. O protesto terminou numa carnificina, conhecida como *Massacre de Santa Maria de Iquique*, quando dois mil homens, mulheres e crianças foram recebidos a rajadas de metralhadoras pelos chilenos.[85]

Neste ínterim, os cientistas europeus descobriram um método mais barato para extrair nitrogênio da atmosfera. A produção deslanchou com força total na década de 1920. No entanto, a demanda pelo salitre chileno seguiu em alta até despencar bruscamente em meados do século XX.

O escritor dinamarquês Carsten Jensen visitou as minas em Iquique no final da década de 1990 e o que viu foram ruínas industriais que mais pareciam fósseis de dinossauros,

83 Ibid. No original: "Colonel North has not offered the Government a cool three millions sterling for the contents of the National Gallery, and he has no intentions of covering the walls of his dining- room with Old Masters obtained from such a source. The 'Nitrat King' does not propose to wear a dress-coat embroidered with the Koh-i-noor and other Crown jewels at his next private hop. The Colonel has not purchased the Great Eastern, nor does he intend to fit it up as a floating palace, and invite the Prince of Wales to go 'yotting' with him in it. The 'Nitrate King' invariably uses a gold toothpick after dinner; but he is not in the habit of shaving with a diamond razor, and he doesn't encourage Miss North to curl her fringe with brand-new Bank of England notes".

84 Eduardo Galeano (1992): *Latinamerikas* åpne årer *(As veias abertas da América Latina)*.

85 Eduardo Galeano (1999): *Ildens erindring 3: Vindens* århundre.

"uma Pompeia arqueológica do industrialismo, abandonada e soterrada sob as cinzas devido à queda vertiginosa dos preços da commodity e das ações".[86]

1878: Selo chileno com Cristóvão Colombo, carimbado em Iquique em 1882

86 Carsten Jensen (1999): *Jeg har hørt et stjerneskudd.*

LIVROS

William Edmundson (2011):

The Nitrate King: A Biography of "Colonel" John Thomas North.

O "Rei do Nitrato" invariavelmente usa palitos de dentes de ouro após as refeições, mas não tem o hábito de se barbear com lâminas de diamantes e não estimula a sra. North a enrolar seus cabelos com bóbis envoltos em cédulas novas do Banco da Inglaterra

HAMPSHIRE TELEGRAPH

PERÍODO:

1818–1949

PAÍS:

BHOPAL

POPULAÇÃO: 730.000

ÁREA: 17.801 km^2

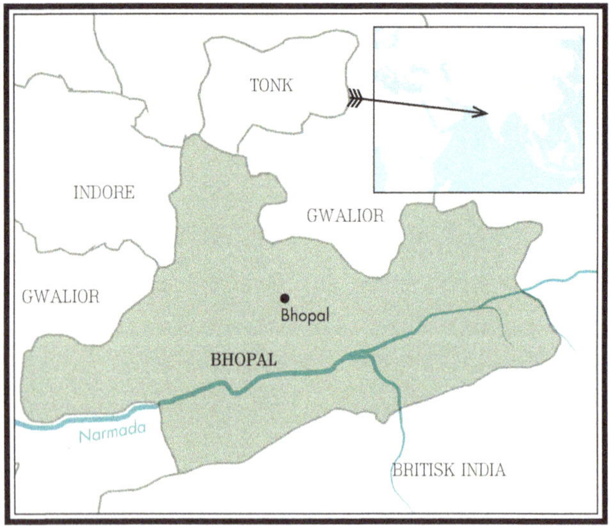

Princesas vestindo burcas

“Estávamos morrendo sem fôlego e nossos olhos ardiam. Mal podíamos ver a estrada através do nevoeiro. Só conseguíamos ouvir o uivo das sirenes. Saímos correndo sem rumo”,[87] *diz uma testemunha da catástrofe que, na virada de 2 para 3 de dezembro de 1984, marcaria para sempre a infâmia de Bhopal, na região central da Índia.*

Um incêndio na fábrica de pesticidas da empresa norte-americana Union Carbide liberou na atmosfera uma nuvem gigante de *metilisocianato*, um gás altamente tóxico e corrosivo. A fábrica localizava-se num bairro residencial e mais de quinze mil pessoas morreram em decorrência deste que foi o maior desastre ambiental industrial da história.

Desde então, o nome *Bhopal* passou a ser sinônimo de inferno na Terra. Antes da noite fatídica, as associações eram outras. Foi aqui, cem anos antes, que Rudyard Kipling ambientou *O livro da selva*, descrevendo as aventuras do menino Mógli ao lado do urso Balu e da pantera Bagheera no calor seco dos verões e sob as chuvas torrenciais das monções de outono. Exceto pelos picos de arenito, que aqui e ali despontam além da copa da floresta, e pelas gargantas por onde correm uma vastidão de rios, o relevo é relativamente plano. Nas clareiras do jângal encontram-se pequenas aldeias com casas de barro e, bem no centro, ladeada por dois lagos artificiais, está a bela cidade de Bhopal com sua história milenar.

87 Tariq Ali (1985): *Et indisk dynasti: familiene Nehru og Gandhi.*

Seguindo-se à retirada do império mogul, Bhopal existiu como monarquia independente durante mais de um século, até firmar um acordo comercial com a Companhia das Índias Orientais Britânica, em 1818, em condições privilegiadas. Os britânicos cuidariam da política externa e do comércio, enquanto o principado preservaria um pequeno exército, sua bandeira e sua linha de sucessão.

Diferente da maioria dos principados, a maioria da população de Bhopal era muçulmana. Mais peculiar ainda, as primeiras quatro regentes da dinastia Begum eram mulheres.

A pioneira foi a princesa Qudsia. Aos 18 anos, ela insistiu em herdar o trono do marido, morto num atentado dias depois da fundação do principado. Governou o país com punho firme até 1837, quando foi sucedida pela filha, Sikander. Alcunhada de princesa guerreira, era exímia cavaleira e praticante de artes marciais. Tornou-se suprema comandante do exército, desagradando muitos dos súditos para quem o exercício do poder por mulheres contrariava a palavra do islã. Qudsia e Sikander sequer observavam o *purdah* e cobriam seus corpos e rostos, o que agravava a situação, mas, uma vez que tinham os britânicos em boa conta, estes as mantiveram no poder.

Shah Jahan Begum ascendeu ao trono em 1860. Com certa licença poética, podemos chamá-la de princesa cultural, pois realmente apreciava poesia, pintura e arquitetura. Em que medida seu interesse pelas artes era genuíno é outra questão. Valendo-se das receitas do cultivo intensivo de ópio, ela financiou a construção de edifícios suntuosos, tanto na cidade como nos arredores.

Após a morte de seu primeiro marido, a princesa casou-se com Siddiq Hasan Khan. De ascendência persa, era um muçulmano ortodoxo que exercia grande influência sobre a esposa. Ela aceitou submeter-se ao código de vestuário que impunha cobrir-se inteira, e permitiu ao próprio Siddiq conduzir os negócios públicos, inclusive o trato com os britânicos. O poder do príncipe consorte cresceu além da conta.

Os primeiros selos são introduzidos sob Shah Jahan em 1876. O emblema é um octógono representando o diamante no anel da princesa, com seu nome inscrito na circunferência. Em todas as emissões pelos próximos vinte anos, apenas a grafia muda. Nas primeiras edições, é completamente embaralhada e quase ilegível, no contexto da ortodoxia muçulmana, segundo a qual toda perfeição leva à cobiça e à distorção da realidade — somente Alá é perfeito. No meu exemplar, edição de 1890, as letras estão mais ou menos alinhadas. Talvez não seja por acaso que esta emissão tenha ocorrido no ano seguinte à deposição de Siddiq Hasan Khan pelos britânicos, após acusações de conspiração anticolonial.[88]

Os selos deixam transparecer mais detalhes. Uma marca em relevo ainda é visível no interior do octógono. De novo, trata-se do nome da princesa, desta vez grafado em *urdu*. A manufatura ocorre nas dependências do castelo sob estrita supervisão da princesa, uma garantia de autenticidade do selo.[89] Pode-se reparar também nas perfurações irregulares. Eram feitas à mão com uma única agulha, em pilhas de dez folhas por vez, furo atrás de furo, e revelam o estado de espírito da pessoa que os manipulou naquele determinado dia. Estaria ela, por exemplo, mais ou menos concentrada no trabalho?

88 Annmarie Schimmel (1980): *Islam in the Indian Subcontinent.*

89 Iqbal A. Nanjee e Shahid Zaki (ano de edição desconhecido): *Bhopal Puzzle.*

Em meio às atribuições no castelo, Shah Jahan fazia viagens pelo principado. Era uma regente muito querida pelo povo a julgar pela autobiografia que escreveria mais tarde:

> Assim que têm notícia da minha chegada, as mulheres do vilarejo acorrem em grandes grupos me receber, carregando no colo seus pequenos e nas mãos vasilhas com água que aspergem sobre a minha pessoa para, segundo acreditam, trazer felicidade e fortuna à sua chefe e protetora. Quando minha carruagem se aproxima, todas entoam uma canção de boas-vindas.[90]

Segue-se então uma passagem que nos faz interpretar tanta demonstração de amor: "Então eu lhes agradeço vertendo moedas nas vasilhas de água".[91]

A filha de Shah Jahan, Kaikhusrau Jahan, assumiu o trono em 1901. Conhecida como a *princesa social*, introduziu reformas que fortaleceram a condição das mulheres. Também instituiu uma assembleia legislativa de representantes eleitos por um sistema análogo ao voto popular e abriu as portas para os hindus em importantes posições administrativas.

Ao mesmo tempo, Kaikhusrau abraçou a ortodoxia, ainda mais que sua mãe. Todas as decisões que tomava eram comunicadas atrás de uma tela ou do véu de uma burca que deixava entrever somente seus olhos. E isso não apenas por razões religiosas, mas porque, desta forma, limitava as ações e a influência de seus adversários masculinos, fossem eles aristocratas locais ou delegados coloniais britânicos.

Quando abdicou, em 1926, e permitiu que seu filho Hamidullah Khan assumisse o trono, Kaikhusrau rompeu uma tradição secular de regentes femininas. Curiosamente, não temos ideia de como eram essas mulheres. As duas primeiras reinaram antes do advento da fotografia; as duas últimas, ocultas atrás de véus. Temos muito mais informações sobre seus maridos, todos selecionados após um julgamento escrupuloso da mãe ou da filha. Sem exceção, eram belos príncipes, de olhos amendoados e vivazes, provavelmente grandes amantes para lhes fazer companhia nas camas de dossel luxuosamente estofadas em veludo e seda. O escrutínio das princesas deveria ser compensador.

Depois que os britânicos se retiraram do continente indiano, em 1947, o príncipe Hamidullah Khan exigiu total independência de Bhopal, mas teve que ceder diante de uma enorme onda de protestos. Assim, Bhopal foi incorporado à *União da Índia* a partir de 1949 para depois se fundir com o estado ainda maior de Madhya Pradesh, em 1956.

O desastre de Bhopal, ocorrido menos de trinta anos depois, marca uma reviravolta completa na história do lugar.

90 Nawab Sultan Jahan Begam (1912): *An Account of My Life*. No original: "As soon as the people of a village become aware of my approach, the women come out in crowds to meet me, with their little ones in their arms, and carrying tiny bowls of water, the sprinkling of which, as they firmly believe, is to bring good fortune to their Chief and protector. As my carriage draws near, they all join together in a song of welcome".

91 Ibid. No original: "I acknowledge by dropping bakshish into their little water vessels".

1890: Mal visível, o nome da princesa Jahan emoldurado pelo diamante octofacetado de seu anel

LIVROS

Shaharyar M. Khan (2000):

The Begums of Bhopal: A History of the Princely State of Bhopal.

Nawab Sultan Jahan Begam (1912):

An Account of My Life.

Assim que têm notícia da minha chegada, as mulheres do vilarejo acorrem em grandes grupos me receber, carregando no colo seus pequenos e nas mãos vasilhas com água que aspergem sobre a minha pessoa para, segundo acreditam, trazer felicidade e fortuna à sua chefe e protetora

NAWAB SULTAN JAHAN BEGAM

PERÍODO:

1888–1890

PAÍS:

SEDANG

POPULAÇÃO:	ÁREA:
Desconhecida	10.000–30.000 km²

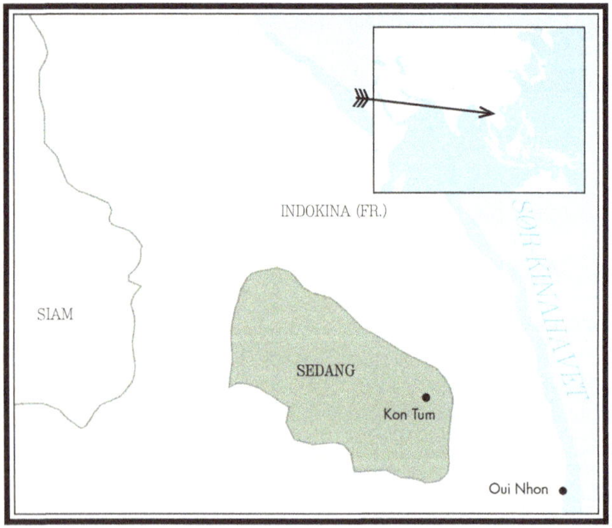

Dos Champs-Élysées para Kon Tum

"Vou comprar um reino para mim." Tudo indica que foi exatamente isso que Charles-Marie David de Mayréna pensou enquanto abria caminho pela mata montanhosa próximo à cidade costeira de Qui Nhon, na Indochina. Seu entourage era integrado pelo amigo Alphonse Mercurol, quatro comerciantes chineses, duas concubinas vietnamitas e 80 carregadores, além de 18 soldados encarregados de proteger a comitiva. Seu destino é o planalto ao redor da cidade de Kon Tum. Sempre que possível, eles percorrem as trilhas estreitas que conectam as aldeias da região, mas frequentemente são obrigados a abrir caminho cortando lianas e derrubando bambuzais pelo chão úmido e lamacento, sob um mormaço de mais de trinta graus. Nada poderia ser mais diferente dos bulevares urbanizados de Paris, onde o dândi Mayréna sentia-se à vontade e de onde só partiu à força em decorrência de acusações de estelionato. Agora, prepara uma revanche — em grande estilo.

A inusitada caravana finalmente chega a um platô habitado pelas tribos bahnar, rongao e sedang, que integram a população autóctone da região, confinada ali depois que chineses e malaios os expulsaram da costa. Eles habitavam pequenas aldeias cultivando lavouras de subsistência e criando uns poucos animais domésticos. Cada aldeia circundava uma construção comunal distinta chamada *rong*. Cada *rong* era erguido sob estacas de madeira de até vinte metros de altura, e mais parecia um barco a vela com seu telhado de palha abobadado, debaixo do qual o conselho dos aldeões dirimia conflitos e os sacerdotes faziam oferendas aos deuses. As tribos eram animistas. Não tinham o costume de usar sobrenomes, apenas letras designando o gênero, A para homens e Y para mulheres, precedendo os prenomes: *A Nhong* ou *Y Hen*, por exemplo. Outra peculiaridade era o idioma tonal, que soava como um acalanto com seus mais de cinquenta sons vocálicos, mais do que qualquer outro conhecido.

Estamos em 1888. Um ano antes, os franceses haviam se estabelecido na Indochina. Mayréna conseguiu convencer a administração colonial de que seria necessário dar uma demonstração de poder para impressionar as áreas a oeste, que ainda não conheciam o alcance do braço forte da França. Além disso, os boatos sugeriam haver uma grande quantidade de reservas de ouro escondida ali.

Porém, como sabemos, Mayréna tinha outros planos em vista. Rapidamente ele se instala num *rong* próprio e convoca todos os chefes locais para um encontro, no qual declara que nenhum deles deve nada aos franceses nem a qualquer outro povo, e é chegada a hora de se insurgir. Ele propõe criar o *Keh Sedang*, o Reino de Sedang, do qual seria evidentemente o soberano. A sugestão é prontamente aceita.

No dia 3 de junho, aos 46 anos, ele é condecorado *Marie I*. Seu companheiro Mercurol recebe o título de *marquês de Hanói*. Mayréna muda-se para uma imponente cabana de palha na capital Kon Tum. Em breve, a bandeira nacional seria hasteada: uma cruz branca sobre fundo azul com uma estrela vermelha no centro. O enorme elefante real também seria adornado com sela e arreios no mesmo padrão.

No decurso de alguns dias, ele reúne um exército de 1.400 guerreiros para perseguir os vizinhos jarai, ao norte, que há muito tempo aterrorizam os missionários franceses na região. A expedição é bem-sucedida e Mayréna ganha a simpatia do bispo francês na Indochina. Ato contínuo, declara o catolicismo a religião oficial do Estado e é presenteado com um altar particular, com genuflexório estofado em tecido vermelho — que, na verdade, mal chega a usar, pois, logo em seguida, converte-se ao islã para, entre outros objetivos, poder desposar as herdeiras dos chefes tribais locais.

Semanas depois, Mayréna viaja para Hong Kong levando consigo cartas de recomendação. Ele está em busca de reconhecimento internacional para seu país, além de dinheiro para governá-lo. Mayréna é alto, sedutor e belo, com sua vasta cabeleira negra e bigode espesso. A impressão que deixa em quem o encontra é impactante:

> Cada traço do seu rosto evocava poder: a boca bem delineada e cruel, as sobrancelhas grossas e escuras que quase se tocavam acima do nariz, a testa larga e lisa, os olhos, de um olhar aguçado, feroz, penetrante e cínico.[92]

Concorre para isso o fato de que se apresenta paramentado como um rei, de capa escarlate, dragonas nos ombros, calças com debruns dourados, além de uma série de comendas na lapela, e não demora para cair nas graças de empresários chineses, dispostos a pagar por acordos de comércio exclusivos com

92 Hugh Clifford (1906): *Heroes in Exile*. No original: "There was power in every line of that face, in the hard, determined, cruel mouth, the dark and heavy eyebrows which nearly joined one another across the bridge of the nose, in the broad smooth forehead, in the eyes themselves, keen, fierce, piercing, and cynical".

o novo país. Parte do dinheiro é destinada à impressão de selos em sete diferentes cores na moeda local. O desenho é idêntico e mostra um brasão de armas coroado. Mais tarde, uma nova edição é impressa, em Paris.

Meu selo tem o carimbo de 1889, mas há dúvidas sobre sua autenticidade. A população nativa era analfabeta e não se sabe ao certo se chegou a haver um sistema postal ativo no país.

A decadência sobreveio rápido. Mayréna visitou a Europa, começando por Paris, mas a recepção foi fria. Hospedou-se nos melhores hotéis e condecorou uma série de dignitários com a *Ordem de Marie I*, distribuindo regalias e concessões de exploração mineral e comércio, mas pouca gente deu por isso e o retorno obtido foi pífio.

O jornal francês *Le Temps* considerou a coisa toda "um tanto obscura" e logo o *escândalo Mayréna* ganhou as manchetes. O Estado francês, que antes apostava que a empreitada de Mayréna daria cabo de si mesma, reagiu de forma inequívoca, rejeitando todas as gestões pelo reconhecimento do Reino de Sedang e abrindo um processo penal contra Mayréna.

Temendo a pena de morte, Mayréna embarcou às pressas num vapor com destino a águas internacionais, mas não se atreveu a concluir a última parte da jornada pela Indochina francesa para desembarcar em Sedang. Em vez disso, entrincheirou-se numa cabana na pequena, luxuriante e quase deserta ilha de Tioman, na costa leste da península de Malaca. A cabana era perfurada com marcas de tiros e se chamava *La Maison du Roi*. Além de duas ou três mulheres, levou consigo o poodle Auguste, com quem costumava conversar com frequência.

Tioman estava sob supervisão britânica e, quando um jovem oficial britânico chegou para abordá-lo, as posses de Mayréna resumiam-se a um punhado de moedas de 50 francos nos bolsos. Ainda assim, ele recepcionou o britânico com entusiasmo: "És um homem corajoso e gozas da nossa estima. Sim, nós apreciamos a coragem. Esperávamos um exército e, ora pois, veio até nossa presença apenas uma criança. Entra, por favor, entra!"[93]

Dias depois, em 11 de novembro de 1890, Mayréna foi picado por uma naja e morreu. A seu pedido, teve um funeral islâmico. A França prontamente tratou de liquidar quaisquer remanescentes do reino e, ao mesmo tempo, restabeleceu laços com a missão católica na região.

O distrito de Sedang passou a se chamar Xedang e hoje se localiza na fronteira com o Laos e o Camboja. A área foi drasticamente afetada pela Guerra do Vietnã. Ainda é bastante isolada e os guias turísticos estimam que apenas cinco por cento das aldeias já tenham sido visitadas por turistas.[94] As ruínas da missão francesa ainda podem ser encontradas pela floresta. Tudo que restou do reino de Sedang foram os selos.

93 Ibid. No original: "You are a brave man, and courage we admire, we love. Figure to yourself, we expect an army, and see it's only a child that comes to us. Enter, enter!"

94 Jan Dodd e Mark Lewis (2008): *Rough Guide to Vietnam*.

1888 ou 1889: Edição padrão exibindo brasão, coroa e leão

LIVROS

Gerald Cannon Hickey (1988):

Kingdom in the Morning Mist. Mayréna in the Highlands of Vietnam.

André Malraux (1930):

La Vie Royale.

Wolfgang Baldus (1970):

The Postage Stamps of the Kingdom of Sedang.

Cada traço do seu rosto evocava poder: a boca bem delineada e cruel, as sobrancelhas grossas e escuras que quase se tocavam acima do nariz, a testa larga e lisa, os olhos, de um olhar aguçado, feroz, penetrante e cínico

HENRY NORMAN

PERÍODO:

1874–1895

PAÍS:

PERAQUE

POPULAÇÃO:	ÁREA:
101.000	21.035 km²

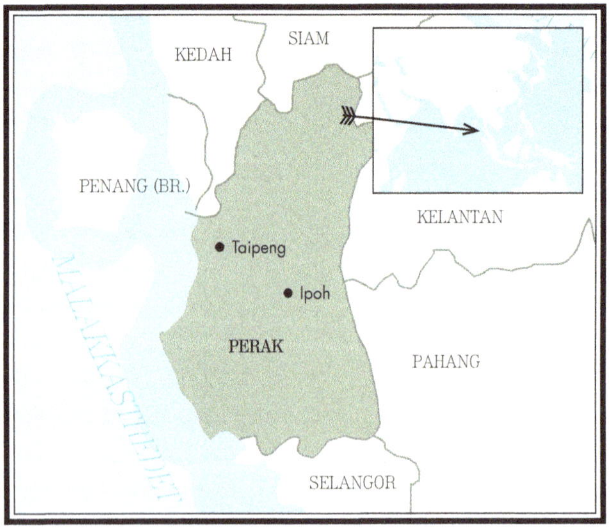

Soldadinhos de estanho

> *As sampanas balançam de um lado para o outro na água lamacenta enquanto, mais ao longe, além da foz do rio, os coqueiros delimitam a orla marítima. Além deles, há árvores carregadas com enormes flores carmesins, as maiores que jamais vi, capazes de ofuscar até os mais flamejantes dos flamboaiãs. À primeira vista, nada aqui transparece como atrativo. Na frente está o pântano, atrás, a selva, onde se diz que os rinocerontes pastam sem serem perturbados. Por toda parte cheira a compostagem, e a febre do miasma[95] (a se lhe dar crédito) exala de cada bolha que emerge na superfície da lama.*[96]

É final de 1885 e a britânica Isabella Lucy Bird, acompanhada da amiga, Mrs. Dale, está fazendo turismo pela península de Malaca.[97] Diante da foz do rio Bernama, as duas observam o estado de Peraque na margem oposta. Bird foi picada pela mos-

95 A teoria do miasma popularizou-se no final do século XIX e pressupunha que doenças como cólera, clamídia e peste negra originavam-se do fedor nauseante de matéria orgânica em decomposição.

96 Isabella L. Bird (1883): *The Golden Chersonese*. No original: "Sampans are lying on the heated slime. Cocoa-nut trees fringe the river bank for some distance, and there are some large, spreading trees loaded with the largest and showiest crimson blossoms I ever saw, throwing even the gaudy *Poinciana regia* into the shade; but nothing can look very attractive here, with the swamp in front and the jungle behind, where the rhinoceros is said to roam undisturbed. There is a general smell of vegetable decomposition, and miasma fever (one would suppose) is exhaling from every bubble of the teeming slime and swamp".

97 Atual península Malaia.

ca da aventura depois que seu médico lhe recomendou viagens marítimas como panaceia para sua saúde frágil. Nas fotografias, sua figura é miúda e delicada, deixando transparecer um certo ar de cansaço. Deve ser só impressão, pois ela deu a volta completa ao mundo num intervalo de poucos anos.

Além dos manguezais, o terreno é coberto por densas florestas, entremeadas por picos calcários que vão crescendo até formar uma cordilheira no extremo leste. O terreno é incrivelmente fértil. Mesmo assim, não se fala em outra coisa a não ser no estanho.

Ainda no século XVI, os extensos depósitos de estanho financiaram a independência de Peraque do Sultanato de Malaca, e, em meados do século XIX, estava claro que a selva escondia as maiores reservas mundiais do precioso metal. Extraí-lo era muito simples, uma vez que as aluviões acumulavam montes de cascalho de até trinta metros de altura no leito dos rios. Pedras e demais impurezas podiam facilmente ser eliminadas para que o estanho fosse derretido em fornos de alta capacidade. Convertido numa massa brilhante e cremosa, era em seguida resfriado em barras, transportadas para a costa por via férrea e no lombo de elefantes.

Sempre houve procura por estanho que, ao longo de milênios, foi utilizado numa liga de cobre para produzir o bronze, um metal mais resistente. Com a Revolução Industrial, ganhou novas aplicações, sobretudo na florescente indústria de conservas. Soldadinhos feitos de estanho[98] eram um brinquedo muito popular no século XIX, embora o grosso do minério tivesse outro fim.

98 A forma consagrada em português, "soldadinho de chumbo" é imprecisa. Metal tóxico, desde a década de 1960 o chumbo não é (ou não deveria mais ser) utilizado na fabricação de brinquedos.

Quando chegou a Peraque, Isabella Lucy Bird encontrou os britânicos instalados havia cinco ou seis anos, com governador próprio e domínio total da região, obtido por meio de favores dos sultões amigos.

Foram os chineses, por seu turno, quem primeiro desbravaram o terreno. Ainda em 1860, os dois clãs Hai San e Ghee Hin começaram a mineração intensiva de estanho empregando até trinta mil trabalhadores. É bem verdade que ambos os clãs disputavam as melhores jazidas, mas, às vezes, situações aparentemente banais eram pretexto para conflitos. Como, por exemplo, quando o líder do clã Ghee Hin foi acusado de ter um romance extraconjugal com a esposa do sobrinho de um líder Hai San. Os dois foram pegos em flagrante, torturados, trancados numa jaula de bambu e finalmente afogados num poço de uma mina desativada. O clã Ghee Hin respondeu importando quatro mil mercenários da China, e a batalha agigantou-se numa guerra civil que envolveu até as autoridades malaias. Milhares de pessoas morreram, e a cidade mineira de Larut foi varrida do mapa.[99]

O até então insignificante líder Raja Abdullah soube tirar proveito da situação. Com a ajuda de um eminente comerciante chinês, escreveu uma carta aos *Estabelecimentos dos Estreitos*, um aglomerado de possessões britânicas localizadas em outras partes da península de Malaca. Na correspondência, ele implora aos britânicos para pôr um fim no caos e, com isso, garantir que o inábil sultão regente fosse deposto e substituído pelo próprio Raja Abdullah.

Os britânicos foram mais solícitos do que nunca, especialmente depois que os depósitos de estanho se mostraram muito

99 H. Conway Belfield (1902): *Handbook of The Federated Malay States.*

maiores do que se pensava anteriormente. Depois de articular uma pressão diplomática suficiente para acalmar os chefes chineses e locais, Raja Abdullah foi entronizado como novo sultão de Peraque em 1874. Um enviado britânico especial, depois feito governador, recebeu a missão de proteger e expandir interesses do império na região.

Faltava a Abdullah apoio local, como se provou em seguida. Ele agia apenas em seu próprio nome e não demonstrava a menor aptidão por questões administrativas e políticas. O sultão estava mais interessado em conquistar mulheres, fumar ópio e organizar brigas de galos. Os britânicos urdiram sua deposição e o enviaram para um exílio nas Seychelles. Em seu lugar, puseram para governar Peraque um regente bem menos problemático, o sultão Raja Muda.

É justo neste período que Isabella Lucy Bird dá o ar da graça. Ela viaja pelos quatro cantos do país tomando apontamentos, especialmente sobre plantas e animais, com um pendor por insetos.

> Há "besouros-trombeteiros" de corpos verde-claros e asas transparentes de dez centímetros de envergadura, e o ruído que produzem parece emanar de uma criatura do tamanho de um cavalo. Esta noite dois deles invadiram a casa e mal se podia conversar.[100]

Ela também toma notas de pessoas. Percebendo uma leva cada vez maior de chefes vindo reclamar defronte à casa do governador, ela lamenta que ele não faça ideia do que esteja acontecendo.

> A opinião pública nunca enxerga essas selvas equatoriais. Somos completamente ignorantes sobre seus habitantes e seus direitos, sobre como nossa intervenção ocorre e sobre como vem sendo exercida.[101]

A fim de fortalecer sua posição, os britânicos decidiram dar ao território autonomia postal, num primeiro instante apenas carimbando o nome *Perak* em selos emitidos pelos Estabelecimentos dos Estreitos. Somente em 1860 Peraque ganhou selos próprios, ilustrados por um tigre malaio em posição de ataque. O exemplar carmesim que possuo traz o carimbo "Taipeng", que significa "paz eterna" em chinês e empresta o nome à cidade erguida no mesmo local onde Larut foi arrasada anos antes.

De início não se falava em colônia britânica, nem mesmo em 1895, quando Peraque foi reunida aos vizinhos Selangor, Negri Sembilan e Pahang para formar os *Estados Federados Malaios*. Sem embargo, o território inteiro seguiu sob rígido controle da Grã-Bretanha, cujo objetivo era desenvolver a economia local construindo ferrovias, modernizando a agricultura e ampliando as instalações portuárias. O estanho ainda era o centro da economia, mas, com o tempo, a extração do látex da seringueira também se mostrou uma atividade rentável.

100 Isabella L. Bird (1883): *The Golden Chersonese*. No original: "There are 'trumpeter beetles' here, with bright green bodies and membranous-looking transparent wings, four inches across, which make noise enough for a creature the size of a horse. Two were in the house to-night, and you could scarcely hear anyone speak".

101 Ibid. No original: "Public opinion never reaches these equatorial jungles; we are grossly ignorant of their inhabitants and their rights, of the manner in which our interference originated, and how it has been exercised".

Os britânicos não abriram mão do território até 1948, quando se formou a *União Malaia*, mas o país só foi conquistar a independência em 1957. A indústria global do estanho entrou em colapso na década de 1980. Peraque, hoje um dos 13 estados da Malásia, nunca se recuperou desde então.

1892: O primeiro selo de Peraque, com um tigre-malaio prestes a dar o bote

LIVROS

Isabella L. Bird (1883):
The Golden Chersonese.

H. Conway Belfield (1902):
Handbook of The Federated Malay States.

Há "besouros-trombeteiros" de corpos verde-claros e asas transparentes de dez centímetros de envergadura, e o ruído que produzem parece emanar de uma criatura do tamanho de um cavalo

ISABELLA LUCY BIRD

KANALSONEN
ILDLANDET

1890 ~ a ~ 1915

PERÍODO:

1894–1896

PAÍS:

SANTA MARIA DE MADAGÁSCAR

POPULAÇÃO: 5.900

ÁREA: 222 km^2

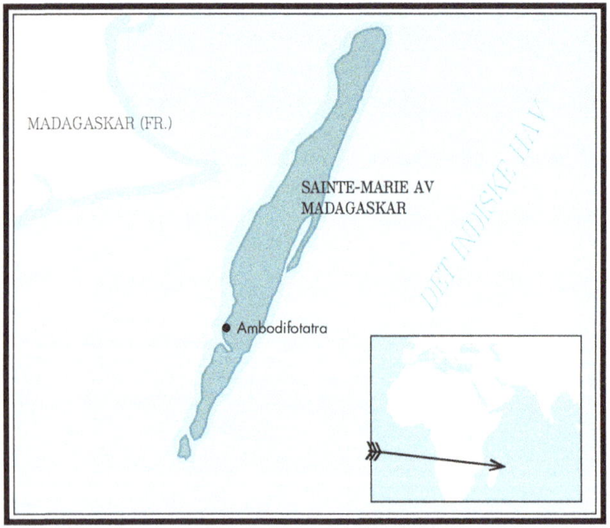

Pânico civilizatório numa utopia tropical

Em algum momento do início da década de 2000, o escritor norueguês Bjarte Breiteig viajou acompanhado da família para a Ilha de Santa Maria, na costa leste de Madagáscar, à procura da tranquilidade necessária para escrever um livro. A menos de dez quilômetros de distância da ilha principal, há uma estreita faixa de terra de pouco mais de cinquenta quilômetros de extensão, que foi uma colônia francesa no final do século XIX.

Santa Maria aparentemente atende a todos os pré-requisitos para ser um paraíso. Clima ensolarado, palmeiras ondulando sob a brisa marinha e praias de areia branca. A passagem da jovem família pela ilha, porém, foi desastrosa, tanto pelo contato com os nativos como pelas experiências com a repulsiva fauna local. A poucos metros da praia, formigas, baratas e ratos dominavam o cenário, e as hordas de caranguejos vagando pela orla faziam das caminhadas noturnas na praia uma experiência tenebrosa.

Certa noite, Tonje, esposa de Breiteig, desapareceu sem deixar vestígios. A escuridão caiu de repente e tudo que ele carregava era uma lanterna portátil na mão e o filho Askil no colo. Então desabou o dilúvio.

> Entrei em pânico. Saí correndo no escuro debaixo da chuva torrencial, afundando as pernas na lama, gritando por Tonje feito um louco. Ao meu redor, tudo que

via eram luzinhas piscando dentro das cabanas, indistinguíveis naquelas condições. A impressão que tive é que a vida acabaria ali, a minha, a de Tonje e a do bebê, abreviadas por um ciclone tropical.[102]

Embora seu medo fosse infundado, talvez Santa Maria não seja um local adequado para quem procura paz e sossego, mas podemos supor que a ilha viesse bem a calhar para os piratas europeus que viveram ali durante quase duzentos anos. Afinal, preenchia todos os requisitos: ficava próximo das rotas comerciais da Ásia; abrigava portos de águas calmas e um suprimento inesgotável de água potável, frutas, carne e ovos de aves marinhas; a seiva das palmeiras poderia facilmente ser fermentada e se transformar em vinho, ou ainda ser destilada e resultar em araque. Além disso, era um local habitado por belas mulheres.

Muitos dos piratas uniram-se a jovens da tribo *betsimisaraka*. A cerimônia de casamento só começava depois que os pais e xamãs davam sua aprovação e era um misto de rituais locais e europeus. O noivo surgia vestindo uma camisa branca nova acordoada no peito, peruca atopetada e meias vermelhas na altura dos joelhos obtidas num butim de um galeão holandês. Provavelmente o noivo já teria abarrotado os pais da noiva com presentes como tecidos adamascados com estampas de dragão, xícaras de chá de porcelana finíssima e quem sabe um óleo retratando alguma dama europeia, branca como giz, numa moldura barroca de ouro. A noiva, envolta em seda branca, ganharia um presente surpresa naquela noite, e a cama dos nubentes era polvilhada com canela.

102 Bjarte Breiteig (2013): Île *Sainte-Marie*.

No final do século XV, mais de 1.500 piratas residiam em Santa Maria, e a economia ia de vento em popa, ou pelo menos era *sustentável*, para usar um jargão contemporâneo. É neste contexto que alguns corsários franceses resolvem proclamar ali a colônia anarquista *Libertatia*, sob o lema *"Por Deus e pela Liberdade"*.[103]

Parecem até um bando de anticapitalistas com o objetivo declarado de saquear ricos e redistribuir a renda. Também se opõem à igreja, à monarquia e a qualquer outra coisa que lembre autoridade. Até exercem a democracia direta, organizando-se num conselho de representantes dos vários grupos piratas. Qualquer um que tente amealhar fortuna pessoal ou trair a vontade dos próprios eleitores pode ter o mandato cassado imediatamente. A ilha também não possui moeda corrente, e as lavouras são administradas coletivamente. Os recursos provenientes das pilhagens e saques são distribuídos igualmente levando-se em consideração, inclusive, a população nativa.

Diferentemente de outros piratas, os navios de Libertatia velejam sob bandeiras brancas. Caso avistassem algum navio negreiro, comuns na costa africana de então, abordavam-no e os prisioneiros eram sumariamente libertados. Em seguida, podiam escolher se queriam fixar residência em Santa Maria e se associar à pirataria. A mistura étnica que está em gestação dá à luz um dialeto incompreensível para os nativos, o que acaba fortalecendo os laços da comunidade.

Dito assim, deve haver outras razões para Libertatia não ter durado mais que 25 anos. Talvez o produto dos saques tenha minguado depois que nações europeias decidiram enviar belonaves para a região, talvez a coisa toda não tenha passado

103 Charles Johnson (1724): *A General History of the Pyrates*.

de uma farsa deslavada. Honestamente, ninguém pode afirmar que Libertatia existiu de fato. Fontes escritas, que costumam ser abundantes na esteira da derrocada de sociedades autoritárias, são inexistentes.

Em meados do século XVIII, a Île de Sainte-Marie vai se afrancesando, e a documentação desse processo também deixa a desejar. Diz-se que começou com o oficial francês Jean-Onésime Filét, que fugiu de Reunião, uma ilha um pouco mais além no Oceano Índico. Após ter sido sentenciado por adultério, ele vem dar à costa de Santa Maria[104] e é resgatado na praia por ninguém menos que a princesa Betia, filha do rei Ratsimilaho, que, por sua vez, era filho de um antigo pirata inglês. Eles se casam e, após a morte do rei, a ilha é presenteada a Luís XV, da França, em julho de 1750.

Os habitantes locais ficam inconsoláveis e se rebelam poucos anos depois. Alguns colonos franceses foram massacrados e o controle do território, recuperado. Não se sabe que fim levou Jean-Onésime, mas a princesa Betia foi banida para as Ilhas Maurício para todo o sempre.

A França deu-se por satisfeita durante um tempo, mas ressurgiu mais poderosa com uma grande armada em 1818. Após recapturá-la sem intercorrências, a ilha foi usada como colônia penal. À parte isso, pode parecer que o território não tenha sido expropriado a contento. Simplesmente não havia nada mais a expropriar.

Na virada do século XIX, a ilha se prestou a ser uma espécie de subcolônia diante de possessões francesas mais importantes, principalmente as ilhas Reunião, Mayotte e Diego Suárez. Em 1894, foi novamente elevada à categoria de colônia por razões pouco claras.

Nos poucos anos em que permaneceu assim, Santa Maria teve seus próprios selos. Não chega a surpreender que sejam exemplares tipicamente coloniais franceses, com sua representação alegórica da *navegação e comércio,* sendo a navegação representada por uma figura feminina empunhando uma bandeira. Meu selo tem um carimbo datado de fins do inverno de 1896, de 11 de agosto, provavelmente numa das últimas cartas postadas antes de a colônia ser extinta e subordinada a Madagáscar. Esta, por sua vez, permaneceu colônia até 1946, depois protetorado, até alcançar a independência total dos franceses, em 1960.

Hoje em dia, Santa Maria é conhecida pelo seu nome nativo em malgaxe, Nosy Boraha. É um lugar numa esquina tranquila do mundo, com turistas ocasionais espreguiçados nas praias durante o dia ou se aventurando pelas matas à noite.

Na Ilha dos Flibusteiros, na costa da vila portuária de Ambodifotatra, num gramado sob coqueiros, repousam os restos dos piratas num cemitério de lápides parcialmente destruídas. Ao largo, no fundo da baía, estão dezenas de escunas piratas enfileiradas, visíveis desde a superfície de águas cristalinas.

104 Peter Hawkins (2007): *The Other Hybrid Archipelago: Introduction to the Literatures and Cultures of the Francophone Indian Ocean.*

1894: Navegação e comércio. Edição padronizada das colônias francesas

LIVROS

Bjarte Breiteig (2013):
Île Sainte-Marie.

Charles Johnson (1724):
A General History of the Pyrates.

FILME

Contra todas as bandeiras (1952):
Roteiro de Joseph Hoffman e Aeneas MacKenzie, direção de George Sherman.

Por Deus e pela Liberdade

LEMA DOS PIRATAS DE LIBERTATIA

PERÍODO:
1865–1948

PAÍS:
NANDGAON

POPULAÇÃO: 126.365

ÁREA: 2.256 km²

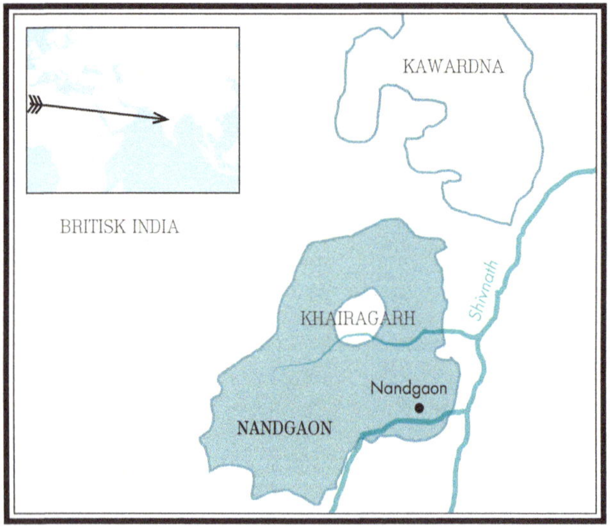

Fanatismo pacifista

Todos os anos, durante o festival Holi, *um pote de soro de leite coalhado é pendurado por uma corda no alto da rua principal de Nandgaon. Enquanto os meninos tentam alcançá-lo formando uma pirâmide humana, as meninas aspergem pelo ar um pó nas cores rosa, amarelo, azul e verde. Desta forma, a história do deus hindu Krishna e seus amigos ladrões de manteiga é revivida ano a ano.*

É provavelmente o único tumulto registrado em Nandgaon, o mais pacífico dos principados indianos desde sempre, segundo oficiais coloniais britânicos. Nunca houve registro de problemas aqui. A razão pode estar nos próprios príncipes, todos fervorosos membros da seita hindu bairagi.

O termo *bairagi* tem origem no sânscrito e significa *libertação do sofrimento*. A própria essência da vida deve ser uma jornada em busca do desenvolvimento espiritual. Sendo assim, os bairagi não se interessavam por valores materiais. Não se importavam nem mesmo com o alimento que ingeriam. Os mais devotos preparavam e comiam suas refeições em completo isolamento. A forma mais nobre de vida implicava abstinência sexual que, caso não fosse observada, poderia resultar em castigos severos. Caso fizesse sexo com uma mulher, o homem era punido num valor de até trezentas refeições.[105]

A noroeste do planalto do Decão fica Nandgaon, única cidade no coração de uma floresta exuberante trezentos metros acima

105 R.V. Russel (1916): *The Tribes and Castes of The Central Provinces of India.*

do nível do mar. Ao redor, há pouco mais de uma centena de pequenos vilarejos onde as pessoas levam uma vida de subsistência. O pequeno reino, com uma área equivalente ao menor município brasileiro (Santa Cruz de Minas, em MG, de menos de 3.000 km²), foi a princípio governado pelos *marathas*, um povo que, ao longo dos séculos, ocupou grandes áreas do centro da Índia.

No início do século XVIII, Prahlad Das chegou ali oriundo da região do Punjab, a oeste dos Himalaias. Além de ser um bem-sucedido negociante de xales, tinha ascendência bairagi e imediatamente chamou a atenção dos regentes locais, que o contrataram como guia espiritual. Seus discípulos cresceram em grande número, a ponto de os britânicos indicarem um deles, Ghasi Das, para governar o recém-criado principado de Nandgaon, em 1865.

O príncipe recebeu o título de *mahant* e, ao menos em tese, deveria abraçar a castidade, mas o mahant Ghasi Das ignorou este preceito. Casou-se e teve um filho, Balram Das, que lhe herdou o título. Foi Balram Das o responsável por emitir selos, cuja recepção não foi exatamente estimulante: "Os selos configuram a mais primitiva e imunda das litogravuras".[106] O resultado é francamente ruim. O papel é ordinário e a impressão, borrada. Como vimos antes nos selos de Obock, o que deveria ser a marca de perfuração é apenas impresso, mas, desta vez, o traço é tão mal-ajambrado que não serve nem como guia de corte. Difícil imaginar um desenho tão desprovido de vaidade estética e materialismo, bem de acordo com a doutrina bairagi. Pelo menos, neste caso, o mahant Balram Das deve ter se sentido mais à vontade.

106 American Journal of Philately (1891). No original: "The stamps are of the most primitive and smudgiest order of lithography".

A dúvida é se o mahant não foi longe demais quando permitiu que o estoque encalhado de selos fosse reimpresso com as letras latinas M. B. D., isto é, suas próprias iniciais — um assomo de vaidade ou uma simples tentativa de bajular os britânicos?

Os selos são impressos na recém-inaugurada tipografia de propriedade do mahant, onde trabalhava um certo Narayan Vaman Tilak. Ele veio do oeste e pertence à casta superior dos *brahmins*, que perfazem quatro por cento da população hindu. Os brahmin são líderes religiosos e, nesta capacidade, servem de intermediários entre os deuses e os homens. Tilak sabe muito bem disso. Ele conhece os *Vedas* de cor e salteado. Além disso, tem ambições de se tornar um poeta reconhecido, com um portfólio respeitável de poemas religiosos.

Pode ser que o ascético mahant o tenha aproximado da religião. Tilak decide tornar-se um *sannayasa*, o quarto estágio na tradição hindu do *vaishavismo*. Para tanto, deve doar todas as suas posses a Prajapati, o senhor da criação, e viver como mendigo, meditando e louvando a Krishna o tempo inteiro.

Nem o fato de ser um homem casado o detém. Sua mulher, Laxmibai, também pertence à casta dos brahmins, os dois se uniram num casamento arranjado quando ela contava onze anos.

Em Nandgaon, as ambições religiosas são um território eminentemente masculino. Laxmibai não é tão devota assim, mas precisa suportar os constantes sacrifícios que o marido lhe impõe. Tantas e tantas vezes é obrigada a doar tudo que possui aos necessitados, incluindo roupas e comida. Ela decide então pedir ajuda aos pais.

Escrevendo com a ponta de um palito de fósforo queimado, registra em seu diário: "Tenho a sensação de ser como uma bola de borracha sendo jogada de um lado para outro".[107] Ela teme que o marido possa abandoná-la no meio da noite e ir embora de uma vez por todas, sem rumo, sem dinheiro e sem comida: "Tudo o que lhe ocorre é caminhar, para longe, até onde seus pés o sustentarem".[108]

Tilak caminhou até a estação de trem, onde certa noite conheceu o missionário americano Ernest Ward, um metodista que gerenciava vários leprosários nas redondezas. Ao lado de dezenas de colegas, ele trabalhava dia e noite para salvar da morte o maior número de hansenianos que pudesse, uma tarefa especialmente difícil quando se crê que a causa da doença eram pecados herdados no nascimento.

Ernest Ward deu a Tilak uma *Bíblia* e profetizou que ele estaria convertido ao cristianismo em menos de dois anos.[105] Tilak desconversou, mas, como lhe prometera ler a *Bíblia*, foi o que fez. Em 1895, enfim converteu-se[109] e fez uma advertência à irmã de Laxmibai: "Tornei-me cristão. Cuide de sua irmã. Há rios em Nasik e Jalalpur. Cuide para que ela não tire a própria vida".[110]

Laxmibai levou a conversão muito a sério, e o casal se separou. Não sabemos o desamor ou a injustiça que pesava sobre as mulheres hindus divorciadas, mas o fato é que ela entregou os pontos. Cinco anos mais tarde, aceitou ser batizada e retomou a vida conjugal. O marido continua tão atormentado quanto antes, manifestando os mesmos extremos de autocomiseração e renúncia dos valores materiais. Entre as inúmeras viagens que fazia, ele compôs mais de cem salmos de louvor até morrer, em 1919.

Laxmibai também continua escrevendo, porém com uma motivação mais terrena. Sua mensagem é política, pela libertação das mulheres, erradicação do analfabetismo e rejeição do sistema de castas. Ela foi educada para crer que algumas pessoas são puras e outras, impuras. Para tanto, seu pai, portador de transtorno obsessivo-compulsivo que a obrigava a lavar as mãos constantemente, contribuiu mais que qualquer outro. Ele era incapaz de receber objetos ou alimentos de pessoas de castas inferiores sem submetê-los a um processo de limpeza mórbido. Para demonstrar seu desdém por tudo isso, Laxmibai procura os mais miseráveis entre os sem-casta, ou intocáveis, e aceita que lhe deem comida na boca.

No ano em que morreu, 1936, nascia o último mahant, Digvijai Das. Sem sinal de protestos, em 1948, ele assina um acordo incorporando Nandgaon à *União da Índia*.

107 Laxmibai Tilak (2007): *Sketches from Memory*. No original: "I am like a rubber ball bouncing back again and again".

108 Ibid. No original: "All he knew was to walk as far as his feet would carry him".

109 Ernest F. Ward & Phebe E Ward (1908): *Echoes From Bharatkhand*.

110 Laxmibai Tilak (2007): *Sketches from Memory*. No original: "I've become a Christian. Take care of your sister. There is a river at Nasik as well as Jalalpur (...) seeing that she does not take her own life".

1893: Edição carimbada com M.B.D.
iniciais de Mahant Balram Das, príncipe de Nandgaon

LIVROS

Laxmibai Tilak (2007):
Sketches from Memory.

Tornei-me cristão. Cuide de sua irmã. Há rios em Nasik e Jalalpur. Cuide para que ela não tire a própria vida.

NARAYAN VAMAN TILAK

PERÍODO:

1898–1914

PAÍS:

KIAOCHOW

POPULAÇÃO:

200.000

ÁREA:

552 km²

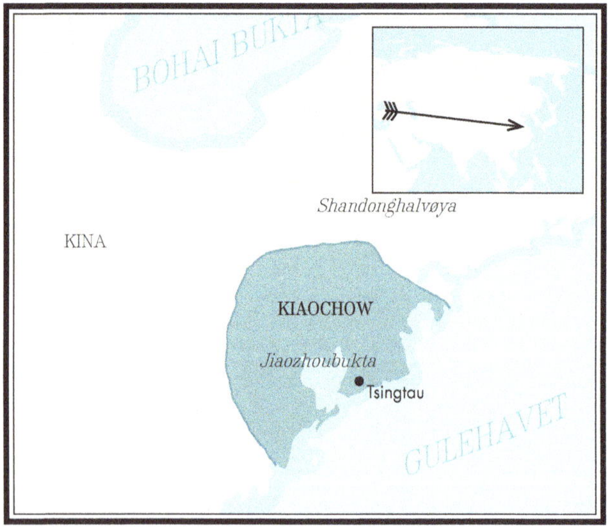

Um imperador obcecado jogando sujo

Foi em dezembro de 1897, outono do século XIX, que o ministro das Relações Exteriores da Alemanha, Bernhard von Bülow, fez o célebre pronunciamento: "Não desejamos expor ninguém às sombras, mas exigimos nosso lugar ao sol"[111]*, uma metáfora muito usada hoje em debates sobre adensamento urbano cuja origem, porém, é outra. A Alemanha partiu com atraso na corrida pelas colônias. Na maioria dos continentes, elas já estavam bem ocupadas pelas demais potências europeias. A última fronteira era a China.*

Os alemães queriam estabelecer uma base naval na região e, ao mesmo tempo, um posto avançado para exportar bens para o mercado chinês, que, em poucos anos, tornara-se o mais promissor além da Europa.

A oportunidade se desenhou quando dois missionários alemães foram assassinados na aldeia de Juye, um pouco ao sul da província de Xantungue, às margens do mar Amarelo. Os assassinos eram provavelmente membros da organização nacionalista "Faca Longa". A despeito das promessas de membros da dinastia *Qing* de que os culpados seriam descobertos e capturados, a marinha alemã invadiu a baía de Jiaozhou e se apossou da área.

111 De um debate no Reichsdag (Parlamento) em 6 de dezembro de 1897. Transcrito em Gilbert Krebs e Bernard Poloni (1994): *Volk, Reich und Nation: Texte zur Einheit Deutschlands in Staat, Wirtschaft und Gesellschaft 1806-1918*. No original: "Wir wollen niemand in den Schatten stellen, aber wir verlangen auch unseren Platz an der Sonne".

A baía de águas calmas era perfeita para abrigar uma frota naval. A paisagem em volta era convidativa, de colinas férteis e frondosas que cresciam em formações montanhosas ao norte. Entremeando tudo isso, havia aldeias pacíficas cuja população dedicava-se à agricultura e à pesca.

Os alemães chegaram em pleno inverno. Os termômetros marcavam graus negativos à noite, e a proliferação anual de algas, com seu característico odor de ovos podres, ainda não tivera início. Tampouco havia sinais da sífilis que mais tarde tornaria a região famosa entre marinheiros de recesso. Diz-se que não há cura para a doença que, no curso de poucas semanas, faz o pênis inchar a ponto de apodrecer e cair, levando os testículos junto.

Os moradores locais também estão aterrorizados, apesar de não saberem nada sobre o efeito da doença nas mulheres. Nem mesmo os curandeiros da região têm algo a dizer. Não é de admirar, porque a tal doença não passa de um boato criado pelas autoridades alemãs para manter as tripulações dos navios longe dos prostíbulos. O mesmo golpe será aplicado mais tarde, e com igual eficácia, pelos norte-americanos em Okinawa, Coreia do Sul e Vietnã.[112]

Oficialmente, a baía de Jiaozhou nunca foi "ocupada". As ambições alemãs de aumentar o comércio com a China pediam soluções diplomáticas, embora com um chicote sempre de prontidão. O resultado foi um arrendamento de 99 anos da baía e das áreas costeiras adjacentes. Ao longo do perímetro traçou-se uma zona de segurança de boa margem, com um raio de 50 quilômetros de extensão. Além disso, a China pagaria pela construção de três igrejas católicas e concederia à Alemanha todas as licenças imagináveis para extração de carvão e construção de ferrovias em toda a província de Shandong. A área foi batizada em alemão de Kiautschou, ou *Kiaochow* na grafia corrigida, e parecia uma típica colônia alemã.

Para a Alemanha, era uma ocasião para celebrar. Em Dresden, as padarias lançaram o bolo Kiautschou, seguido pelos *schnapps* Kiautschou, pelos cigarros Kiautschou e pelos charutos Kiautschou até o clichê perder o apelo comercial. A colônia também ganhou direito a ter selos próprios ilustrados pelo suntuoso iate do imperador Guilherme II, com seu rosto de proa viril e ameaçador. A imagem era a mesma na dos selos alemães de então, mas nem o iate nem o imperador jamais viram as cores dos mares do sul.

O imperador preferia mesmo era navegar pelos fiordes noruegueses. Foi numa dessas viagens que desenhou um esboço do que mais tarde seria intitulado "Völker Europas, wahrt eure heiligsten Güter"[113], vulgarmente conhecido como "Perigo amarelo".[114] O desenho seria depois transformado numa pintura monumental — hoje destruída, mas bastante comum na forma de litogravuras — pelo nacionalista romântico Hermann Knackfuss.

O desenho mostra as belas artes e a indústria sob proteção do exército. Sob um arco gótico, despontam formas

112 Philip Alcabes (2010): *Dread: How Fear and Fantasy Have Fueled Epidemics from the Black Death to Avian Flu.*

113 NT: "Povo da Europa, guardai vossos bens mais caros". Em alemão no original.

114 S.C. Hammer (1915): *Wilhelm II.*

femininas ideais, personificando a Arte e a Indústria. Acima delas, paira uma nuvem ameaçadora. Um guerreiro teutão avança para enfrentar as imagens aterradoras.[115]

O tal guerreiro teutão (alemão) é representado com cachos dourados e asas angelicais, e isso diz tudo. Guilherme II temia que os asiáticos voltassem a ameaçar a raça branca assim como Genghis Khan fizera séculos antes. Ele pretendia unir a Europa numa cruzada contra a Ásia antes que fosse tarde demais, mas a pintura recebeu críticas generalizadas e seu conteúdo foi rejeitado e ridicularizado. Discretamente, o imperador engavetou o projeto.

É bem provável que o cáiser tenha sentido um calafrio na espinha quando eclodiu o chamado *Levante dos Boxeadores*, em 1899, cujo episódio desencadeante foi a assoberbada anexação de Kiaochow pelos alemães, somada a várias outras semelhantes a cargo de Grã-Bretanha, França e Rússia. Os boxeadores uniram-se numa aliança secreta chamada Companhia dos Punhos da Justiça e da Concórdia, instigando a população a atacar com golpes de boxe chinês qualquer manifestação colonialista, inclusive prédios pertencentes a missões e a chineses convertidos ao cristianismo. As potências coloniais responderam com intervenções drásticas e a rebelião foi sufocada.

O imperador Guilherme II não perdeu a chance de bater na mesma tecla:

Assim como os hunos tornaram-se célebres sob a liderança de Átila, mil anos atrás, feito pelo qual até hoje são lembrados na tradição histórica, o nome alemão deve tornar-se conhecido na China, de tal sorte que chinês algum ousará encarar um alemão, nem mesmo com desdém.[116]

Uma vez que as relações de poder estavam pacificadas, Kiaochow embarcou num período expansionista financiado pelo capital alemão. A ligação ferroviária a Pequim foi concluída e conectada à Ferrovia Transiberiana, permitindo aos empresários viajar dali à Alemanha em apenas três semanas. A antiga vila de pescadores de Tsingtao foi ampliada com instalações portuárias, ruas largas, elegantes edifícios administrativos e bancos. Eletricidade e esgotamento sanitário foram providenciados. As florestas nos arredores foram desmatadas dando lugar a fazendas de fiação de seda, serrarias, olarias e cervejarias. Ao longo da fronteira a oeste, foram erguidas doze fortalezas militares.

Um bom número de chineses abastados mudou-se para lá a fim de aproveitar as comodidades. Sun Yat-sen, líder revolucionário tardio, também ficou tentado: "Estou impressionado. Esta cidade é um verdadeiro modelo para o futuro da China".[117]

Em novembro de 1914, a colônia deixou de existir ao ser invadida pelo Japão, que, alguns meses antes, unira-se aos aliados na

115 Ibid.

116 Extraído do chamado "Discurso sobre os hunos", 1900. *Guilherme II*. No original: "Wie vor tausend Jahren die Hunnen unter ihrem König Etzel sich einen Namen gemacht, der sie noch jetzt in der Überlieferung gewaltig erscheinen läßt, so möge der Name Deutschland in China in einer solchen Weise bekannt werden, daß niemals wieder ein Chinese es wagt, etwa einen Deutschen auch nur scheel anzusehen".

117 Joachim Schultz-Naumann (1985): *Unter Kaisers Flagge, Deutschlands Schutzgebiete im Pazifik und in China einst und heute.*

Primeira Guerra Mundial. Após a guerra, os chineses reassumiram o controle e a área foi reintegrada à província de Shandong, hoje uma das mais ricas da China. A cidade de Tsingtao foi renomeada para Qingdao.

O Exército Vermelho fechou o cerco contra as igrejas na década de 1950, mas ainda há vestígios de prédios coloniais seculares. Ainda assim, a memória mais evidente do período é a cerveja *Tsingtao*, desenvolvida pelos alemães em 1903 e hoje considerada a melhor da China.

1901: O Hohenzollern II, luxuoso iate do imperador Guilherme II. Edição colonial alemã padrão

LIVROS

Hans Weicker (1908):

Kiautschou. Das Deutsche Schutzgebiet in Ostasien (Kiaochow. O santuário alemão no leste asiático).

S. C. Hammer (1915):

Wilhelm II. Et blad av Tysklands nyeste historie (Guilherme II. Uma página da história recente da Alemanha).

PINTURA

Hermann Knackfuss (1895):

"Völker Europas, wahrt eure heiligsten Güter". Baseada no esboço de Guilherme II. O original se perdeu, mas a imagem é facilmente encontrada como litogravura.

Assim como os hunos tornaram-se célebres sob a liderança de Átila, mil anos atrás, feito pelo qual até hoje são lembrados na tradição histórica, o nome alemão deve tornar-se conhecido na China, de tal sorte que chinês algum ousará encarar um alemão, nem mesmo com desdém

IMPERADOR GUILHERME II

PERÍODO:

1891-1914

PAÍS:

TERRA DO FOGO

POPULAÇÃO:	ÁREA:
10.000	74.000 km^2

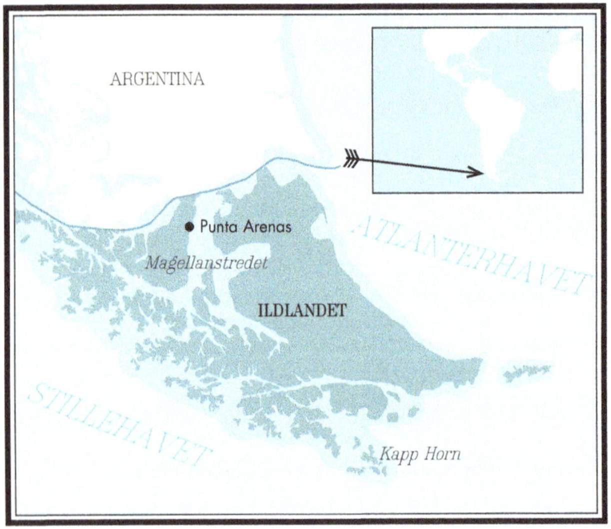

Um ditador banhado a ouro

No extremo sul do continente sul-americano está o arquipélago Tierra del Fuego. É certo que foi primeiro chamado de Terra da Fumaça pelo explorador português Fernão de Magalhães, que ali chegou em 1520 e percebeu as colunas negras se erguendo das fogueiras enfileiradas que os nativos acendiam pela orla marítima. A expedição de Magalhães seguiu para oeste, enveredando num labirinto de baías, enseadas e fiordes. Quanto mais avançava em direção ao Pacífico, mais avistava uma sucessão de ilhas desertas, cobertas pela relva esverdeada e por florestas densas, até o limite onde os glaciares deixavam entrever uma cadeia de picos agudos cobertos de neve. Magalhães escreveu ao rei de Portugal dando conta de um verão frio, curto e úmido. Mais ao sul, onde o Pacífico e o Atlântico se encontram às margens do cabo Horn, o clima era subártico e, pelos séculos adiante, as tempestades violentas deram à área a reputação de ser um dos maiores cemitérios de navios do mundo.

Embora a Terra do Fogo tenha sido economicamente desprezada por muito tempo, tudo mudou à medida que jazidas de ouro foram sendo descobertas no século XIX. O ouro foi a causa de um conflito prolongado entre o Chile e a Argentina, ambos reivindicando a soberania do arquipélago. A Terra do Fogo nunca chegou a ser um país autônomo, embora assim parecesse quando Julius Popper desembarcou por lá, em 1886.[118]

118 Otto Hornung (1982): *The Man from Tierra del Fuego.*

Apesar dos seus 29 anos, Popper já exibia umas entradas na testa, compensadas pelo bigode bem aparado e barba farta. Os pelos no rosto, no entanto, cobriam apenas parcialmente o queixo largo, traço fisionômico que tinha em comum com um príncipe austríaco da casa dos Habsburgos e, durante um bom tempo, deu azo ao rumor de que ele era mesmo o arquiduque Johann Orth. Johann desapareceu sem deixar rastro numa viagem de Salzburgo a La Plata, Argentina, um sumiço oportuno diante da coleção de dezesseis amantes as quais prometera sustentar. Julius Popper não se esforçava para desdizer o mito. Ele era, na verdade, um judeu romeno, nascido em Bucareste e educado como engenheiro em Paris. Já dera meia volta ao mundo e passado por Egito, China e Sibéria para finalmente chegar à América e se apresentar como especialista em expansão e modernização. Em Cuba, ajudou a revitalizar a orla marítima de Havana introduzindo um plano diretor moderno e ousado.

Liderando uma expedição fortemente armada, o aventureiro encontrou ouro em grandes quantidades e assumiu a direção da *Companhia de Lavaderos de Oro del Sud*. Depois de pouco tempo, a Argentina lhe concedeu direitos de lavra em todas as jazidas auríferas da Terra do Fogo. Começava, assim, um império baseado no promontório de Punta Arenas, ao norte da margem continental do estreito de Magalhães.

Popper fez fama imediata pela esperteza e pelo proverbial apreço por champanha e caviar. Sempre envergando uma farda militar, instituiu um exército privado de cem homens, todos vestindo uniformes de cores vivas, nenhum de patente inferior a tenente. O exército estava em constante movimento, punindo ladrões e garimpeiros sem carta de lavra com grande brutalidade — e ocasionalmente abatendo um índio aqui e outro ali.

A Terra do Fogo era habitada pelos yaghan, a tribo mais meridional do mundo. Segundo a *Encyclopædia Britannica* de 1889, os yaghan tinham um metro e meio de altura e sobrancelhas baixas, lábios grandes, nariz achatado e pele enrugada. Durante centenas de anos, outras tribos também se estabeleceram no arquipélago, incluindo os nômades selk'nam. O capitão James Cook, de passagem pela região, em 1769, considera suas condições de vida extraordinariamente espartanas:

> Suas cabanas têm o formato duma colmeia de abelhas e são abertas numa face, em que está sempre acesa uma fogueira feita de gravetos, folhas e grama secas etc., de tal forma que não lhes há proteção contra vento, granizo, chuva ou neve.[119]

Quando os colonos britânicos introduziram numerosos rebanhos de ovelhas, os nativos deram por certo que os animais eram caça legítima, e a matança que se seguiu não foi modesta. Com isso, foram caçados de volta. Diz-se que Popper e seu exército não eram os piores: os fazendeiros é que eram os tais. A recompensa era uma garrafa de uísque ou uma libra esterlina por índio abatido. A paga era feita contra o envio de um par de mãos ou orelhas, mas logo se passou a exigir o envio das cabeças quando ficou evidente que mãos e ouvidos foram reutilizados em algumas ocasiões. Os assassinatos duraram quinze anos. Os

119 Captain Cook 1769, citado em John C. Beaglehole (1961): *The Journals of Captain James Cook: The Voyage of the Endeavour 1768-1771*. No original: "Their Hutts are made like a behive and open on one side where they have their fire, they are made of small Sticks and cover'd with branches of trees, long grass and c (?) in such manner that they are neither proof against Wind, Hail, rain or snow".

índios que não foram caçados sucumbiram a doenças infecciosas europeias triviais, contra as quais não tinham imunidade. Na prática, ambas as tribos nativas foram exterminadas.[120]

É neste período que Julius Popper lança seus selos, dos quais há apenas uma edição, valendo dez centigramas de pó de ouro — *diez oro*. O selo reafirma o império de Popper ilustrado com utensílios de extração: bateia, marreta e picareta com um P de Popper ao centro. O conjunto tem um certo efeito de profundidade, que dá aos elementos individuais uma aparência tridimensional.

Os selos nunca foram carimbados. Ainda que não haja resíduo algum de cola no meu selo ligeiramente amarelado, creio que tenha sido usado de fato, provavelmente numa carta ou pacote enviado entre as minas de ouro dispersas por Punta Arenas. A emissão nunca foi reconhecida pela Argentina, que exigiu postagem extra em todas as remessas posteriores.

O império de Popper chega ao auge. Ele planeja uma expedição à Antártica para reivindicar direitos territoriais, aparentemente em nome da Argentina, mas, com certeza, tem sua própria agenda. O navio *Explorador* é equipado em Buenos Aires e o baleeiro norueguês C. Hansen será contratado como capitão. Numa viagem de inspeção dos últimos preparativos, Popper é envenenado e morre. Há várias evidências que apontam para um assassinato sob encomenda de um poderoso criador de ovelhas. Outra hipótese aponta para os ingleses, desejosos de sabotar a expedição antártica. Popper não deixou sucessores e, após sua morte, seu império rapidamente desmorona. Até sua mãe, na Romênia, ficou sem um mísero centavo de herança.

120 Patricio Manns (1996): *Cavalier seul*.

Argentina e Chile acabam conseguindo pacificar a divisão do território com base na população de cada país, cabendo um terço para a Argentina e dois terços para o Chile. A pesca e a criação de ovinos subsistem e, na década de 1950, são iniciadas operações de extração de petróleo, no norte. Mais ao sul, o turismo há muito tempo predomina como atividade comercial.

1891: Edição padrão, valendo 10 centigramas de pó de ouro, ilustrada por ferramentas de mineração

LIVROS

Arne Falk-Rønne (1975):

Reisen til verdens ende (*Viagem ao fim do mundo*).

Carlos A. Brebbia (2006):

Patagonia, a Forgotten Land.

Patricio Manns (1996):

Cavalier seul

Suas cabanas têm o formato duma colmeia de abelhas e são abertas numa face, em que está sempre acesa uma fogueira feita de gravetos, folhas e grama secas etc., de tal forma que não lhes há proteção contra vento, granizo, chuva ou neve

JAMES COOK

PERÍODO:

1899–1900

PAÍS:

MAFEKING

POPULAÇÃO: 9.500

ÁREA: aprox. 25 km²

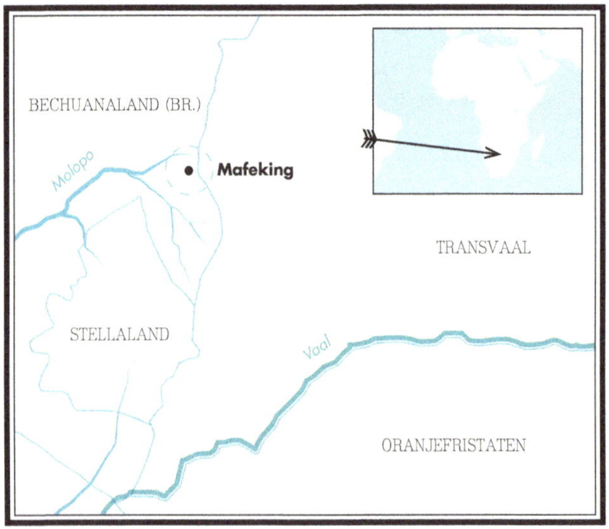

Escoteiros em guarda

Quando um cavalo é abatido, corta-se-lhe a crina e a cauda, que são destinadas ao hospital para forrar colchões e travesseiros. As ferraduras vão para as forjas e tornarão em obuses. A pele é escaldada; os pelos, raspados e, depois, aferventados por muitas horas, juntamente com a cabeça e os ossos descarnados e cortados, adicionados de uma pitada de salitre e preservados em conserva. A carne é passada no moedor e enchida nas tripas, cabendo uma a cada homem como ração.[121]

É nestas condições que se encontra a cidadezinha de Mafeking, na Colônia Britânica do Cabo, a oeste da fronteira da República Bôer do Transvaal. O ano é 1900. Mafeking foi fundada em 1860 no *veldt*, o planalto rochoso onde nasce o grande rio Molopo. Estamos no meio da guerra civil iniciada pelos britânicos para tomar posse das jazidas de diamantes e ouro em poder dos bôeres havia quase cinquenta anos.

Seis meses antes de a guerra eclodir, o coronel britânico Robert Baden-Powell voluntariou-se para montar acampamento em Mafeking. Seu objetivo era atrair as tropas bôeres para longe dos campos de batalha a sudeste, onde poderiam ser determinantes. Passou três meses se preparando, embalando víveres e equipamentos, construindo fortificações e trincheiras, todas interligadas por um emaranhado de linhas telefônicas.

121 Robert Baden-Powell (1957): *I livets skole: verdensspeidersjefen Lord Baden-Powells erindringer med tegninger av forfatteren.*

Mais importante: cercou a cidade com um campo de minas terrestres para torná-la indevassável.

Os bôeres morderam a isca e mobilizaram seis mil homens que sitiaram a cidade dias após a declaração de guerra britânica, em outubro de 1899.

Mafeking era dividida em dois distritos, um para negros e outro para brancos, espremidos num perímetro de 16 quilômetros. A metade branca era nitidamente resultado de planejamento urbano, com ruas largas e esquadrinhadas e casas uniformes, de tijolos de barro e teto abobadado. No centro, havia uma praça com lojas, um banco, uma tipografia, um hotel e uma biblioteca pública. Ali moravam mais de 1.700 homens, incluindo os próprios subordinados de Baden-Powell. Além disso, havia 229 mulheres e 405 crianças que, por algum motivo, não foram evacuadas antes que os bôeres atacassem.

A noroeste, o distrito negro consistia em grupos dispersos de cabanas circulares de palha que abrigavam cerca de 7.500 pessoas da etnia *baralong*, nativos da região e francamente mais favoráveis aos britânicos que aos bôeres. Sem problemas para transitar pelo front, eles colaboravam como espiões e mensageiros, dentro e fora da cidade sitiada[122], mas eram mantidos longe das missões armadas, pois aquela era uma "guerra de brancos".

O plano A dos bôeres era privar os britânicos de comida enquanto bombardeavam a cidade sem trégua, mas os canhões, de curto alcance e péssima precisão, raramente acertavam os alvos. As baixas foram poucas, e eventuais danos aos prédios eram facilmente reparados com barro umedecido enrolado em palha.

Em relação à comida, a situação é outra. Pior para os nativos, cujo suprimento de ração era inferior ao dos brancos.[123] Mesmo assim, todos foram forçados a uma dieta de jegues e cavalos. Até a aveia da ração dos equinos era servida como mingau. Os pacientes do lazareto comiam pudim feito com pó de arroz confiscado dos salões de beleza.

Afora isso, a vida na cidade continuava normal, em certa medida até ostensivamente normal, na esperança de que isso afetasse o moral do inimigo que monitorava cada detalhe do outro lado das concertinas e do campo minado. Os bôeres, por sua vez, observavam rigorosamente o feriado religioso e nos domingos não havia canhonaços. Os britânicos aproveitavam a ocasião para organizar concertos ao ar livre, apresentações teatrais e torneios esportivos, especialmente de críquete. Todos saíam às ruas em trajes dominicais, as mulheres em vestidos vaporosos de mãos dadas aos filhos bem apanhados.

Os bôeres custavam a crer no que viam. O auge da afronta foi quando os britânicos imprimiram selos para possibilitar a correspondência interna da cidade. Não haveria de ser uma necessidade real, mas os britânicos sabiam o que estavam fazendo: nada melhor para demonstrar que uma sociedade vai bem que emitir selos próprios, impressos em equipamentos de qualidade, quase perfeitos, com perfuração, cola e tudo. Os selos saíram da tipografia Townsend & Son, na praça central. O processo era fotográfico, os negativos eram colocados sobre folhas embebidas em químicos fotossensíveis produzidos com

122 Solomon Plaatje (1990): *The Mafeking Diary.*

123 Hope Hay Hewison (1989): *Hedge of Wild Almonds: South Africa, the Pro-Boers & the Quaker Conscience, 1890-1910.*

tinta ferrogálica à base da seiva de acácias. O produto final, em diferentes tons de azul, tem uma nitidez impressionante.

Hoje é quase impossível conseguir um selo do gênero, e as falsificações são comuns. Meu exemplar ligeiramente amarelado tem a cicatriz de um rasgão no canto superior esquerdo. Suponho que isso aumente as chances de ser real. O desenho mostra um garoto numa bicicleta. É baseado numa fotografia de Warner Goodyear, de treze anos, líder do corpo de cadetes da cidade que reunia meninos a partir de nove anos de idade. Os soldados infantis vestiam uniformes cáqui e chapéus de abas largas adornados com fitas amarelas e sua tarefa era entregar correspondências. As bicicletas foram adotadas quando o último jumento foi devorado.

Os bôeres então perceberam que Mafeking resistiria invicta. Após algumas tentativas malsucedidas de assalto, mais da metade dos soldados bôeres foram desmobilizados. Para os britânicos, a operação foi um sucesso e contribuiu para a vitória das tropas a leste. Em maio de 1900, o cerco de 217 dias foi rompido por forças britânicas perseguindo os últimos bôeres em fuga.

Os jornais britânicos mantinham correspondentes próprios em Mafeking[124]. Desde sempre, na Inglaterra, a população acompanhava tudo com crescente entusiasmo. Quando o desfecho era iminente, o prefeito de Londres surgiu na varanda da Mansion House, na Queen Victoria Street e anunciou: "Nunca tivemos dúvida do resultado. A coragem e a determinação inglesas, conquanto empregadas em justa causa, sempre haverão de triunfar".[125]

Robert Baden-Powell tornou-se um grande herói nacional. Em 1907, aproveitou a visibilidade alcançada para fundar o movimento escoteiro, cujo objetivo era impedir a degeneração da raça britânica. Como "exemplo assustador", Baden-Powell citou o governo liberal: "Comida gratuita e pensões para idosos, pagamento de dias em greve, cerveja barata e caridade acrítica não contribuem para o caráter da nação nem para a formação de uma masculinidade energética e autoconfiante".[126]

Warner Goodyear morreu com apenas 26 anos ao ser atingido na cabeça por uma bola de hóquei. Suas irmãs, Lottie, Maude e Lorna, continuaram por muitos anos à frente da biblioteca da praça central de Mafeking.

124 Sarah Isabella Augusta Wilson (1909): *South African Memories. Social, Warlike & Sporting, from diaries written at the time.*

125 William Hillcourt (1966): *Baden-Powell: mannen med de to liv.*

126 James Lawrence (2006): *The Middle Class: A History.* No original: "Free feeding and old age pensions, strike pay, cheap beer and indiscriminate charity do not make for the hardening of the nation or the building up of self-reliant, energetic manhood".

1900: O sargento-major Warner Goodyear de bicicleta, em impressão por fotolito

LIVROS

Solomon Plaatje (1990):

The Mafeking Diary.

Hope Hay Hewison (1989):

Hedge of Wild Almonds: South Africa, the Pro-Boers & the Quaker. Conscience, 1890-1910.

Comida gratuita e pensões para idosos, pagamento de dias em greve, cerveja barata e caridade acrítica não contribuem para o caráter da nação nem para a formação de uma masculinidade energética e autoconfiante

ROBERT BADEN-POWELL

PERÍODO:

1899–1914

PAÍS:

CAROLINAS

POPULAÇÃO: 40.000

ÁREA: 1.167 km²

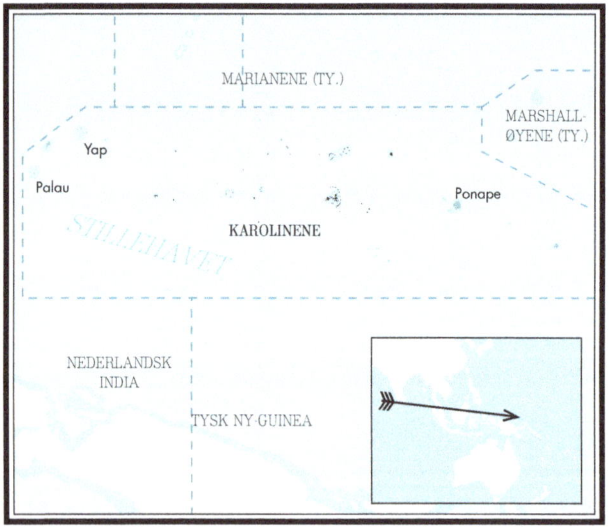

Pepinos-do-mar e dinheiro de pedra

Na ilha de Yap, um pouco ao norte da Nova Guiné, no Pacífico ocidental, vigorou por muito tempo um sistema monetário peculiar. A moeda em si era chamada de fei, *nada mais que discos de calcário acinzentado com um furo no centro, variando de sete ou oito centímetros até poucos metros de diâmetro. O valor dependia do tamanho, de tal sorte que as pedras menores correspondiam ao preço de um bacorinho, enquanto as maiores poderiam comprar uma aldeia inteira... mas nem tudo era assim* tão *simples. Se houvesse uma boa história relacionada àquela moeda específica, preferencialmente algum relato contendo tragédias e morte, seu valor aumentava a despeito do tamanho. Exemplos de pedras assim não faltavam.*[127]

O grande problema era a matéria-prima, disponível apenas na vizinha Palau, uma ilha a mais ou menos quatrocentos quilômetros a sudeste, distância que precisava ser percorrida a bordo de canoas e jangadas extremamente instáveis. A viagem costumava dar errado, mas, mesmo que as moedas fossem parar no fundo do mar, nem tudo estava perdido, já que podiam ser recuperadas e continuavam plenamente aceitas no mercado. Seu paradeiro era conhecido por todos na ilha, informação que era passada de geração em geração. As moedas que desembarcavam em segurança eram espalhadas ao acaso pela praia para exibição pública. A negociação que se seguia era feita apenas verbalmente, sem que as pedras fossem removidas do lugar onde se encontravam.

127 William Furness (1910) *The Island of Stone Money.*

Yap ficava no arquipélago das Carolinas, um grupo de cerca de quinhentas ilhas em formato de lua crescente dispersas numa região com o dobro do tamanho do mar do Norte. A área terrestre total correspondia à das Ilhas Féroe (1.400 km²) e consistia, sobretudo, em atóis de coral e de ilhas vulcânicas isoladas, como Palau e Yap, a oeste, e Ponape, a leste.

Os espanhóis colonizaram as Carolinas ainda em 1686, sob o nome *Nuevas Filipinas*, mas fizeram pouco proveito das ilhas. Os nativos eram agressivos e os missionários que tentaram estabelecer contato foram mortos em terra ou devolvidos ao mar.

Yap era tida como inacessível. Ela compreende quatro ilhas separadas por canais estreitos cercados por uma lagoa verde que, por sua vez, é circundada por uma barreira de recifes. A maior ilha, Rul, tem a forma de um peixe, com dezesseis quilômetros de comprimento e cinco quilômetros no trecho mais largo. A norte, cerca de duzentos metros acima do nível do mar, estão as colinas de Burra, de argila vermelha e densa vegetação arbustiva. A parte sul é uma planície fértil que termina no sopé das colinas. Juntamente com Tomil, a segunda maior ilha, Rul tem um porto de águas calmas e é aqui onde está a maior parte dos oito mil ilhéus. Eles vivem da pesca e da horticultura e se dividem em vilarejos com uma estratificação social complexa, que muda ao sabor de escaramuças, arranjos familiares e posse de discos de *fei*. A sociedade é patriarcal e muitos homens mantêm haréns particulares. No topo da pirâmide social, com status de rei, está o xamã.[128]

Em 1872, reinava o xamã Fatumak. Certo dia, enquanto caçava lagartos gordos para sacrificar em cerimônias religiosas, ele esbarra no capitão norte-americano David Sean O'Keefe, recém-chegado ali depois que seu barco naufragou. Nascido na Irlanda, é um homem alto e espadaúdo, de cabelos crespos e ruivos e barba cerrada de mesmo tom. Fatumak decide apadrinhá-lo.

Não demora muito para o espírito empreendedor do irlandês vislumbrar um mar de possibilidades nos discos de *fei*. Ele adquire primeiro uma, depois uma flotilha de escunas, que usa para transportar os locais até Palau. O trajeto é mais rápido e seguro que antes, e os discos agora podem alcançar os quatro metros de diâmetro e pesar até cinco toneladas. Maravilhados, os nativos decidem proclamá-lo rei.[129]

Em vez de pedras, O'Keefe prefere receber a parte que lhe cabe em *copra*, polpa de coco seca, e pepinos-do-mar, iguarias que exporta para Hong Kong e vende a negociantes chineses dispostos a pagar um bom preço. Poucos anos depois, fica milionário. Tem um harém próprio e uma residência ao estilo europeu, com direito a píer particular e telhado de ferro corrugado. A construção salta aos olhos e pode ser admirada de qualquer lugar das ilhas, como se fosse o próprio centro do universo.

Numa das viagens que faz a Hong Kong, O'Keefe conhece o jovem compatriota Johnny O'Brien. Ao descobrir que ambos nasceram na cidade de Cork, na costa sul da Irlanda, O'Keefe resolve lhe fazer uma proposta:

> Venha para Yap e eu hei de lhe dar metade de todas as minhas posses, inclusive do meu harém, e, quando eu

128 Paul Rainbird (2004): *The Archaeology of Micronesia.*

129 Lawrence Klingman & Gerald Green (1952): *Hans Majestet O'Keefe.*

vier a faltar, providenciarei para que assuma meu trono como rei de Yap.[130]

Os dois decerto estavam completamente bêbados e O'Brien deve ter esquecido da conversa.

Em 1899, a Alemanha adquiriu as Carolinas da Espanha por 25 milhões de pesetas e se apressou em construiu na ilha um acantonamento para seus fuzileiros navais. O chefe da missão alemã descobriu o engenhoso conceito de negócios de O'Keefe e decidiu expropriá-lo — em nome da Alemanha ou em seu próprio. Ao retornar de uma de suas viagens a Hong Kong, O'Keefe foi colocado em prisão domiciliar, mas a população nativa veio em seu socorro e ameaçou se rebelar.

Estamos na primavera de 1901. Os colonos alemães já começaram a usar selos com o tradicional emblema da águia e o carimbo *Karolinen*. Cartas e pequenas encomendas são transportadas em vapores que fazem a rota Nova Guiné-Hong Kong, de onde embarcam em navios a caminho da Europa.

Meu selo tem o carimbo de 29 de março e possivelmente trazia notícias da situação crítica na ilha, remetidas por algum agente administrativo ou marinheiro alemão ali estacionado. O'Keefe é libertado dias depois, mas não se sente seguro e decide fugir. Acompanhado de alguns dos filhos, zarpa numa das escunas de sua propriedade, mas é colhido de surpresa por um tufão, naufraga e morre.

130 Dennis M. Powers (2010): *Tales of the Seven Seas: The Escapades of Dynamite Johnny O'Brien*. No original: "Come to Yap and I will give you a half interest in all that I own, including my harem, and if I should pass on, I will have arrangements made for you to take my place as King of Yap".

A relação entre os alemães e os nativos de Yap amornou durante anos que se seguiram. Em 1914, os japoneses ocuparam o arquipélago inteiro, onde permaneceram até o final da Segunda Guerra Mundial, quando os norte-americanos assumiram o controle e dividiram as Carolinas em *Micronésia* e *Palau*.

Yap ficou subordinada à Micronésia, que conquistou sua independência em 1991. Enquanto isso, transformara-se numa sociedade mais rígida em decorrência da proibição alemã de mudanças entre as aldeias. Algumas das *fei* desapareceram sob a tutela dos japoneses, que as usavam como tijolos e âncoras. As que restaram continuam sendo usadas como antes, sobretudo em contratos sociais, como casamentos e como garantias em transações comerciais.

Ao que parece, tudo que restou da mansão de O'Keefe foi o muro de arrimo. Muitos dos ilhéus acreditam que ele não morreu durante o furacão em 1901: em vez disso, teria se radicado noutra ilha remota em algum lugar do Pacífico. Lá, teria fundado uma nova dinastia que se perpetua até os dias de hoje.[131]

131 Joe Race (2010): *The Royal Headley of Pohnpei: Upon a Stone Altar.*

1899: Selo alemão com brasão de águia, carimbado com a palavra Carolinas

LIVROS

William Furness (1910):
The Island of Stone Money.

Lawrence Klingman & Gerald Green (1952):
Hans Majestet O'Keefe (Sua majestade O'Keefe).

FILME

Sua majestade O'Keefe (1954):
Roteiro de Lawrence Klingman e Gerald Green, direção de Byron Haskin.

Venha para Yap e eu hei de lhe dar metade de todas as minhas posses, inclusive do meu harém, e, quando eu vier a faltar, providenciarei para que assuma meu trono como rei de Yap

DAVID DEAN O'KEEFE

PERÍODO:

1903–1973

PAÍS:

ZONA DO CANAL

POPULAÇÃO:

51.000

ÁREA:

1.432 km²

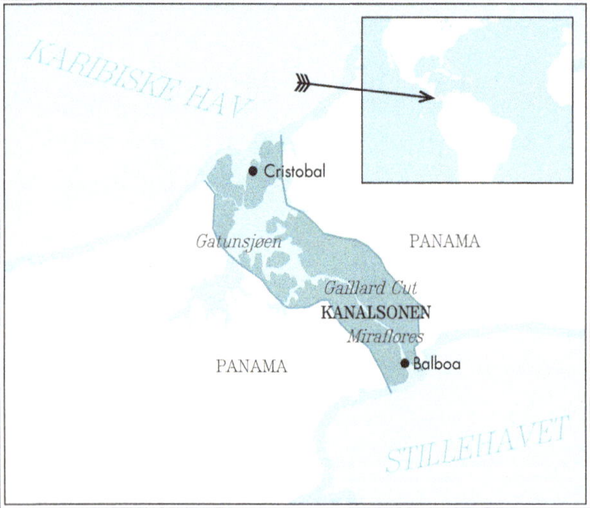

Uma Sibéria no Caribe

Desde o século XVI, os espanhóis vinham sonhando com um canal que ligasse o Atlântico ao Pacífico. Esse atalho não seria apenas fundamental para ambições expansionistas e comerciais com o Oriente, mas também evitaria a traiçoeira rota contornando o cabo Horn.

As obras começaram sob os franceses em 1880 somente para serem interrompidas nove anos depois, deixando um saldo de mais de vinte mil operários mortos, sobretudo de malária e febre amarela. Os engenheiros que sobreviveram deram no pé e voltaram para a França.

É difícil imaginar que as coisas pudessem ter sido diferentes. Com suas florestas tropicais e áreas pantanosas, o local era um verdadeiro paraíso para os mosquitos, tanto mais diante de um suprimento ilimitado de corpos humanos de pele fina e suada. As vítimas nem sabiam do que adoeciam. A ideia de que o mosquito seria um vetor de doenças mal era conhecida pela ciência.

Logo após a virada do século, chegou a vez dos norte-americanos. Ao mesmo tempo, o médico cubano Carlos Finlay descobriu a correlação do mosquito com as doenças, e medidas paliativas, como instalar telas mosquiteiras e despejar óleo na água nas áreas de reprodução, passaram a ser adotadas. O Panamá da época era uma província da Colômbia, e o governo colombiano se negava a ceder às exigências dos norte-americanos. Sendo assim, os Estados Unidos mudaram de tática e apoiaram ativamente grupos com um longo histórico de militância pela independência do Panamá. Por precaução, também despacharam uma frota naval para a área.

Bastou a revolta estourar para o exército colombiano bater em retirada. Em 1903, o recém-criado Estado do Panamá firmou o acordo de arrendamento de longo prazo da Zona do Canal — um corredor de vinte quilômetros de largura de margem a margem — com os norte-americanos. Diante da nova ameaça de conflito armado, o presidente Roosevelt preferiu pagar aos colombianos por um armistício, um dos primeiros exemplos da *diplomacia do dólar* que os Estados Unidos tantas vezes mais tarde perseguiriam com grande êxito.

Ficou evidente que os EUA seriam responsáveis pela construção e operação do canal. As obras começaram em 1904 e foram concluídas dez anos depois. O canal tem oitenta quilômetros de comprimento e um desnível de 26 metros, equalizado por três eclusas que resultam no lago Gatún, por onde flui a maior parte do percurso.

Com 425 km^2, uma área equivalente à baía da Guanabara, no Rio de Janeiro, o Gatún chegou a ser o maior lago artificial do seu tempo. As curvas do antigo rio Chagres continuam desenhadas lá no fundo. O Chagres, atalho mais curto sobre o istmo do Panamá, era intensamente navegado durante a corrida do ouro na Califórnia, em meados do século XIX. Nas suas margens, foi brotando uma série de cabanas de bambu cobertas com folhas de bananeira para abrigar "levas e levas de viajantes rumo à Califórnia, estacionados para se refrescar no rio, comer uma refeição de ovos mexidos (quatro por um dólar) ou pernoitar em redes alugadas por dois dólares a noite".[132]

132 The Canal Record (6/12/1911): *Villages antedating settlement of U.S. lie buried under waters of Gatun Lake.* No original: "... where bongo-loads of California travelers used to stop for refreshments on their way up the river, and where eggs were sold for a dollar and the rent for a hammock was $2 a night".

De resto, tudo em volta era floresta, como ainda é hoje em dia. Por maior que seja a enchente, troncos de mogno simplesmente não apodrecem.

A Zona do Canal emitiu selos próprios ainda em 1904. O meu exemplar data de 1931 e mostra as obras em *Gaillard Cut*[133], assim chamado em homenagem ao major Dave du Bose Gaillard, responsável pelos trabalhos no local. Gaillard Cut foi uma espécie de gargalo durante as escavações e acabou dando origem a um vale inundado que se estende por mais de catorze quilômetros, de leste a oeste.

Assumindo de onde pararam os franceses, os norte-americanos empregaram uma mão de obra de seis mil homens. Minutos depois das formidáveis detonações de dinamite, um trem inteiro era carregado de entulhos e estava pronto para partir. Os deslizamentos e avalanches eram um risco permanente. Gaillard descreveu assim a paisagem: "Parecem glaciares tropicais feitas de lama em vez de gelo".[134] Úmidas demais para serem removidas por escavadeiras, as montanhas de terra precisavam ser varridas manualmente com pás e jatos de água.

O trabalho era cruel e exaustivo e os acidentes eram corriqueiros, ainda que o número de baixas tenha sido inferior ao dos franceses. Quando o canal foi concluído, em 1914, um total de 5.609 pessoas haviam perecido, a maioria operários provenientes das Índias Ocidentais (Antilhas e Bahamas).

133 Atual "Culebra Cut".

134 David du Bose Gaillard. *In* coletânea de cartas publicada por United States Volunteer Engineers (1916).

Cristóbal, no lado do Atlântico, tornou-se o principal porto da Zona do Canal, enquanto a sede administrativa ficou em Balboa, no lado do Pacífico. Em 1940, a população era de 51 mil habitantes e etnicamente diversa. Todos eram obrigados a fazer um curso básico de usos e costumes, e quem não andasse na linha teria que se haver com a polícia, os juízes e os tribunais da colônia.

Os trabalhos de manutenção e estiva eram executados por operários das Índias Ocidentais e de outros países caribenhos. As posições mais qualificadas cabiam aos norte-americanos. O cargo de governador era reservado, sem maiores firulas democráticas, a oficiais graduados da infantaria dos EUA. O governador era automaticamente eleito presidente da *Panama Canal Company*, uma empresa 100% estatal.

A companhia detinha a propriedade de tudo, inclusive dos armazéns onde os alimentos eram vendidos a preço de custo. Era proibido hospedar-se em residências particulares. Homens jovens e solteiros eram aquartelados em instalações comunais enquanto famílias eram alojadas em casas-padrão para quatro pessoas, pintadas de cinza e cobertas com telhados de aço corrugado. O tamanho da habitação variava de acordo com a renda. Um dólar a mais por mês assegurava um metro quadrado extra de espaço.[135]

Vista em retrospecto, a Zona do Canal era surpreendentemente semelhante às várias cidades industriais que a Rússia Soviética construía naquele mesmo período. Foi planejada e executada desta maneira, pelo menos nos primeiros anos, mas me deu a impressão de ser menos severa quando atravessei o canal como marinheiro de primeira viagem a bordo do decadente cargueiro MS *Theben*, em 1973. Era uma época anterior ao advento dos contêineres. A carga era acondicionada sobre paletes a céu aberto e presa com redes. Pedaços de plástico azul-claro presos às escotilhas tremulavam ao sabor do vento depois que um palete se rompeu e tombou no mar devido a uma tempestade, dias antes. Estávamos em rota para a Venezuela e ingressamos no canal pelo lado do Pacífico. A travessia levaria dez horas.

Como mecânico, meu trabalho era passar os dias enfurnado na casa de máquinas lubrificando pistões e limpando o piso de aço fundido. O calor era insuportável. Vestíamos nada além de bermudas. Passava os dias à custa de tabletes de sal para combater a desidratação e meu estômago já estava dilatado tamanha quantidade de água gelada que ingeria. Minhas bochechas, com a barba por fazer, tinham adquirido um aspecto amarronzado devido à dermatite seborreica e, em volta da cabeça, um lenço amarrado tentava estancar o suor que escorria em bicas.

Mecânicos de primeira viagem só são admitidos no convés quando o navio se aproxima de Miraflores, rebocado por barcos de menor porte, e a floresta amazônica toma o cenário de assalto fechando-se em copas ao longo da costa. O maquinista conta o causo de uma ilha ali próxima tão infestada de cobras que um boi inteiro içado por um helicóptero seria devorado antes que encostasse as patas no chão. "Vamos deixar de conversa fiada, pessoal. De volta ao batente já! Deixem para descansar quando estiverem deitados no caixão".

No mesmo ano, Panamá e Estados Unidos concordaram em fazer uma transição para uma administração conjunta do canal. Há tempos a divisão do Panamá em duas metades vinha sendo objeto de tensões diplomáticas. Em 1964, os tumultos dege-

135 Noel Maurer & Carlos Yu (2010): *The Big Ditch: How America Took, Built, Ran, and Ultimately Gave Away the Panama Canal.*

neraram em conflito e morte de 21 civis panamenhos e quatro soldados norte-americanos. O Panamá, no entanto, só obteria o controle total da área em 1999 — ainda que sob estreito escrutínio dos EUA.

Uma questão na ordem do dia do canal é a concorrência que terá de enfrentar após o iminente degelo completo da Passagem Noroeste. Bem mais curta, a rota unindo o Atlântico e o Pacífico através do Círculo Polar Ártico tem também a vantagem de ser gratuita.

1931: Ilustração do trecho do canal na altura de Gaillard Cut

LIVROS

Georg Brochmann (1948):

Panamakanalen (O Canal do Panamá).

Noel Maurer & Carlos Yu (2011):

The Big Ditch: How America Took, Built, Ran, and Ultimately Gave Away the Panama Canal.

Parecem glaciares tropicais feitas de lama em vez de gelo

DAVID DU BOSE GAILLARD,
SOBRE OS MONTES DE TERRA

1915 ~ a ~ 1925

ØST-KARELEN
ALLENSTEIN
SØRRUSSLAND
DANZIG
CARNARO OG FIUME
BATUM
FJERNE ØSTEN-REPUBLIKKEN
HIJAZ
TRIPOLITANIA

PERÍODO:

1916–1925

PAÍS:

HEJAZ

POPULAÇÃO: 850.000

ÁREA: 250.000 km²

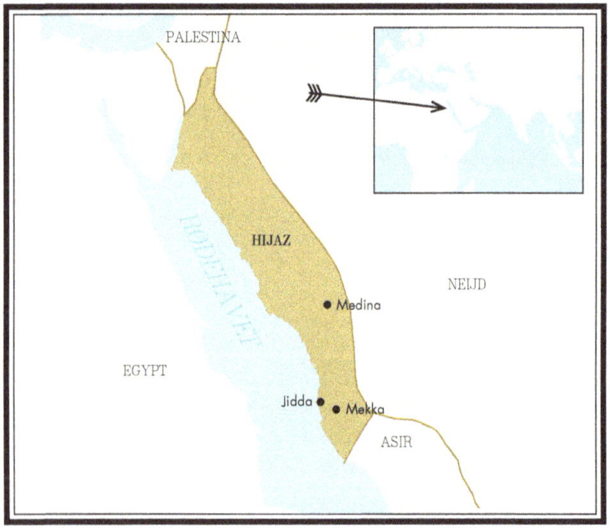

Selos com sabor de morangos amargos

É verão de 1916 no Cairo. A Primeira Guerra Mundial vem assolando a Europa há dois anos. O Egito também é afetado pelos desdobramentos. No ano anterior, forças otomanas aliadas à Alemanha tentam capturar Suez e só desistem após a enérgica intervenção britânica.

Os oficiais Thomas Edward Lawrence e Ronald Storrs estão subindo a escadaria do prédio vermelho que abriga o Museu Histórico do Egito. A missão de ambos é escolher as ilustrações para estampar o selo do novo Reino do Hejaz, que meses antes se declarou livre do domínio otomano. Sayyid Hussein bin Ali — o xarife de Meca — declara-se rei, mas, a exemplo de tantas vezes na história, os britânicos estavam por trás de tudo. Nem mesmo seus próprios selos o monarca pôde escolher sozinho, embora os britânicos consintam que sejam impressos observando-se a proibição islâmica de retratar imagens de pessoas.

O Hejaz localizava-se no lado oeste da península Arábica e se estendia do golfo de Ácaba, ao norte e ao longo da orla do mar Vermelho, até o Iêmen. Na face marítima, as planícies costeiras de Tihama rapidamente se transformavam em colinas, planaltos e, por último, numa cordilheira de mais de 2 mil metros de altitude, na divisa com o deserto da Arábia, a leste. Serpenteando pelas montanhas, uma trilha de caravanas conectava os mascates de especiarias do Iêmen à Síria e ao Mediterrâneo, mas também era percorrida por peregrinos das cidades de Meca e Medina, dois dos santuários mais importantes do mundo muçulmano. Incluindo a cidade portuária de Jidá, o Hejaz era um país populoso, de mais de 750 mil habitantes.

É uma região quente nos meses de inverno e escaldante nos meses de verão. As casas feitas de pedras de coral extraídas do mar Vermelho têm quatro ou cinco pavimentos, de modo a projetar um pouco de sombra sobre as ruas estreitas. São, em geral, espaçadas entre si para permitir que o ar circule e resfrie as paredes externas. As fachadas são guarnecidas com varandas de madeira para reduzir a incidência solar. Até as ruas são desenhadas em ângulos para aproveitar o máximo possível de sombra.

> As ruas estreitas eram cobertas de areia úmida, que, com o tempo, tornava-se uma massa sólida. Nossos passos não faziam ruído, como se caminhássemos sobre um tapete. As treliças e dutos de ventilação abafavam qualquer eco. Não havia carroças nem animais vadios, nenhum movimento. O silêncio imperava absoluto, um silêncio quase sinistro. As portas das casas fechavam-se lentamente à medida que passávamos. Não se ouvia o latido de um cão nem o choro de uma criança.[136]

136 T. E. Lawrence (1927): *Revolt in the Desert*. No original: (Sobre Jidá) "Its winding, even streets were floored with damp sand solidified by time and as silent to the tread as any carpet. The lattices and wall-returns deadened all reverberation of voice. There were no carts, no shod animals, no bustle anywhere. Everything was hushed, strained, even furtive. The doors of houses shut softly as we passed. There were no loud dogs, no crying children".

O Império Otomano esteve presente na região desde o início do século XVI. Os otomanos somente assumiram o controle direto em 1845 e mantiveram o poder até a Primeira Guerra Mundial. No final do período, mandaram construir uma linha férrea entre Damasco e Medina, que recebeu o nome de *ferrovia do Hejaz* e servia para transportar tropas e reforçar posições ao sul da área. O transporte de peregrinos ocasionalmente também era permitido.

Os árabes dos territórios otomanos tomaram o lado alemão quando a guerra eclodiu. Os britânicos reagiram entabulando conversas secretas com líderes árabes escolhidos a dedo, incluindo Sayyid Hussein bin Ali. Foi assim que o chamado *Levante Árabe* foi urdido. O objetivo era expulsar os otomanos da península Arábica, mas os britânicos queriam também mobilizar o exército otomano para impedir que atuasse no teatro de guerra europeu. A estratégia adotada foram ataques de guerrilha, especialmente contra a ferrovia do Hejaz.

A autoridade britânica mais graduada nas conversas secretas era Thomas Edward Lawrence, que mais tarde também se envolveria na produção dos selos. Além de oficial graduado, era arqueólogo, falava árabe fluentemente e tinha uma grande simpatia pelos árabes e sua cultura. Sua aparência era um tanto andrógina: cabelo ralo, nariz adunco e olhos amendoados — bem diferente do ator Peter O'Toole, que mais tarde o interpretou no filme *Lawrence da Arábia*. Por outro lado, não era tão inflexível quanto os demais oficiais britânicos. Dispunha-se a colaborar e punha as mãos na massa. Nos primeiros anos, Lawrence participou ativamente da guerrilha e causou tanto estrago que os turcos ofereceram uma recompensa por sua cabeça. Neste ínterim, porém, o rei do Hejaz lhe concedera o status de filho, e ninguém se atreveu a tocá-lo.

Investido no mandato da Inglaterra e na confiança que lhe foi depositada pelo monarca, Lawrence viaja ao Cairo para encontrar uma ilustração para os selos, convencido de que precisam circular o mais rápido possível, a fim de estimular o sentimento patriótico de que o novo país tanto precisa. Ele também está ciente de que o desenho deve ter um singular apelo árabe. No museu egípcio, no entanto, há pouco com o que se inspirar. Lawrence e Storrs saem pela cidade em busca de mais elementos e logo deparam com o entalhe na porta frontal da mesquita *al-Salih Tayi*, em seguida com o estuque na entrada da estação ferroviária, e, mais adiante, com a quarta capa da edição do Alcorão da mesquita *el-Sultan Barquq*. Os arabescos são então selecionados e entregues ao tipógrafo Agami Effendi Ali para que execute o trabalho de impressão. Por fim, Lawrence veta o uso de letras europeias. Tudo deve ser genuinamente árabe.

Lawrence supervisiona até o trabalho de impressão. Reza a lenda que teria misturado essência de morango à goma dos selos, sobretudo dos mais baratos, com valor de face de meio piastre, a fim de popularizar seu uso estimulando as pessoas a lambê-los. Infelizmente, não há documentos corroborando esta história.

Experimentei meu selo, mas imagino que o gosto do morango deva ter ido embora na primeira lambida. A ilustração é a mesma que Lawrence encontrou na estação ferroviária do Cairo. O texto dentro da circunferência é transliterado como *Makka al-Mukarrama* — "Meca, a Venerável".[137]

137 Tradução norueguesa por Gunvor Mejdell, Universidade de Oslo.

Depois que a Primeira Guerra Mundial terminou, os árabes esperavam ter autonomia para governar seus próprios territórios, algo que havia sido acordado em conversas anteriores com os britânicos.[138] Em vez disso, a região foi retalhada pela França e pelo Reino Unido ao sabor das suas próprias áreas de interesse. Lawrence ficou arrasado e deixou isso muito claro em sua autobiografia *Os sete pilares da sabedoria*. Ele sentiu-se traído. As promessas que fez de viva voz aos árabes foram ignoradas.

O Hejaz continuou como reino próprio sob tutela britânica, tendo Sayyid Hussein bin Ali como regente, mas o passado não tardaria a bater à porta. Ao se declarar rei do Hejaz, cedeu à tentação de atribuir a si também o assoberbado título de *rei de todos os árabes — Malik bilad al-Arab*. Seus rivais no sultanato do Négede, a leste, passaram anos remoendo esta ousadia, e o que antes era só frustração, gradualmente se transformou em raiva. Em 1925, eles invadiram o Hejaz e criaram o *Reino do Négede e Hejaz*, que se estendia pela península Arábica desde o mar Vermelho até o golfo da Arábia. Os britânicos não viram problema e deram o aval ao novo reino, mantendo-o sob sua influência. Em 1932, o país passou a se chamar Reino Unido da Arábia Saudita.

138 Philip Knightley & Colin Simpson (1969): *The Secret Lives of Lawrence of Arabia.*

1916: Motivo do estuque sobre a entrada
da estação ferroviária do Cairo

LIVROS

T. E. Lawrence (1970):

Visdommens sju søyler (Os sete pilares da sabedoria).

E. M. Dowson (1918):

A Short Note on the Design and Issue of Postage StampsPrepared by the Survey of Egypt for His Highness Husein Emir & Sherif of Macca & King of the Hejaz.

Mohammad Arif Kamal (2014):

The Morphology of Traditional Architecture of Jeddah: Climate Design and Environmental Sustainability.

FILME

Lawrence da Arábia (1962):

Roteiro de T. E. Lawrence, direção de David Lean.

As ruas estreitas eram cobertas de areia úmida, que, com o tempo, tornava-se uma massa sólida. Nossos passos não faziam ruído, como se caminhássemos sobre um tapete

THOMAS EDWARD LAWRENCE

PERÍODO:

1920

PAÍS:

ALLENSTEIN

POPULAÇÃO: 568.024

ÁREA: 11.547 km²

Um verão independente

Faz calor, mas a brisa que sopra pelo trigal na direção da cidade traz um refresco. Ao longe, ouvem-se os sinos dobrando nos campanários das igrejas. É dia 11 de julho e faz menos de dois anos que a Primeira Guerra Mundial chegou ao fim. Pelas estreitas estradas de cascalho, as pessoas enfileiradas seguem para locais de votação. Famílias inteiras vão caminhando enquanto um ou outro mais desinibido puxa uma canção para manter o moral elevado. Embrulhados em papel marrom, eles carregam biscoitos, queijo e pão de mel, pois hoje é dia de festa.

Allenstein nunca chegou a ser um país na acepção estrita do termo. No verão de 1920, no entanto, muitas pessoas tiveram a ilusão de viver num Estado soberano. Elas devem escolher entre a Prússia Oriental, na Alemanha da República de Weimar, e a Polônia. Qualquer cidadão de mais de quinze anos tinha direito a voto.

A região de Allenstein era também conhecida como *Mil Lagos*. Na verdade, eram apenas duzentos. Para além dos trechos urbanos bastante adensados, a área compreendia matas e lavouras que, na década de 1920, eram o lar de meio milhão de pessoas, em geral habitando a zona rural, em cabanas de telhados íngremes forrados de madeira ou palha. As casas de pavimento térreo apenas ficavam na beira das estradas, com suas janelas coloridas emolduradas por entalhes delicados.

A intervalos regulares, surgiam as cidades, atrás das muralhas das fortalezas, em meio às terras agricultáveis. Além das muralhas, o que se via eram construções típicas do norte europeu, com igrejas e sobrados de vários pavimentos ladeando ruas lineares e praças amplas. Por onde a vista alcançava, havia indícios, agora abandonados, da passagem das tropas. Durante toda sua existência, Allenstein nunca conhecera uma paz duradoura. Ora era atacada pela brutal cavalaria sueca, ora era batida pelos teutônicos, tão cruéis quanto os primeiros, ora apanhava das tropas de Napoleão. Durante a Primeira Guerra, o território foi palco permanente de conflitos até a derrota fatal dos russos na Batalha de Tannenberg, sob uma intensa onda de calor, em agosto de 1914.[139]

Em linhas gerais, as fronteiras traçadas em 1920 para o distrito eleitoral de Allenstein observaram o território ocupado pelos *masúrios* desde a Idade Média. Eram os descendentes desse grupo étnico que agora estavam a caminho das urnas, na companhia de um grande contingente de poloneses e alemães cuja presença ali remontava há séculos. A convivência entre eles era tudo menos harmônica e costumava redundar em conflitos. Eram problemas como estes que os vencedores da Primeira Guerra Mundial buscaram resolver por meio do *Tratado de Versalhes*, assinado no ano anterior.

O tratado punha fim ao estado de guerra entre a Alemanha e os Aliados e imputava àquela a responsabilidade pelos quatro anos de conflito. A Alemanha foi obrigada a arcar com grandes somas em reparações de guerra e a entregar incondicionalmente aos países litigantes todas as suas colônias e territórios contestados. Porém, em algumas áreas, como Allenstein, a decisão final ficou a cargo dos próprios moradores.

139 Alexander Soljenítsin (1972): *August 1914*.

> Artigo 94 do Tratado de Versalhes: Na área entre a fronteira sul da Prússia Oriental e a linha descrita abaixo, os residentes serão convocados a decidir a qual país desejam pertencer: as fronteiras oeste e norte da *Regierungsbezirk* (região administrativa) de Allenstein até a interseção da fronteira entre os *Kreise* (distritos) de Oletsko e Angerburg; e daquele até a antiga fronteira da Prússia Oriental.[140]

Para ajudar a divulgar o referendo foram impressos selos, ainda que sob a forma de um carimbo sobre uma antiga edição alemã. Eles entram em vigor a partir de 3 de abril e devem perder seu valor tão logo seja conhecido o resultado das urnas.

A ilustração mais prevalente era a "Mãe Germânia", que ganhara vida personificada pela estrela de cinema mudo Anna Führing. Ela simboliza a encarnação romântica da nação alemã, uma mulher loura, coroada, envergando uma imponente armadura. Também podemos vislumbrar um ramo de oliveira simbolizando a paz e uma espada cujo significado é inequivocamente o oposto. O carimbo traz o texto *Traité de Versailles*.

Meu selo leva o carimbo de Lyck — hoje Elk —, uma cidade no extremo leste de Allenstein, com treze mil habitantes. Era conhecida como "Pérola da Masúria" por sua localização cercada de bosques às margens do lago Lyck.

140 De *Treaty of Peace between the Allied and Associated Powers and Germany*, 28 de junho de 1919. No original: "ARTICLE 94: In the area between the southern frontier of East Prussia and the line described below, the inhabitants will be called upon to indicate by a vote the State to which they wish to belong: The western and northern boundary of Regierungsbezirk Allenstein to its junction with the boundary between the Kreise of Oletsko and Angerburg; thence, the northern boundary of the Kreis of Oletsko to its junction with the old frontier of East Prussia".

O inglês Ernst Rennie é apontado diretor da comissão eleitoral, e seu objetivo é anunciar um resultado inapelável dentro do menor prazo possível. Para acalmar os ânimos, ele destaca soldados de regimentos irlandeses e italianos para patrulhar as seções eleitorais.

De pouco adianta. Observadores reportam fraudes em larga escala, especialmente do lado alemão. As cédulas eleitorais polonesas haviam sido retiradas das urnas e as listas de votação foram forjadas e preenchidas com nomes de pessoas falecidas, entre outros trambiques. Veículos são flagrados transportando eleitores para votar em mais de uma seção.

A legitimidade do pleito também é questionada pelo fato de que muitos poloneses evitam sair após terem sido ameaçados pelo *Heimatsdienst*, uma organização patriótica alemã que há meses tenta sabotar o resultado das urnas. O outro lado da moeda é o conflito em curso envolvendo a Polônia e a Rússia Soviética, e a clara ambição de Lênin de expandir as fronteiras comunistas no flanco oeste. Há temores de que a Polônia caia nas mãos dos russos, e muitos masúrios escolhem permanecer sob domínio alemão por puro e simples desespero.

Pode-se inferir que o resultado da votação já era conhecido bem antes de as urnas serem abertas. A vitória alemã foi tão acachapante que superou as expectativas mais otimistas: 97,8%. Mesmo assim, a comissão eleitoral deu a eleição por legítima, e Allenstein seria incorporada à Prússia Oriental a partir de 16 de agosto. Quatro dias depois, os selos provisórios seriam declarados inválidos.

Em Allenstein também havia muitos judeus que votaram por permanecer alemães. Reha Sokolow, que mais tarde emigrou para os Estados Unidos, lembra-se de chegar a Allenstein durante o pleito, em 1920, aos oito anos de idade. A família abandonada a cidade de Löbau[141], na Polônia, onde vinham sofrendo ameaças crescentes: "Deixamos tudo para trás, nossa casa, os negócios do meu pai".[142] Em Allenstein, sentiram-se mais seguros. Eram uma família alemã como qualquer outra. Reha cresceu cantando "Deutschland, Deutschland über Alles" e o antigo hino alemão calava fundo no seu coração. Sua mãe adorava o imperador. Ela podia jurar que o cáiser não voltaria as costas aos judeus. Reha rapidamente faz amigos gentios com os quais costumava dar voltas de bicicleta pelos bosques ao redor do lago.

Porém isso não dura muito tempo. Os amigos aos poucos desaparecem. A partir de 1933, uma série de leis passa a determinar o que os judeus podem ou não fazer. A família muda-se para Berlim sem saber que está saltando da frigideira para o centro do fogo.

Em janeiro de 1945, Allenstein foi ocupada por forças soviéticas e gradualmente incorporada à Polônia como parte da província de Olsztyn[143], desta vez sem referendo popular.

---

141 Atual Lubów.

142 Reha Sokolow, Al Sokolow e Debra Galant (2003): *Defying the Tide: An Account of Authentic Compassion During the Holocaust.* No original: *"Everything was left behind – our house, our property, and my father's businesses".*

143 Voivódia Vármia-Masúria (1999).

1920: Mãe Germânia em selo alemão de 1916.
O carimbo alude ao plebiscito

LIVROS

David A. Andelman (2014):

A Shattered Peace: Versailles 1919 and the Price We Pay Today.

Reha Sokolow, Al Sokolow & Debra Galant (2003):

Defying the Tide: An Account of Authentic Compassion During the Holocaust.

Na área entre a fronteira sul da Prússia Oriental e a linha descrita abaixo, os residentes serão convocados a decidir a qual país desejam pertencer

TRATADO DE VERSALHES, ARTIGO 94

PERÍODO:

1916–1956

PAÍS:

CABO JUBY

POPULAÇÃO: 9.836

ÁREA: 33.000 km²

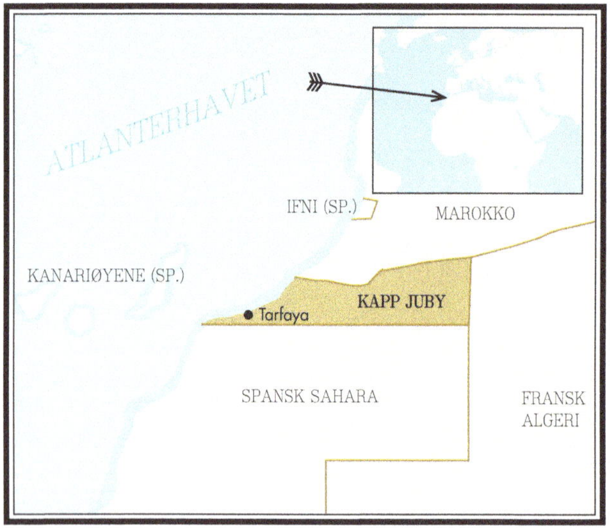

Correio aéreo no deserto

O Cabo Juby designa, em princípio, somente o nome de um promontório no extremo sul de onde hoje é o Marrocos. Fica na fronteira com o Saara Ocidental. Ao longo da história, foi esporadicamente ocupado por tribos nômades. Foi onde o aventureiro Thor Heyerdahl quase naufragou na sua primeira expedição com a jangada *Ra*, em 1860: "Um banco de areia raso e traiçoeiro, esticado como uma língua para fora da perigosa corrente oceânica no exato ponto em que a costa da África faz uma curva rumo ao sul".[144] Heyerdahl conseguiu esquivar-se a poucos metros do impacto.

Bem que os antigos romanos achavam o lugar perigoso. Quem quer que contornasse o promontório corria o risco de confrontar-se com toda sorte de monstros marinhos. Até a pele de marinheiros brancos, segundo os romanos, tornava-se negra. O Cabo Juby seria, segundo Plínio, o Velho (13-79 AD), o limite absoluto de qualquer navegação responsável.

Mesmo assim, tanto espanhóis, como britânicos e franceses estavam de olho naquele fim de mundo, nada mais que uma sucessão de falésias de arenito desertas a cerca de 100 quilômetros aquém das Ilhas Canárias. No século XV, o conquistador espanhol Don Diego de Herrera fez erguer numa ilhota a 100 metros da costa o forte de *Santa Cruz de la Mar Pequeña* a fim de proteger sardinheiros espanhóis da hostilidade das tribos nômades.

144 Thor Heyerdahl (1970): *Ra*.

Os nômades pertenciam ao povo sahrawi, uma mistura de berberes do norte e tuaregues das áreas desertas do interior, a leste. No verão, vinham dar à costa, onde pescavam enquanto seus rebanhos de camelos, ovelhas e cabras pastavam nos esparsos tufos de grama que brotavam das fendas das falésias. As famílias acampavam em tendas de cor marrom claro, feitas de lã e pele de bode, atadas ao chão por cordas de cânhamo ou de tripas de camelo. Os sahrawis não sentiam nada além de desprezo por povos sedentários, e desconheciam conceitos como posse de terras e fronteiras nacionais. Eles mesmos vinham de uma longa tradição de escolher os próprios rumos por meio de decisões colegiadas — uma espécie de regime anárquico em que, para se manter no poder, o líder tinha antes de tudo que dar o exemplo.

No fim do século XIX, o destemido escocês Donald Mackenzie explorou a região do Cabo Juby: "Examinei minuciosamente um litoral de cerca de duzentas milhas e cheguei à conclusão de que o Cabo Juby era o único porto seguro nesta costa".[145]

Em 1876, ele fundou o entreposto de comércio Port Victoria em nome da *North West Africa Company*, com sede em Londres. A instalação foi guarnecida com cercas altas e tinha como objetivo expandir o comércio para o interior do Saara.

Durante suas viagens pelo deserto, a leste, Mackenzie percebeu na paisagem uma depressão que parecia se estender até Tombuctu e teve a ideia de "inundar o Saara" para permitir que os navios chegassem ao coração da África. Debalde. Ninguém na Inglaterra lhe deu ouvidos. Ao mesmo tempo, diante dos conflitos cada vez mais comuns com os sahrawis, em 1888 o sultão do Marrocos mobilizou um exército de vinte mil homens para demolir o entreposto comercial. Teve êxito na demolição, embora um terço dos seus homens tenham perecido de sede e fome.

A questão é se o esforço valeu a pena. Não havia nada ali a justificá-lo, nem mercadorias, nem mulheres, nem mesmo a glória da conquista. A própria Espanha deve ter se dado conta disso quando decidiu ocupar o Cabo Juby em 1916. Mesmo assim, os espanhóis decidiram celebrar a efeméride lançando os primeiros selos do lugar, na forma de carimbos sobre outros selos, emitidos pela Colônia do Rio do Ouro, mais ao sul. Meu exemplar, de 1919, é um mero reaproveitamento de edições espanholas antigas ilustradas com a coroa real, datadas de 1872. Mesmo assim, ele documenta um elemento fundamental da história da filatelia, notadamente a tinta de impressão.

O carimbo vermelho quase certamente foi feito com anilina sintética, uma novidade na virada do século. Era produzida a partir do carvão, depois do petróleo e, rapidamente, passou a ser adotada em todos os tipos de impressão. A impressão original usou pigmento mineral afinado com óleo de linhaça. Parece ser de *terra verde*, um corante terroso, barato e abundante na Itália. O porquê de ter sido utilizado em selos é um mistério, pois era conhecido por arruinar as chapas de impressão.

Mais tarde o Cabo Juby se utilizou de selos do Marrocos, protetorado espanhol até 1956. O protetorado era dividido em dois: a parte norte compreendia uma pequena faixa próxima ao estreito de Gibraltar, enquanto a parte sul, incluindo o Cabo Juby, era frequentemente referida como Saara Espanhol.

Com o aval dos espanhóis, os franceses construíram, na década de 1920, uma pequena pista de pouso ao norte do promontório, que serviu de escala técnica para os aviões do correio aéreo a ca-

145 Arthur Cotton (1894/2012): *The Story of Cape Juby*. No original: "I carefully examined a coast-line of about 200 miles in extent, and came to the conclusion that Cape Juby was the only safe harbour that could be found on the whole coast".

minho da América do Sul e Dacar. Cada cargueiro transportava cerca de trinta mil correspondências e alguns passageiros ocasionais. O escritor Antoine de Saint-Exupéry chefiou a estação de 1927 a 1928:

> Em Juby, o nascer do dia erguia a cortina do que para mim parecia um palco vazio. Um cenário sem sombra e sem bastidores...[146] dispunha, como únicas posses, de uma barraca armada aos pés do forte espanhol, com uma latrina, uma moringa de água salobra e uma cama demasiado curta.[147]

A aviação está nos seus primórdios, e ele relata o risco que é voar por longas distâncias, com equipamento insuficiente e avarias constantes. Como se não bastasse, persistem os problemas com os nômades e não se pode baixar a guarda:

> As noites, no Cabo Juby, eram divididas em quartos de hora com a precisão de um relógio: uma sentinela gritava para alertar o próximo e assim por diante, um grito alto e protocolar. (...) E nós, os passageiros desta nau sem rumo, ficávamos a ouvir os sons aumentando de intensidade à medida que chegavam mais perto, pairando sobre nossas cabeças como aves marinhas.[148]

146 Antoine de Saint-Exupéry (1929): *Courrier Sud*. No original: "Il Le jour á Cap Juby soulevait le rideau etlascène m'apparaissait. Un décor sans ombre, sans second plan".

147 Antoine de Saint-Exupéry (1939): *Terres des hommes*. No original: "... disposant pour toute fortune d'une baraque adossée au fort espagnol, et, dans cette baraque, d'une cuvette, d'un broc d'eau salée, d'un lit trop court".

148 Ibid. No original: "Les nuits de Cap Juby, de quart d'heure en quart d'heure, étaient coupées comme par le gong d'une horloge : les sentinelles, de proche en proche, s'alertaient l'une l'autre par un grand cri réglementaire (...) Et nous, les passagers de ce vaisseau aveugle, nous écoutions l'appel s'enfler de proche en proche, et décrire sur nous des orbes d'oiseaux de mer".

De dia, há menos razões para temer:

> Quando eles (os chefes) nos encontravam do lado de fora do forte, não nos dirigiam a palavra. Viravam o rosto e cuspiam no chão. Tamanho orgulho emana da sua própria ilusão de poder. Quantas vezes já não os ouvi vangloriar-se de um batalhão de trezentos homens armados de fuzis em pé de guerra: "Sorte da França, que está a mais de trezentos dias de marcha daqui".[149]

A fim de apaziguá-los, os chefes são levados para passear de avião, às vezes até à França. Alguns marejam os olhos com a visão de lagos, árvores e campos verdejantes lá do alto. No Cabo Juby, a água vale seu peso em ouro. Levam-se horas cavando a areia para dar "numa lama misturada a urina de camelo. Água? No Cabo Juby, as crianças mouras não esmolam por trocados, mas seguram nas mãos canecas vazias e imploram por água: 'Me dê um pouco de água, só um bocadinho...' ".[150]

A história do Cabo Juby termina em 1956, quando o Marrocos finalmente conquista sua independência. Passou a se chamar *Faixa de Tarfaya*, em alusão aos resistentes arbustos de tamarindo selvagem que crescem ali, e foi rebaixado ao status de província. O número de habitantes se manteve estável na casa

149 Ibid. No original: "S'ils nous croisaient aux abords des fortins, ils ne nous injuriaient même pas. Ils se détournaient de nous et crachaient. Et cet orgueil, ils le tiraient de l'illusion de leur puissance. Combien d'entre eux m'ont répété, ayant dressé sur pied de guerre une armée de trois cents fusils: 'Vous avez de la chance, en France, d'être à plus de cent jours de marche...' ".

150 Ibid. No original: "... jusqu'à une boue mêlée d'urine de chameau ! L'eau ! À Cap Juby, à Cisneros, à Port-Étienne, les petits des Maures ne quêtent pas l'argent, mais une boîte de conserves en main, ils quêtent l'eau: 'Donne un peu d'eau, donne...'".

dos cinco milhares até os dias de hoje. Eles sobrevivem da pesca e de algum comércio com os sahrawi, que ainda transitam pela região.

O casario na porção interior do promontório não passa de uma fileira de residências modestas, de dois ou três pavimentos, à margem da rua principal, de cascalho marrom. São construções típicas da primeira metade do século XX, de telhados planos e tijolos de alvenaria, às vezes sem reboco. A maior parte está em péssimo estado de conservação e sob risco de ser engolida pelas dunas.

1919: Carimbo sobre selo espanhol, com a coroa real, de 1872

LIVROS

Antoine de Saint-Exupéry (1954):

Postflyveren (Voo noturno).

Antoine de Saint-Exupéry (1952):

Sand, vind og stjerner (Areia, vento e estrelas).

Arthur Cotton (1894/2012):

The Story of Cape Juby.

Em Juby, o nascer do dia erguia a cortina
do que para mim parecia um palco vazio.
Um cenário sem sombra
e sem bastidores

ANTOINE DE SAINT-EXUPÉRY

PERÍODO:

1919–1920

PAÍS:

RÚSSIA DO SUL

POPULAÇÃO: Desconhecida

ÁREA: 1.130.000 km²

Um cavaleiro branco perde as estribeiras

Havia pelo menos cinco "horas" vigentes em Novorossisk: (1) hora local; (2) hora dos navios; (3) hora de Petrogrado, padrão das ferrovias da Rússia e oficial do Exército de Voluntários; (4) hora da fábrica de cimento, anunciada pelas sirenes que soavam a cada 60 minutos; (5) horário consular britânico, que obedecia aos relógios do consulado e era pouco confiável. Havia uma diferença de cerca de 1h30 entre o mais adiantado e o mais atrasado desses "fusos horários", com os demais espremidos no meio. Devia ser difícil cumprir compromissos, embora sempre se pudesse alegar que haviam sido marcados numa "hora" diferente.[151]

O jornalista britânico Carl Eric Bechhofer ficou aturdido. Ele chegou à cidade portuária de Novorossisk, na costa nordeste do mar Negro, no final de novembro de 1919. Fazia um mês desde que embarcara num navio em Londres. Até então, o *Exército Branco Voluntário* estava na ofensiva, pronto para atacar Moscou, mas as uma reviravolta no curso da guerra obrigou as for-

151 Carl Eric Bechhofer (1923): *In Denikin's Russia and The Caucasus 1919-1920*. No original: "There were at least five 'times' in use in Novorossijsk: (1) Local time; (2) Ships' time; (3) Petrograd time – standard throughout Russia for railways and officially used by the Volunteer Army; (4) Cements Works' time, announced by hooters every hour; (5) British Mission time, according to the Mission clocks, which were unreliable. There was about 1 ½ hours' difference between the fastest and slowest of the times, the others coming in the middle. It was, therefore, difficult to keep appointments, though one could always excuse oneself for being late by the explanation that one had thought the hour arranges was by such or such a 'time' ".

ças brancas a baterem em retirada rumo ao sul e à cidade aonde ele acabara de desembarcar.

Tudo começou alguns anos antes, após a Revolução Russa. Seguindo-se ao golpe contra o czar Nicolau II, em 1917, um grupo de generais leais ao czar debandou para o Cáucaso a fim de consolidar a oposição aos bolcheviques vermelhos. Um deles era o general Anton Ivanovich Denikin. Se sua barriga imensa, bigode à Hindenburg e barbicha comprida impunham um certo respeito, o mesmo não se podia dizer de sua capacidade intelectual, de acordo com a agente britânica Sidney Reilly.[152] Ainda assim, ele conseguiu arregimentar um número considerável de soldados para formar o flanco sul do *Exército Branco Voluntário*. Um grupo semelhante, sob a liderança do general Kolchak, deveria cobrir a área a leste e avançar pela Sibéria. Chamá-los de *voluntários* é mera licença poética: os conscritos eram, na verdade, coagidos a pegar em armas.

Os brancos recebiam armas e dinheiro da França, Estados Unidos, Polônia e Inglaterra, que apostavam numa vitória capaz de elevar o comércio europeu a patamares anteriores à revolução. Eles também esperavam que os brancos honrassem os empréstimos polpudos que Nicolau II havia contraído em bancos norte-americanos e europeus.

Já na primavera de 1919, Denikin constituíra informalmente o chamado *governo da Rússia do Sul*. Compreendia desde as montanhas do Cáucaso, a sudeste, até Kiev, com planícies férteis em ambos os lados do rio Dnieper e uma extensa área costeira que abrangia a península da Crimeia, ao sul. Ele estabeleceu vários postos administrativos locais com tribunais militares rigorosos. Execuções sumárias por traição e colaboração com o inimigo eram levadas a cabo sem maiores protestos. Denikin exercia o poder com punho de ferro, onde quer que fosse.

152 Chris Wrigley (2002): *Winston Churchill: A Biographical Companion.*

No outono de 1919, o Exército Branco fez sua grande ofensiva contra Moscou. Foi um fiasco monumental, em grande parte devido às rusgas que campeavam entre o generalato. Além disso, os soldados eram mal treinados e a logística, inexistente. Os próprios soldados precisavam conseguir comida por onde passavam, o que ocasiona uma onda de saques e confrontos com os moradores locais e termina com aldeias inteiras sendo massacradas, especialmente aquelas de populações judaicas, automaticamente associadas aos bolcheviques. O líder bolchevique Leon Trótski compara o comportamento dos brancos a "um cometa com a cauda imunda de roubos e estupros".[153] Com isso, os camponeses, até então em grande parte alheios ao conflito, aderem aos vermelhos.

Será um outono congelante. O portador da estação ferroviária de Novorossisk não titubeia quando Carl Eric Bechhofer lhe pergunta quem vai vencer: "Os bolcheviques, com certeza. Porque eles têm roupas quentes".[154]

No trem para o norte, Bechhofer conhece uma bela jovem que carrega um grande cesto de manteiga, que pensa em vender mais próximo ao front, onde os lucros são maiores. Ele lhe aponta o dedo e diz em tom de galhofa: "Então você é uma especuladora?" Ela ri. "Sim, e daí? Quem não especula hoje em dia?"[155]

153 Gwyneth Hughes (1991): *Det røde imperiet: Sovjetunionens skjulte historie.*

154 Carl Eric Bechhofer (1923): *In Denikin's Russia and The Caucasus 1919-1920*. No original: "The bolshevists, for sure. You see, they have warm clothes".

155 Ibid. No original: " 'You're a speculator!' ... 'Well, what about it? Who isn't a speculator nowadays' ".

Tudo que Bechhofer quer saber agora é onde é seguro desembarcar, uma vez que as frentes de combate estão em constante movimento, para frente e para trás. Nos últimos dias, Kiev caiu e foi recapturada dezesseis vezes. A nave da grande catedral da cidade ora dava lugar a bancos de oração para os fiéis, ora era abarrotada de cereais para abastecer os revolucionários.[156]

Ainda na primavera de 1919, Denikin tomou providências para assegurar que o governo do Sul da Rússia emitisse seus próprios selos. O conjunto de quatro que possuo pertence à primeira edição, impressa em maio. Estão bem sujos de restos de cola amarronzada, certamente produzida de rejeitos de abatedouros, ao contrário das edições posteriores. Posso dar fé de que ainda têm um gosto de carcaças de cavalos cozidas.

A ilustração principal inserida numa moldura oval é minúscula e circundada por ornamentos florais no interior, mas não resta dúvida de que traz um cavaleiro empunhando uma lança. Trata-se, naturalmente, do antípoda de Dom Quixote, São Jorge, que já ilustrava o brasão de armas do czar por seus feitos salvando donzelas e cidades de muçulmanos e dragões, mesmo que apenas no universo mitológico e não necessariamente nessa ordem. Denikin se identifica com o mito e muitas das suas motivações têm origem na religião. Ele é um ortodoxo russo praticante e está cada vez mais ultrajado pelo comportamento blasfemo dos vermelhos.

No inverno de 1920, a Rússia do Sul em guerra amarga uma enorme inflação. Meu bloco de quatro selos, datado de 20 de janeiro, vale 35 copeques cada um e não basta para custear a postagem de uma carta simples. Alguns meses depois, todos os selos não utilizados são coletados e impressos com valor de face bem superior. Onde havia 35 copeques lê-se agora 5 rublos, isto é, 500 copeques.

A essa altura a Rússia do Sul está com os dias contados. No final de março, o território resume-se à península da Crimeia e a uma estreita faixa costeira no extremo norte. O governo, liderado pelo general Denikin, é dissolvido em 30 de março, e o comando das forças brancas passa às mãos do barão Piotr Nikolaievitch Wrangel, um aristocrata fanático cuja figura decrépita lembra a de um juiz aposentado da Suprema Corte. Enquanto Denikin é evacuado por um navio de guerra britânico, a primeira medida do barão Wrangel é instaurar o *governo do Sul da Rússia*, invertendo a ordem dos nomes do predecessor.

As forças de Wrangel defendem ferozmente a Crimeia durante o verão e o outono. Muitos soldados perecem em conflitos constantes com os vermelhos. O inverno seguinte parece ser ainda mais rigoroso que o anterior, e os combatentes morrem de frio mesmo depois de forrar os uniformes com musgo. Em novembro, os brancos desistem e o que sobrou do exército, quase 150 mil pessoas, incluindo as famílias, é evacuado no que restou da frota russa do mar Negro. Nos anos seguintes, a maioria será acomodada em países da península Balcânica.

Os generais fogem para mais longe. Denikin emigra para os Estados Unidos, onde morre de ataque cardíaco em 1947, depois de escrever cinco grandes volumes de memórias.[157] O barão Wrangel funda uma associação para os veteranos do oficialato branco, cujo objetivo é vingar-se dos vermelhos. É provável que ele tenha sido envenenado por um agente soviético na Bélgica, onde residia.

156 Gwyneth Hughes (1991): *Det røde imperiet: Sovjetunionens skjulte historie.*

157 A. I. Denikin (1920): *The Russian turmoil, memoirs, military, social and political.*

1919: Miniaturas de São Jorge na edição do exército de Denikin

Cola amarronzada que indica a data de produção em maio de 1919

LIVROS

Carl Eric Bechhofer (1923):
In Denikin's Russia and the Caucasus 1919-1920.

Anton I. Denikin (1975):
The Career of a Tsarist Officer: Memoirs 1872-1916.

Um cometa com a cauda imunda de roubos e estupros

LEON TRÓTSKI, SOBRE AS FORÇAS BRANCAS

PERÍODO:

1918–1920

PAÍS:

BATUM

POPULAÇÃO: 20.000

ÁREA: 50 km²

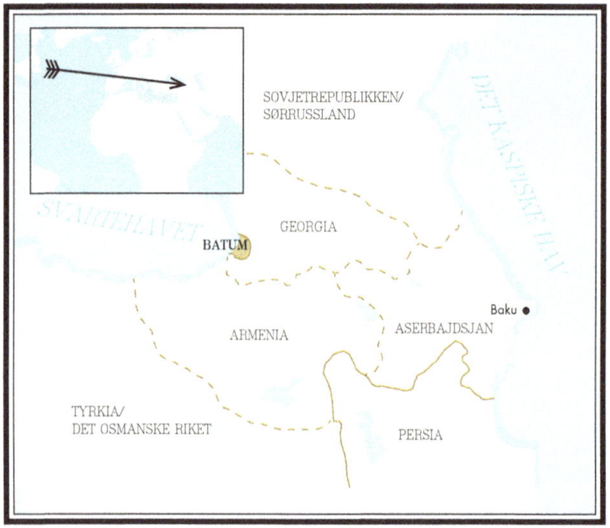

Petróleo, cobiça e moscas-varejeiras

A história de Batum é quase exclusivamente um enredo de interesses de superpotências e expropriação de petróleo, e obedece a um padrão que se repete ad nauseam *até no século XXI. Como sempre, o Reino Unido desempenha um certo protagonismo. Os britânicos governaram Batum de dezembro de 1918 a julho de 1920.*

Batum não passava de uma cidade costeira de porte médio na costa caucasiana do mar Negro. Sede da estação terminal da ferrovia Transcaucasiana, teve seus momentos de fama internacional quando o escritor norueguês Knut Hamsun a visitou, em 1899:

> A cidade está localizada numa área fértil, cercada por florestas, milharais, vinhedos. No alto se veem as montanhas, umas queimadas aqui e ali, e é nestas áreas de terra nua onde os curdos criam suas ovelhas. As ruínas dos castelos despontam na mata verdejante. (...) Há algo de sul-americano na vida em Batum. As pessoas adentram o salão de refeições do hotel vestindo roupas modernas, seda, joias. (...) Suas ruas são largas, mas não pavimentadas, o trânsito a pé ou motorizado se dá sobre a areia. O porto fervilha de navios, desde barquinhos a vela, que partem das cidades mais ao sul rumo à Turquia, a grandes cargueiros a vapor em rota para Alexandria e Marselha.[158]

158 Knut Hamsun (1903): Æventyrland. *Oplevet og drømt i Kaukasien.*

Hamsun está encantado, mas, mesmo assim, reage diante das áreas "insalubres" do pântano próximo à cidade, uma impressão que meio século depois é compartilhada pelo autor de diários de viagem Eric Linklater. Chamou-lhe especial atenção a quantidade espantosa de moscas-varejeiras. "Nossos quartos pareciam colmeias à noite, e o restaurante era uma nuvem de zumbidos durante o dia."[159] A culpa é da chuva. Chove a cântaros em Batum, mais do que em qualquer outra parte da região.

Alguns anos depois da visita de Hamsun, o jovem Josef Stálin fez da cidade um laboratório para suas primeiras experiências revolucionárias, organizando greves e sendo repetidamente detido por tumultos e agitações. Stálin era tão orgulhoso de seus feitos que mais tarde encomendaria ao autor Mikhail Bulgakov, mais conhecido pelo romance surrealista *O mestre e Margarita*, a peça biográfica *Batum*. Stálin achou que a obra o retratava como um homem por demais *ingênuo* e *romântico* e mandou destruir a edição inteira, para desespero de Bulgakov, que morreu semanas depois, vítima de uma doença renal contra a qual lutava havia tempos.

O explorador norueguês Fridtjof Nansen chegou a Batum em 1925, na condição de alto-comissário da Liga das Nações. Seu objetivo era ajudar os sobreviventes do *Genocídio Armênio* a reconstruir a vida no coração do Cáucaso. Nansen trouxe consigo seu secretário, Vidkun Quisling.[160]

159 Eric Linklater (1941): *The man on my back*.

160 NT: futuro primeiro-ministro da Noruega ocupada pelos nazistas durante a Segunda Guerra Mundial, fuzilado por traição em 24 de outubro de 1945.

Os dois tiveram uma boa impressão da cidade. Nansen não era do tipo que se incomodava com moscas, mas o péssimo estado das avenidas guarnecidas por palmeiras de folhas largas o tirou do sério: "Pingentes murchos pendendo do alto de enormes postes, parecem espanadores gigante".[161] Segundo o conselho que deu aos administradores da cidade, "plátanos folhosos e tílias fariam muito melhor às vistas".[162]

Nansen e Quisling também visitaram o oleoduto terrestre que, desde a virada do século, transportava petróleo de Baku, no mar Cáspio, então o maior campo de petróleo do mundo.

A produção começara na década de 1870 e logo se tornou responsável por mais de 50% da demanda mundial. No centro de tudo, estava a sueca Branobel, presidida por Ludvig Nobel, irmão de Alfred. Ele antevira "um futuro brilhante"[163] para o outrora imprestável óleo negro e projetou os primeiros tanques de petróleo do mundo, sendo responsável também por desenvolver a tecnologia dos dutos de transporte.

O oleoduto entre Baku e Batum tinha um diâmetro interno de vinte centímetros, uma extensão de novecentos quilômetros e um desnível de quase mil metros de altura, equalizado por um intrincado sistema de estações de bombeamento. Nansen ficou boquiaberto, assim como os ingleses, que anos depois decidiram ocupar o porto petrolífero de Batum.

Como a frota inglesa passara a adotar o petróleo em detrimento do carvão, em 1913, motivos não faltavam. Em geral, a euforia do petróleo tomou de assalto a Europa do pós-guerra. O

161 Fridtjof Nansen (1927): *Gjennom Armenia*.

162 Ibid.

163 Brita Åsbrink (2010): *Ludvig Nobel: "Petroleum har en lysande framtid": En historia om eldfängd olja och revolution i Baku*.

ministro das Relações Exteriores britânico, lorde Curzon, já havia declarado: "Os Aliados foram propelidos à vitória por uma onda de petróleo".[164]

Batum foi ocupado por vinte mil soldados britânicos no Natal de 1918, assim que os turcos otomanos se retiraram. Os engenheiros não perderam tempo para consertar e modernizar as estações de bombeamento ao longo do oleoduto.

A ocupação era impopular entre os locais. Ao mesmo tempo, grupos étnicos minoritários digladiavam-se por hegemonia e, mais ao norte, os bolcheviques avançavam cada vez mais, empurrando levas de refugiados para a região.

Quando os britânicos perceberam que o custo da ocupação seria bem maior, abandonaram o projeto e encarregaram a Marinha de repatriar seus últimos soldados, no verão de 1920. Batum foi deixada à mercê dos turcos de Kemal Atatürk, que a entregou de bandeja aos bolcheviques em troca da salvaguarda dos muçulmanos na região.

Durante a ocupação, os britânicos deixaram a administração postal a cargo do Conselho Municipal de Batum, portanto não haveria porque estampar os primeiros selos com retratos pomposos de monarcas britânicos. Em vez disso, o conselho recorreu a uma imagem local: um vistoso arbusto de aloés encimando o texto "Batumskaya Pochta" ("Correio de Batum") em alfabeto cirílico. Confeccionados numa tipografia local, saíam numa variedade de cores, sem perfuração, e a primeira impressão data de 4 de abril de 1919. Como o conselho municipal mais tarde apoiaria uma greve geral contra a ocupação britânica, a edição foi inteira confiscada e carimbada com os dizeres "OCUPAÇÃO BRITÂNICA" para ser novamente posta em circulação.

Meu selo, de sete rublos, é um destes. Talvez seja autêntico, embora selos de Batum tenham sido bastante falsificados através dos anos. A autenticidade é sugerida pelo terceiro e quarto galhos a partir da esquerda formando um V bem nítido. Nas falsificações, os galhos costumam ser paralelos.

Por um capricho da história, um encontro entre Hamsun, Stálin, Nansen e Quisling nunca chegou a ocorrer. Imagine os quatro reunidos em volta de uma mesa no restaurante da estação ferroviária, jantando esturjão cozido regado a vodca. Do ponto de vista estritamente político, não teriam muito a conversar. Mesmo assim, imaginar um Nobel de Literatura, outro da Paz e um ditador comunista reunidos para trocar ideias acaloradas sobre como cuidar de bigodes e aparar suíças, sob a moderação imparcial de um entreguista nazista, é um cenário por demais instigante demais para nunca ter acontecido.

164 Anthony Sampson (1975): *The Seven Sisters*. No original: "The allies floated to victory on a wave of oil".

1919: Edição local com arbusto de aloés. Confiscada pelos britânicos e carimbada posteriormente

LIVROS

Knut Hamsun (1903):

Æventyrland. Oplevet og drømt i Kaukasien (Terra de Prodígios. Vivências e sonhos no Cáucaso).

Fridtjof Nansen (1927):

Gjennom Armenia (Através da Armênia).

Eric Linklater (1941):

The man on my back.

**Há algo de sul-americano na vida em Batum.
As pessoas adentram o salão de refeições
do hotel vestindo roupas modernas, seda, joias.**

KNUT HAMSUN

PERÍODO:

1920–1939

PAÍS:

DANZIG

POPULAÇÃO: 366.730

ÁREA: 1.966 km²

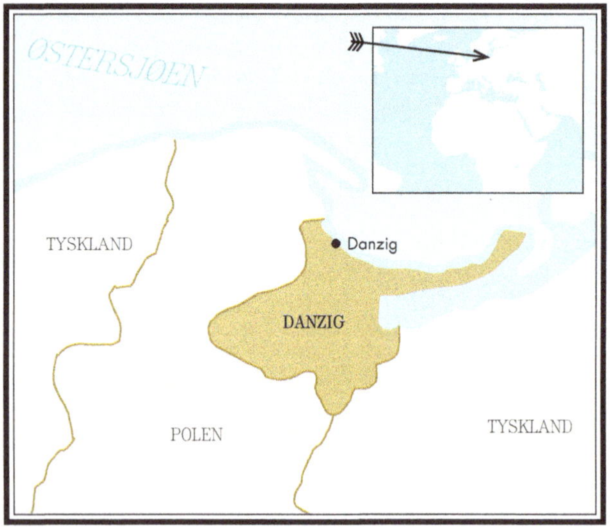

Café com bolinhos e Hitler

Para comemorar a vitória dos nacional-socialistas nas eleições do Estado Livre de Danzig, em 1933, Hitler em pessoa foi o anfitrião de uma recepção em seu gabinete na chancelaria do Reich, em Berlim: "Era um café com bolinhos iguais aos que mamãe preparava, só que o anfitrião era Hitler. Que, aliás, estava de excelente humor, quase afetuoso".[165]

Hermann Rauschning ficou satisfeito. Latifundiário em Danzig, ele acabara de ser eleito presidente do Senado do Estado Livre. Finalmente as coisas entrariam nos eixos no pequeno país que, na sua opinião, fora negligenciado por muito tempo.

O Estado Livre de Danzig margeava ambos os lados do fértil delta do rio *Vístula*, depois Wisła. Exceto por um pequeno trecho montanhoso a oeste, era um território de condições privilegiadas para a agricultura, plano e de fácil manejo. Combinada com sua localização estratégica a sudeste do Báltico, fora objeto de disputa e cobiça ao longo dos séculos. A movimentada cidade portuária, batizada de Giotheschants, Gidanie, Gdancyk, Danczik, Dantzig, Gdańsk ou Danzig, a depender de quem exercesse o domínio sobre ele na ocasião, era a cereja do bolo. Os prussianos o haviam governado desde o final do século XVIII, exceto durante um pequeno interlúdio sob Napoleão, de 1809 a 1814. Em 1871, foi incorporado ao recém-formado Império Alemão.

165 Hermann Rauschning (1940): *Hitler har sagt det.*

Após a derrota dos alemães na Primeira Guerra Mundial, o Tratado de Versalhes estipulou que Danzig deveria ser um Estado independente sob a supervisão da Liga das Nações. A Polônia estava por trás disso. Depois de reaver a independência, em 1918, os poloneses queriam estabelecer um corredor comercial no Báltico longe da influência alemã, com autonomia plena sobre as ferrovias e portos.

Noventa e cinco por cento dos 350 mil habitantes locais eram alemães e, compreensivelmente, opunham-se ao projeto, mas não foram ouvidos por um referendo, a exemplo do que ocorrera em Allenstein, um pouco mais a sudeste. Quando o Estado Livre foi estabelecido, em 1920, qualquer um que não aceitasse sua nova cidadania teria dois anos para emigrar e abandonar suas propriedades. A maioria permaneceu, mas os protestos foram violentos quando se descobriu que os poloneses estavam para construir um depósito militar em *Westerplatte*, uma pequena península além dos limites da cidade de Danzig.

Como se não bastasse, os poloneses instituíram o próprio sistema postal em que todas as correspondências levavam selos carimbados com *Gdańsk*, a versão polonesa de Danzig. Meu exemplar é de 1926 e exibe um galeão espanhol de velas enfunadas, uma reimpressão sobre uma emissão polonesa do ano anterior. Pode ser considerada uma cópia deslavada de um selo impresso pelo Serviço Postal Nacional de Danzig em 1921. Em vez de um galeão, traz uma embarcação mais modesta, uma coca hanseática. Aqui também podemos perceber um cabo de guerra político. A Liga das Nações opôs-se peremptoriamente ao uso da expressão "Cidade Hanseática Livre de Danzig" com o intuito de não evocar a era de ouro do lugar, quando indústrias e estaleiros brotavam do chão e o comércio com o Leste Europeu era intenso. A coca hanseática era um ícone de então.

O selo com a coca hanseática foi carimbado em Langefuhr, um pequeno subúrbio de Danzig, localizado a oeste da cidade e habitado pela burguesia mais abastada. Foi ali que o escritor Günther Grass cresceu, num amplo apartamento de um prédio de alvenaria de quatro andares. Seus pais administravam uma mercearia no térreo. Vários de seus livros serão baseados em experiências de infância nos arredores entrecortados por canais e charnecas. No romance *O tambor*, o protagonista Oskar é levado em passeios pela orla lamacenta. De mãos dadas à mãe, ele caminha saltitante metido num casaco de marinheiro com botões dourados no formato de âncoras — arredio e curioso demais para que a mãe ouse soltá-lo. Num desses passeios, os dois encontram um idoso vestindo um sobretudo impermeável, de boina enfiada na cabeça, que está ali pescando enguias e usa como isca uma cabeça de cavalo. As enguias brotam de todas os orifícios sob a crina preta brilhante:

> "Vejamos aqui!", murmurava ele, "vejamos o que temos aqui!". Ele afastou as mandíbulas do cavalo com a ajuda da sua galocha e de um pedaço de tronco, o bicho parecia estar relinchando com a dentadura amarela à mostra. E quando o estivador — só agora percebemos que sua cabeça era calva como um ovo cozido — enfiou ambas as mãos naquela bocarra escancarada e arrancou dali duas enguias, grossas e compridas como seus braços, foi a vez de mamãe abrir a boca: ela vomitou o desjejum inteiro, pedaços da clara com veios amarelados da gema flutuando ao lado do miolo do pão embebido numa mistura de café com leite.[166]

166 Günter Grass (1999): *Blikktrommen*.

Era o início da década de 1930. Os nazistas já se insinuavam na política alemã havia alguns anos. Em janeiro de 1933, Hitler foi eleito chanceler federal e imediatamente lançou uma campanha para fortalecer o movimento antipolonês em Danzig. Hermann Rauschning e os nazistas venceram as eleições parlamentares no final daquele ano. Sob o lema "*Zurück zum Reich*" ("De volta ao *Reich*"), passaram a perseguir sistematicamente todos os poloneses, que agora representavam mais de 20% da população do Estado Livre. Os mais de dez mil judeus tampouco foram poupados — a Noite dos Cristais, 9 e 10 de novembro de 1938, também assolou Danzig — e muitos fugiram apavorados.

Em 1938, o ministro das Relações Exteriores da Alemanha, Joachim von Ribbentrop, exigiu que o território fosse devolvido ao Império Alemão. Estados Unidos, França e Inglaterra rechaçaram a proposta de imediato e saíram em defesa da Polônia, que ameaçava uma invasão armada caso a Alemanha decidisse jogar com a sorte.

Em 1.º de setembro de 1939, a Segunda Guerra Mundial começa exatamente quando as tropas alemãs cruzam a fronteira de Danzig, sem encontrar resistência dos moradores. Em Westerplatte, entretanto, as incipientes forças polonesas resistem o quanto podem. O escritório dos correios polonês, no centro da cidade, também resiste bravamente a um cerco que dura 15 horas. Ao final, o prédio e tudo que abrigava, inclusive os selos, é reduzido a cinzas.

Os alemães não demoram a encarcerar um contingente de 4.500 poloneses, decapitando os líderes da resistência. Mais tarde, os judeus também são presos e é iniciada uma campanha de esterilização das mulheres.

O ex-presidente do Senado, Hermann Rauschning, que há muito renegara Hitler, emigra para os Estados Unidos. Ele se desespera ao ver seu pior pesadelo tornar-se realidade: "Um único homem conduzindo uma geração inteira às raias do absurdo. (...) A 'besta das profundezas' está solta".[167]

Günter Grass ingressa na *Hitlerjugend* (*Juventude Hitlerista*): "Batizado, vacinado, crismado, educado. / Estilhaços de bombas eram meus brinquedos. / Entre o Espírito Santo e a imagem de Hitler eu cresci".[168] Mais tarde, ele combateria nas fileiras das SS no front oriental.

Durante a guerra, a cidade de Danzig é arrasada por bombardeios e ocupada pelas forças russas em 30 de março de 1945. De acordo com o Tratado de Potsdam, assinado alguns meses depois, a região foi incorporada à Polônia e a cidade de Danzig passou irrevogavelmente a se chamar *Gdańsk*. Os alemães restantes foram deportados e o vácuo que deixaram é paulatinamente ocupado por poloneses que migram do sudeste.

167 Hermann Rauschning (1940): *Hitler har sagt det.*

168 Jan H. Landro (1998): *Günter Grass.*

1926: Edição com galeão espanhol do correio polonês, com carimbo polonês aposto em 1925.

1921: Selo com a coca hanseática emitido pelo Correio Nacional de Danzig

LIVROS

Hermann Rauschning (1940):

Hitler har sagt det (Hitler afirmou).

Günter Grass (1999):

Blikktrommen (O tambor).

FILME

O tambor (1979):

Roteiro de Günter Grass, direção de Volker Schlöndorff.

E quando o estivador — só agora percebemos que sua cabeça era calva como um ovo cozido — enfiou ambas as mãos naquela bocarra escancarada e arrancou dali duas enguias, grossas e compridas como seus braços, foi a vez de mamãe abrir a boca

GÜNTER GRASS

PERÍODO:

1920–1922

PAÍS:

REPÚBLICA DO EXTREMO ORIENTE

POPULAÇÃO: 3.500.000

ÁREA: 1.900.000 km²

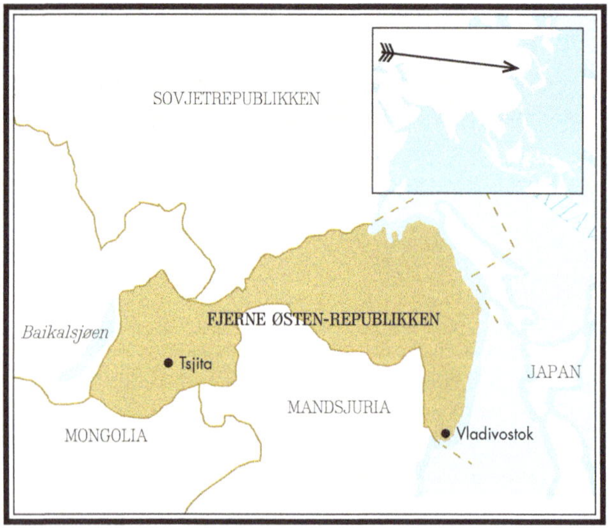

Uma utopia na tundra

Cai a noite na cidade de Perm, nos Urais, em 1921. Os trenós estacionados defronte ao prédio da estação estão cobertos de branco. Duas pessoas caminham apressadas pela plataforma escorregadia, ambos vestindo gorros de couro marrom, casacos de pele pesados e galochas. Na frente vai o homem, de silhueta delgada, gesticulando bastante. Atrás dele segue a mulher, também magra, um quê relutante. O motor da locomotiva já despeja um rolo de fumaça pelos ares — um comboio extra da Ferrovia Transiberiana a caminho da recém-criada República do Extremo Oriente, em escala de Moscou. Chegada prevista à capital, Tchita: uma semana depois.

O parágrafo de abertura é um resumo grosseiro de uma passagem do romance semidocumental *Doutor Jivago*, de Bóris Pasternak.[169] Larissa Feodorovna, Lara, fugiu para os Urais para escapar ao caos revolucionário em Moscou sem a devida permissão. Apanhada em flagrante, é salva no último minuto pelo advogado Komarovsky, que a leva consigo a bordo. Seria um feito heroico, não fosse o advogado um vigarista egocêntrico. Em parte, quer seduzir Lara, em parte está a soldo do regime bolchevique, que o infiltrou como ministro da Justiça na recém-estabelecida república. Komarovsky foi inspirado em Mstislav Petrovich Golovatchev, que foi, na vida real, vice-ministro das Relações Exteriores da República do Extremo Oriente.[170]

---

169 Boris Pasternak (1958): *Dr. Zhivago.*

170 Roman Brackman (2001): *The Secret File of Joseph Stalin: A Hidden Life.*

A República do Extremo Oriente veio ao mundo em abril de 1920. Inicialmente, resumia-se a uma área a leste do lago Baikal e compreendia desde a tundra e as estepes ao norte até as áreas montanhosas que confrontavam a Mongólia, no sul. Durante séculos, a região de clima subártico foi percorrida por nômades mongóis e várias tribos de extração turca, além de um ou outro mercador chinês.

Os cossacos russos haviam fundado o assentamento, que mais tarde se tornaria a capital, no final dos anos 1600, mas Tchita permaneceu uma irrelevante cidade-guarnição até o início do século XIX, quando o czar começou a usá-la para exilar políticos opositores e criminosos europeus. Embora suas ruas e praças obedecessem a um rígido planejamento em grade, a cidade dava a impressão de ser caótica como nenhuma outra. Tanto na forma como no estilo, as construções apontavam para todas as direções — desde edifícios públicos imponentes, no classicismo grego e no romantismo "bolo de noiva" russo, até uma quantidade infinita de cabanas de madeira encavaladas umas sobre as outras, sem o mínimo ordenamento.

Aparentemente, a República do Extremo Oriente foi obra de um grupo de socialistas com mentes muito mais abertas à democracia que os bolcheviques comunistas. Alegando ser partidários do socialismo liberal, tinham o príncipe Piotr Kropotkin como uma das fontes de inspiração. Seu programa político foi formulado no livro *A conquista do pão*, de 1892, no qual o autor delineia um modelo social longe de um Estado centralista e, ao mesmo tempo, onde não há lucros privados. Na República do Extremo Oriente, eleições livres e sufrágio universal foram adotados de partida. Tudo indicava que os ideais estavam sendo seguidos e que se tratava de um Estado independente e democrático. Na realidade, tudo não passava de uma farsa do governo bolchevique de Moscou.

Desde a Revolução de 1917, os bolcheviques estavam em constante marcha para o leste, perseguindo tropas do Exército Branco cada vez menos motivadas pela confiança no czar. Na costa do Pacífico, porém, aguardava-os um exército japonês bem equipado de setenta mil homens. Os japoneses apoiavam os brancos, embora sem muito entusiasmo. Os bolcheviques preferiram não se arriscar num confronto aberto com os japoneses. Em vez disso, optaram por uma solução provisória: criar o Estado-tampão da República do Extremo Oriente.

Esperava-se que a fachada democrática da nova república tranquilizasse também o resto do mundo, mas nenhum outro país se deixou enganar a ponto de reconhecê-la formalmente. O ativista britânico, pacifista e filósofo Bertrand Russell, por sua vez, tinha grande simpatia por ela. E foi correspondido. Enquanto esteve doente em Pequim, em 1921, recebeu periódicas remessas de champanha enviadas pelos mandatários desde Tchita — numa das ocasiões, entregues pessoalmente pelo emissário oficial, e depois ministro das Relações Exteriores, Ignatius Yurine. "O homem mais gentil que jamais conheci", escreveu Russel numa correspondência de junho de 1921,[171] documentando que, até então, nem os líderes da República do Extremo Oriente sabiam que eram joguetes de uma conspiração. Ainda que suspeitassem, qualquer desconfiança resultaria em nada, dado que eram basicamente um bando de idealistas ingênuos e bem-intencionados.

O Japão recuou suas tropas no outono seguinte à declaração da República Extremo Oriente, permitindo ao país expandir suas fronteiras ao Pacífico e à cidade portuária de Vladivostok,

171 Nicholas Griffin (ed.) (2002): *The Selected Letters of Bertrand Russell, Volume 2: The Public Year 1914-1970*. No original: *"The kindest man I ever met"*.

incorporando mais 3,5 milhões de pessoas à população. Logo viriam também os selos, inicialmente baseados em remanescentes da era czarista, que foram recolhidos e reimpressos. Em seguida, foi emitida uma série de quatro deles, desenhados especialmente, mas sem nenhum arroubo estético perceptível. Meu selo pertence a este grupo e parece, à primeira vista, bastante antiquado e semelhante aos selos que os brancos usaram, alguns anos antes, na Rússia do Sul. Contudo, uma análise mais detalhada do brasão central mostra que ele consiste numa âncora superposta por uma picareta sobre um feixe de trigo maduro ao fundo — uma representação bem diferente do cavaleiro empunhando a lança nos selos da Rússia do Sul. Pode-se inferir uma mensagem de paz e fraternidade. Na grinalda, podemos divisar as letras cirílicas Д В Р, abreviatura de Дальневосто́чная Респу́блика (*Dalnevostochnaya Respúblika*), República do Extremo Oriente.

No que só pode ser descrito como um espasmo antes da morte, o remanescente do Exército Branco fez novo assalto a Vladivostok em maio de 1921. Apoiados de má vontade pelos japoneses, só conseguiram defender a cidade até o ano seguinte. Os brancos foram exterminados de uma vez por todas e os japoneses perderam o interesse pela região. Com isso, a própria razão de ser Estado-tampão também desapareceu. Sob o comando do líder bolchevique Lênin, a República do Extremo Oriente foi dissolvida em 15 de novembro de 1922, encerrando oficialmente a guerra civil russa.

M. P. Golovatchev, o vilão que inspirou o *Doutor Jivago*, emigrou para Pequim, onde viria a se notabilizar como um dos espiões mais talentosos dos bolcheviques.[172] Boris Pasternak recebeu o Prêmio Nobel de Literatura em 1958 — segundo rumores, sob pressão dos Estados Unidos, que não desperdiçavam pretextos para fazer propaganda antissoviética. Não faltou quem achasse o livro em si muito ruim. O escritor russo Vladimir Nabokov, que não nutria a menor simpatia pelo regime soviético, descreveu-o como "uma coisa lamentável, desajeitado, ordinário e melodramático, com desdobramentos previsíveis, advogados voluptuosos, mulheres improváveis, ladrões românticos e coincidências banais".[173]

172 Roman Brachman (2001): *The Secret File of Joseph Stalin: A Hidden Life.*

173 Michael Scammell (2014): *The CIA's 'Zhivago'.*

1921: Brasão de armas em miniatura, com âncora
e picareta entrecruzadas sobre um feixe de trigo maduro

LIVROS

Richard K. Debo (1992):

Survival and Consolidation: The Foreign Policy of Soviet Russia 1918-1921.

Bóris Pasternak (1958):

Dr. Jivago.

FILME

Doutor Jivago (1965):

Roteiro de Bóris Pasternak, direção de David Lean.

O homem mais gentil que jamais conheci

BERTRAND RUSSEL, SOBRE O MINISTRO
DAS RELAÇÕES EXTERIORES, IGNATIUS YURINE

PERÍODO:

1922–1934

PAÍS:

TRIPOLITÂNIA

POPULAÇÃO: aprox. 500.000

ÁREA: 353.000 km²

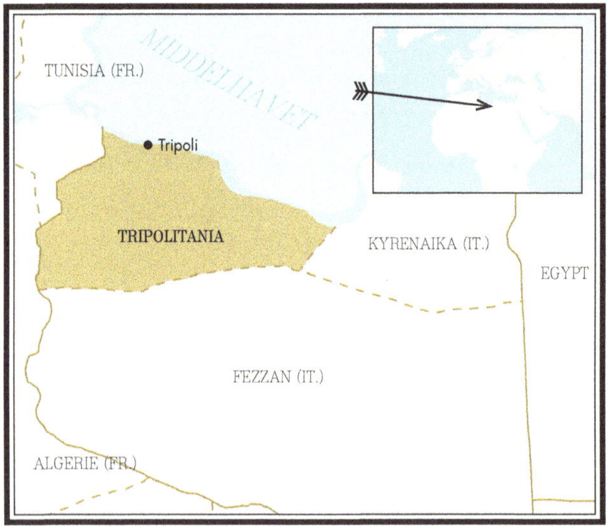

Corrida aérea fascista no berço do islamismo

O ar chega a tremer. Faz muito calor, um calor escaldante. O jovem rapaz fora aferir o vento, as chuvas, a pressão e a temperatura na pequena estação meteorológica instalada no alto de uma colina na paragem de caravanas de al-Azizia, no platô Sahel Jeffare. A norte, ele podia vislumbrar a faixa azul do Mediterrâneo, intercalada pelos minaretes da grande cidade de Trípoli. Um pouco mais perto, havia a divisão quase artificial entre o sempre verde das lavouras e o deserto marrom-amarelado onde ele próprio se encontrava. A oeste, a mata de arbustos se convertia aos poucos numa planície rochosa acinzentada e morria aos pés da cordilheira, ao sul. De lá soprava o vento Ghibli, constante, ininterrupto, apenas para tornar tudo ainda mais quente.

Ele já nem conseguia mais suar quando ascendeu aos últimos degraus e retirou a caixa de madeira com o equipamento. Com dificuldade, obteve a medição: *57,8 graus*. Inacreditável, mas nem lhe ocorreu que acabara de medir a temperatura mais alta jamais registrada na superfície da Terra. O dia era 13 de setembro de 1922 e o lugar era a República de Trípoli.

A República de Trípoli, ou al-Jumhuriya al-Trabulsiya, declarou-se independente da Itália em novembro de 1918 para se tornar a primeira república árabe da história. Foi o resultado da mobilização dos habitantes de Trípoli, que sonhavam com a independência desde 1911, quando a Itália capturou a região dos turcos otomanos. Em vez disso, a região se converteu em celeiro de mão de obra barata. Enquanto a Itália lambia as próprias feridas após a Primeira Guerra Mundial, os tripolitanos não deixaram a oportunidade passar em branco. Seu objetivo era criar um Estado secular que unisse a população de árabes, berberes e tuaregues, com seus arranjos sociais diversos e denominações muçulmanas as mais variadas.[174]

Em 1919, emissários bem que tentaram participar da Conferência de Paris em busca de reconhecimento internacional. A conferência foi realizada no Palácio de Versalhes, mas o acesso da comitiva de Trípoli foi restrito ao pavilhão de colunatas douradas da antessala, onde os demais delegados só podiam ser abordados durante os intervalos das negociações. A receptividade foi gélida. Os 32 países participantes tinham assuntos mais importantes a tratar. Além disso, diferentemente de outros territórios árabes mais a leste, aquele nem reservas petrolíferas possuía. Decepcionados, os emissários voltaram para casa de mãos abanando.

Enquanto isso, a Itália elevou o tom, despejando sobre Trípoli folhetos com ameaças de invasão maciça a menos que o movimento de independência fosse ignorado.

Não haverá invasão, mas os líderes da República de Trípoli aceitam que a Itália seja levada em consideração quando sua constituição for promulgada, o que ocorre em 1.º de junho de 1919. Afinal, ninguém mencionou uma independência plena e a república recém-fundada aceita que o idioma árabe seja equiparado ao italiano. Mesmo questões relacionadas aos direitos civis e à liberdade de imprensa foram negligenciadas. Até um arremedo de parlamento eleito pelo voto é tolerado.

174 Lisa Anderson (1982): *The Tripoli Republic.*

Tudo segue mais ou menos sem intercorrências até setembro de 1922, quando a temperatura recorde é medida em al-Azizia. Em outubro, Mussolini chega ao poder na Itália e, no mês seguinte, tropas fascistas tomam toda a faixa costeira, sem se limitar à República de Trípoli. Até *Cirenaica*, a leste, foi ocupada. A cidade ainda era italiana no papel, mas há muito vinha sendo infernizada por guerrilheiros independentistas. As forças italianas só se detêm ao controlarem Fezã, um vasto território deserto ao sul da República de Trípoli. Mussolini prevê que a região inteira fará parte de uma grande Itália, cujas fronteiras extrapolarão ambas as margens do estreito da Sicília. O *Duce* almeja transformar o Mediterrâneo num mar interior, um *Mare Nostrum*.

Em termos militares, a República de Trípoli, que já estava mal das pernas, veio ao chão depois que os italianos empregaram, com sucesso, a tática de *dividir para governar* entre as várias tribos que habitavam a área.[175] A colônia passou a ser chamada de Tripolitânia, e as férteis áreas costeiras foram rapidamente dominadas pelos italianos à medida que os antigos locatários eram varridos para o interior. Os poucos que tiveram a chance de permanecer foram coagidos a trabalhar de graça na construção de estradas e de outras obras de infraestrutura a mando dos colonizadores.

A resistência às forças italianas é maior em Cirenaica, sobretudo diante de um grupo ousado de milícias bem armadas. Para eles, o islã, o nacionalismo e o anticolonialismo são três facetas da mesma causa.[176] Os italianos fazem mais de cem mil prisioneiros em campos de concentração. Os massacres são corriqueiros, inclusive com o uso de armas químicas.

175 Anna Baldinetti (2014): *The Origins of the Libyan Nation.*

176 Ali Abdullatif Ahmida (2011): *Making of Modern Libya: State Formation, Colonization, and Resistance.*

O general Pietro Badoglio é nomeado governador de toda a região em janeiro de 1929, e promete anistia a todos os que renegarem o movimento de resistência. A ordem é entregar as armas e demonstrar respeito à lei:

> Passamos a ter domínio sobre uma população da qual devemos cuidar e a qual devemos liderar na busca de um estilo de vida mais civilizado. É óbvio que nunca alcançaremos esse objetivo se as pessoas não conhecerem os benefícios morais e materiais de abraçar nosso partido, nossos costumes e nossa legislação.[177]

O clima geral nunca foi exatamente positivo, mas, em 1931, a espinha dorsal da resistência foi quebrada. A população, que lentamente foi retornando à cidade e às áreas costeiras, percebe que os italianos se apossaram de tudo. A única coisa a que podem aspirar é uma ocupação minimamente digna nas fazendas ou indústrias.

A República de Trípoli nunca teve permissão para emitir seus próprios selos, mas os italianos precisavam de um sistema postal operante e o puseram de pé tão logo a colônia de Tripolitânia foi criada.

Nas cartas, os italianos referem-se ao cotidiano como uma luta pela sobrevivência na qual os antigos habitantes fazem todo o trabalho insalubre. Até reclamam do calor, mas se gabam do autódromo recém-construído, sede de uma competição internacional de velocidade. E, caso a correspondência seja de um nobre abastado, pode até mencionar o concorrido *L'Aereo Club della Tripolitania*.

No verão de 1934, dois selos são emitidos por ocasião do *Circuito delle Oasi*, uma competição aérea internacional margeando as fronteiras do país. A largada ocorre na própria base hidroaérea do porto de Trípoli. Podemos até ver a multidão e sentir no ar o cheiro dos perfumes misturado ao odor do couro recém-curtido nos curtumes em volta e à fumaça do querosene, enquanto mecânicos fazem os últimos ajustes nos motores. Alguns dos aviões que decolaram primeiro são forçados a retornar quando deparam com a força do Ghibli sobre as montanhas, para decepção dos pilotos. Aqueles que completam o percurso fazendo as três escalas previstas retornam sãos e salvos para serem recepcionados com festa e champanha nos jardins do luxuoso Hotel Uadden. Meu selo tem um carimbo especial para marcar a efeméride, aposto com impecável precisão — o zeloso agente postal deve ter ficado orgulhoso com o resultado. Quem sabe fosse um aficionado por máquinas voadoras, uma paixão fronteiriça **à** ideologia que o aproximava da maioria dos fascistas.

Em 3 de dezembro de 1934, Tripolitânia fundiu-se com Cirenaica e Fezã para formar a *Líbia Italiana*. Durante a Segunda Guerra Mundial, os italianos perderam a colônia inteira para os Aliados. A porção que incluía Tripolitânia permaneceu sob administração britânica até a Líbia ser declarada um reino independente, em 24 de dezembro de 1951. Tripolitânia existiu como província autônoma até 1963, quando deu lugar a um sistema administrativo mais fragmentado.

Na guerra civil de 2011, o ditador Muammar Gaddafi foi apeado do poder pelos mesmos países que se recusaram a re-

177 Anna Baldinetti (2014): *The Origins of the Libyan Nation*. No original: "We have also brought under our government a population that we must care for and steer towards a more civilized way of life. It is obvious that we shall never achieve our goal if this population does not feel the moral and material benefit of siding with us, submitting to our customs, to our laws".

conhecer a República de Trípoli em 1918 — além da Noruega. Alguns anos atrás, o recorde de calor de al-Azizia foi rejeitado por meteorologistas e pesquisadores climáticos proeminentes, para os quais a medição não poderia chegar a tanto. Talvez o jovem aferidor estivesse exausto e tenha errado a medição. Ou quem sabe o termômetro *Bellani Six*, geralmente muito preciso, estivesse mal calibrado. Seja como for, nessa corrida, os Estados Unidos assumiram a liderança, registrando 56,7 graus no Vale da Morte, Califórnia, em 2012.[178]

1934: Feira de Trípoli, edição especial do Circuito dos Oásis

178 Khalid I. El Fadli et al. (2013): *World Meteorological Organization Assessment of the Purported World Record 58°C Temperature Extreme at El Azizia, Libya (13 September 1922).*

LIVROS

Lisa Anderson (1982):

The Tripoli Republic.

Ali Abdullatif Ahmida (2011):

Making of Modern Libya: State Formation, Colonization, and Resistance.

Passamos a ter domínio sobre uma população da qual devemos cuidar e a qual devemos liderar na busca de um estilo de vida mais civilizado.

PIETRO BADOGLIO, GOVERNADOR ITALIANO

PERÍODO:

1922

PAÍS:

CARÉLIA ORIENTAL

POPULAÇÃO: aprox. 100.000

ÁREA: 50.000 km²

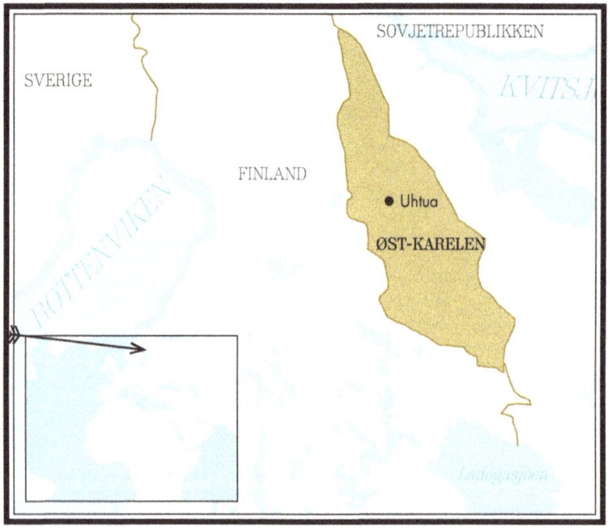

Nacional-romantismo, introspecção e coníferas

Meu selo da Carélia Oriental exibe um urso rampante sobre um céu iluminado pela aurora boreal. Liberto dos grilhões, ele está pronto para lutar. O desenho é de autoria do artista plástico Akseli Gallen-Kallela, conhecido pelas ilustrações que fez para o épico Kalevala. *Marco da poesia finlandesa, o* Kalevala *baseia-se nas tradições mitológicas orais da Carélia Oriental. Na primeira parte, a criação é explicada por meio de uma marreca que surge rasgando os céus da taiga: "A formosa ave veio singrando sobre as águas e reparou nos joelhos da donzela banhados pelo vaivém das marolas azuladas. Tomou-os por uma colina, imaginando para si um monte de turfa fresca".*[179]

Akseli Gallen-Kallela era um cosmopolita educado em Paris, onde foi influenciado tanto pelo *simbolismo* como pela *art nouveau*. Em Berlim, estreou uma exposição conjunta com ninguém menos que o norueguês Edvard Munch, e depois partiu para o Quênia e o México, em longas expedições de pesquisa. Ao mesmo tempo, era um nacionalista inveterado, de fortes inclinações românticas.

Ao lado de colegas artistas, como o arquiteto Eliel Saarinen e o compositor Jean Sibelius, ele integrou o grupo dos *carelianos*. O grupo julgava que o berço da cultura finlandesa estava na Carélia Oriental, uma paisagem onde o tempo parecia

179 *Kalevala*, tradução sueca por Lars e Mats Huldén.

imutável: bosques de abetos, pinheiros e bétulas, lagos e turfeiras ácidas, entremeados por clareiras onde pequenas fazendas eram o lar de homens ressequidos e de mulheres de cabelos desgrenhados.

Aqui, durante milênios, a técnica do *huuhta* ("abeto", em finlandês) foi dominada à perfeição por camponeses que a praticaram até o século XX. O princípio era simples: as árvores eram derrubadas e empilhadas para secar durante o inverno para serem queimadas posteriormente. Em seguida, plantava-se centeio ou tubérculos nas cinzas, alternadamente, de modo a manter no solo os nutrientes necessários ao crescimento de pastagem para as ovelhas enquanto a floresta se recuperava e voltava a crescer.

Uma vez que este sistema requer um uso intensivo da terra, as fazendas precisavam ser apartadas umas das outras. O isolamento não apenas forjou o caráter singular do povo finlandês. Cada fazenda tinha seu próprio galpão para secar o centeio, além de forno, fogão e sauna, obedecendo a um modelo de ocupação rural bem distinto dos demais países nórdicos. Uma vez que o acesso à lenha era virtualmente ilimitado, em qualquer lugar e a qualquer hora do dia era possível encontrar uma lareira ardendo. A paisagem resultante, envolta em fumaça e névoa, era tudo que os carelianos precisavam para se ensimesmar ainda mais e considerar impura qualquer influência cultural externa.

A Finlândia é um país relativamente recente. A península finlandesa esteve sob domínio sueco por 700 anos até ser conquistada pelo czar Alexandre I da Rússia, em 1808, e anexada sob o nome, um tanto enganador, de *Grão-Ducado da Finlândia*.

Quando os bolcheviques derrubaram os antigos mandatários após a Revolução Russa, em 1917, os finlandeses deram por terminada sua relação com os vizinhos eslavos. Em 6 de dezembro do mesmo ano, a Finlândia declarou-se independente e foi reconhecida pelo recém-formado regime comunista soviético. As novas fronteiras foram acordadas por meio de um acordo assinado na cidade de Tartu, em 1920.

Durante o processo, extensas áreas de língua finlandesa na Carélia Oriental foram deixadas no lado soviético. Os habitantes, decepcionados, rebelaram-se e receberam o reforço de cerca de 500 voluntários finlandeses, muitos dos quais sonhavam com uma *Grande Finlândia* incluindo territórios do extremo norte da Suécia e da Noruega — uma espécie de versão em miniatura da Grande Alemanha sob os nazistas, anos depois.

Os rebelados não tinham tempo a perder. Logo puseram em prática um expurgo sistemático de qualquer um suspeito de ter simpatias soviéticas, ao mesmo tempo que buscavam apoio oficial da Finlândia, que jamais veio. O desespero subiu à cabeça dos líderes do movimento. Um deles, o estudante de filosofia Bobi Sivén, suicidou-se aos 21 anos e deixou uma comovente carta de despedida ao ministro das Relações Exteriores da Finlândia, Rudolf Holsti, que mais tarde a descreveria como "a correspondência mais confusa jamais enviada".[180]

Sivén atira contra o peito e não na cabeça, um ato simbólico que o equipara a vários heróis finlandeses, para os quais a questão estética é determinante até na hora da morte.

180 Jussi Niiistö (2001): *Bobi Sivén – Karjalan puolesta*. No original: "...pateettisimmaksi kirjeeksi, jonka oli koskaan lukenut".

A guerra segue seu rumo, contudo, de início com o vento soprando a favor dos separatistas sob o comando supremo de Gustaf Svinhofud, que obtém o controle da maior parte da Carélia Oriental durante o outono de 1921. O inverno é rigoroso, as condições são desumanas e os combates se dão em plena floresta. "Os estilhaços das granadas parecem cabos de aço retesados que se partem de repente, e as copas das árvores tremem como se estivessem sendo açoitadas pela tempestade. (...) Os troncos chegam a rachar, deixando nua a polpa da madeira sob a casca."[181]

Diante de uma grande ofensiva soviética no início de janeiro, a situação muda repentinamente. Os rebeldes da Carélia sofrem com a escassez de alimentos e com o frio e, no início de fevereiro, a resistência desmorona. Os rebeldes entram em pânico e recuam rapidamente para além da fronteira finlandesa.

É justamente agora que os selos com o urso rampante entram em circulação. Na prática, durante poucas semanas do inverno: de 31 de janeiro a 16 de fevereiro de 1863. Meu selo tem o carimbo de Uhtua, um vilarejo às margens do lago Kuittijärvet[182], que capitulou ante os russos em 6 de fevereiro.

O carteiro deve ter entregue a correspondência sob fogo de metralhadoras, gritos de comando e ecos das solas dos coturnos martelando o chão congelado. Mesmo assim, o selo está intacto, o que me leva a supor que possa ser uma falsificação, por mais que o carimbo em si pareça autêntico.

181 Kim Leine (2015): *Avgrunnen*.

182 Atual Kuyto.

As hostilidades cessaram depois do acordo entre os soviéticos e a Finlândia, assinado na primavera seguinte. Ele dava à Carélia alguma margem de manobra na condição de *república soviética autônoma*. Durante um tempo, os habitantes que desejassem teriam salvo-conduto para emigrar para a Finlândia. Cerca de trinta mil deles não desperdiçaram a oportunidade. Nos primeiros anos, até as disciplinas escolares eram ensinadas em finlandês, mas os soviéticos fecharam o cerco e, em meados da década de 1930, a Carélia havia se transformado em nada mais que um satélite de Moscou.

A Carélia Oriental foi recapturada durante a Segunda Guerra Mundial, e novamente as aspirações de grandeza da Finlândia foram o pretexto. Só que, desta vez, o governo finlandês, apoiado pela Alemanha, estava por trás de tudo. A invasão foi parte da *Operação Barbarossa*, urdida por Hitler em pessoa com o objetivo de conquistar a União Soviética, desde a península de Kola até a Crimeia. A Finlândia manteve o controle sobre uma grande extensão da Carélia Oriental desde 1941 até retirar-se por completo, em 1944.

Hoje, tudo faz parte da *Carélia*, uma das 21 repúblicas federativas russas. Ela compreende desde o mar Branco, ao norte, aos lagos Ladoga e Onega, a sudeste. A indústria madeireira permanece a principal atividade econômica local.

Após a *perestroika*, no final da década de 1980, certa distensão cultural levou a propostas para permitir o ensino do finlandês como *segunda língua* nas escolas, mas já não havia mais os finlandeses com sonhos megalomaníacos de três gerações atrás, e o carelianismo dormia um sono eterno. Dito isso, há motivos para se crer que o espírito do estudante Bobi Sivén está vivo no partido nacionalista *Verdadeiros Finlandeses*, fundado em Helsinque em 1995.

1922: Brasão de armas com urso rampante

LIVROS

Albert Lange Fliflet (1967):

Kalevala. Tradução norueguesa.

Hagar Olsson (1940):

Träsnidaren och döden: berättelse från Karelen (*O lenhador e a morte: relatos da Carélia*).

MÚSICA

Jean Sibelius (1892/94):

Suíte Carélia Opus 11.

A correspondência mais confusa jamais enviada

RUDOLF HOSTI, SOBRE A CARTA
DO NACIONALISTA BOB SIVÉN

PERÍODO:

1919–1924

PAÍS:

CARNARO E FIUME

POPULAÇÃO:

60.000

ÁREA:

28 km²

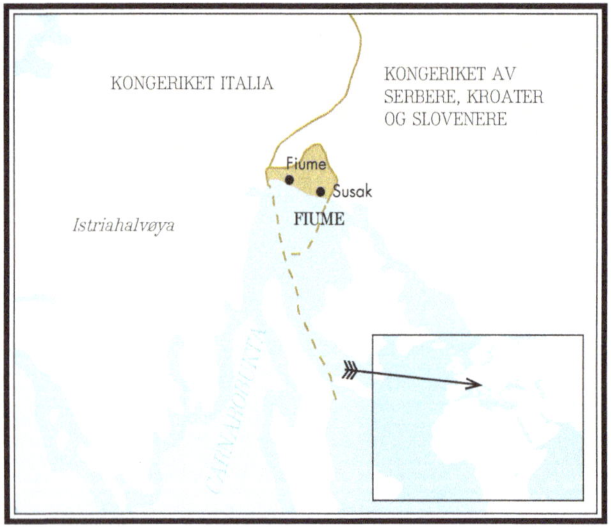

Beletrismo fascista

Poucos lugares na Terra testemunham extremos climáticos como a face sul das encostas áridas do Adriático. Mesmo no auge da primavera, quando a temperatura da água costeira está cálida e propícia para o banho, ainda há muita neve acumulada nas montanhas a poucos quilômetros de distância. Durante o inverno, o caprichoso Boravento *pode fazer uma visita inesperada soprando do nordeste rajadas quentes a uma velocidade de mais de cem quilômetros por hora.*

Para os romanos tais características foram determinantes no planejamento da cidade costeira de Rijeka, dois mil anos atrás. As ruas principais foram projetadas em ângulos retos em relação à direção do vento. As construções são de alvenaria robusta de pedra natural, um método que prevaleceu em todas as obras posteriores até o final do século XX. Tanto as aldeias da costa norte rochosa como as dos estreitos vales florestados do interior obedecem aos mesmos princípios.

Na década de 1920, Rijeka foi um pequeno Estado independente sob o nome italiano de *Fiume*. Durante um breve interlúdio de três meses, também existiu como *Carnaro*. A região era habitada principalmente por italianos, mas havia minorias croatas e húngaras. No dia a dia, falava-se um dialeto italiano com glosas em croata.

Fiume foi um Estado independente durante o século XVIII. Mais tarde, passou a um status mais limitado, chamado *corpus separatum*, dentro do Reino da Hungria, que perdurou após a fusão desta com a Áustria, em 1867.

A contenda sobre o futuro do território começou a se agravar de verdade após a Primeira Guerra Mundial. Diante da fragorosa derrota imposta ao Império Áustro-Húngaro, as potências vitoriosas cogitaram criar um Estado-tampão no mar Adriático, uma sugestão que ia de encontro às aspirações tanto do *Reino da Itália* como do *Reino dos Sérvios, Croatas e Eslovenos* — mais tarde Reino da Iugoslávia —, os quais reivindicavam direitos sobre a área. Os Aliados foram categóricos: Fiume deveria ser reconduzido à condição de Estado soberano. O presidente dos EUA, Woodrow Wilson, foi ainda mais longe e sugeriu até que sediasse a Liga das Nações, com suas instituições multilaterais cujo objetivo era promover a paz e o desarmamento.

Entretanto, as disputas internas continuaram e os confrontos armados entre os diversos grupos étnicos passaram a ser cada vez mais frequentes. Tropas britânicas, americanas e francesas foram enviadas para pacificar os rebelados e restabelecer o controle.

É neste instante o decano poeta italiano Gabriele D'Annunzio, decide assumir as rédeas da situação.

Nascido em 1863 no seio de uma família de proprietários de terras de Pescara, uma pequena cidade costeira no golfo do Adriático, ele escreveu seu primeiro livro de poesias, *Primo Vere*, quando tinha apenas dezesseis anos. Mais tarde, uniu-se aos decadentes em Paris e produziu uma vasta coleção de poemas, romances e peças teatrais nas quais o elemento comum é a paixão desenfreada e incontornável que ele próprio encarnava melhor do que ninguém. Quando não está escrevendo, D'Annunzio leva uma vida notória por excessos — sexuais, alcoólicos, alucinógenos —, registrando minuciosamente em seu diário as experiências que vive. Demonstra também um pendor pelo *futurismo*, movimento originado na Itália no início do século XX. O *Manifesto Futurista* abraça de bom grado qualquer característica associada ao porvir, exaltando em especial a velocidade e a tecnologia. D'Annunzio não escondia seu amor por aviões, torpedos, metralhadoras e carros velozes.

Suas obras literárias ainda estão longe das estantes quando, em 1910, resolve ingressar na política — como sempre, com paixão desmedida, num movimento pendular e contínuo da extrema-esquerda para a extrema-direita. Tudo isso concomitante à Primeira Guerra Mundial, quando exorta a Itália a agir em defesa da França numa "guerra latina contra os bárbaros germânicos", e se alista no exército assim que a Itália ingressa no conflito.

Diz-se que D'Annunzio recebeu o prenome Gabriele porque, quando nasceu, parecia um anjo. Fotografias feitas logo após o fim da guerra parecem corroborar esta história; embora seus cabelos já estejam rareando, algo no seu olhar denota a impetuosidade que tanto o caracterizava. Além disso, ele é um homem de estatura pequena, embora não tanto quanto seu grande herói, Napoleão. A guerra o deixou convicto da superioridade do nacionalismo como sentimento político, aproximando-o dos *irredentistas*, movimento que pretendia unir todos os falantes do idioma italiano numa única e grande nação. Fiume, com quarenta mil italianos de uma população total de sessenta mil pessoas, não poderia jamais ficar de fora e fará parte da Itália custe o que custar: "*O Fiume o la morte*".[183]

Em 12 de setembro de 1919, D'Annunzio invade Fiume liderando uma milícia clandestina de 2.600 nacionalistas italia-

183 D'Annunzio em discurso de 1919. Citado *in* Lucy Hughes-Hallett (2013): *The Pike: Gabriele D'Annunzio, Poet, Seducer and Preacher of War.*

nos ensandecidos e determinados, muitos deles veteranos dos combates da Primeira Guerra Mundial. Eles expulsam as forças aliadas e são recebidos como heróis pelos habitantes italianos.

A ocupação dura quinze meses. D'Annunzio tenta repetidamente obter reconhecimento e apoio da Itália para sua empreitada, sem sucesso. Escaldadas pelas enormes baixas na guerra, as autoridades de Roma pedem que ele capitule e acenam com um bloqueio: "Não podemos sacrificar mais meio milhão de italianos para atender aos caprichos de poetas românticos", declara o presidente Francesco Nitti.[184]

Não chega a surpreender que, em setembro de 1920, D'Annunzio tenha reagido anunciando a criação da *Reggenza Italiana del Carnaro*, assim chamada por causa da baía ali próxima. Com seus pendores formalísticos e estéticos, ele prontamente desenha a bandeira nacional ilustrada por uma *ouroboros*, a serpente engolindo a própria cauda, acima do dístico latino *Quis contra nos* — Quem estará contra nós?

O novo Estado se organiza num modelo posteriormente adotado pelo fascismo italiano, com D'Annunzio como *Il Duce*. Chamam a atenção particularidades como o direito de voto universal para mulheres e o emprego da música como um elemento-chave no exercício do poder e na formação cultural. Cada distrito terá coro e orquestra próprios, financiados com dinheiro público. D'Annunzio promete inaugurar uma casa de espetáculos com dez mil lugares e entrada gratuita.

Uma vultosa tiragem de selos bem desenhados servirá como fonte importante de receita. Um deles é até ilustrado com um retrato do próprio D'Annunzio e distribuído a filatelistas de todo o mundo.[185] Após a fundação oficial de Carnaro, em setembro de 1920, os selos são apostos com as palavras *Reggenza Italiana del Carnaro*. Meu selo, ilustrado por uma adaga cortando uma corda, pertence a este grupo e não deixa dúvidas quanto à mensagem que procura transmitir.

Neste momento, D'Annunzio propõe a *Marcha sobre Roma* a fim de completar a revolução social que tanto prega. Muitos simpatizam com a ideia e tripulações inteiras de navios da marinha italiana resolvem cerrar fileiras. Em pouco tempo, Carnaro arregimenta um exército de quatro mil soldados bem treinados, que, mesmo assim, não conseguem repelir um ataque surpresa das tropas italianas, em maior contingente, no Natal de 1920. D'Annunzio foge para o norte pilotando uma motocicleta em 29 de dezembro, depois que o cruzador *Andrea Doria* lança um bombardeio maciço sobre a cidade.

Enfim o *Stato Libero di Fiume* sai do papel. De acordo com o *Tratado de Rapallo*, assinado alguns meses antes, quaisquer desavenças entre o Reino da Itália e o Reino dos Sérvios, Croatas e Eslovenos seriam deixadas de lado. Os modestos 28 km^2 de área do país incluiriam um corredor paralelo à costa oeste ligando-o à Itália. Atendendo a pleito dos EUA e das grandes potências europeias, o Estado teria soberania plena e seu reconhecimento pela comunidade internacional foi instantâneo.

No decorrer da primavera de 1921, foram realizadas eleições para a assembleia nacional. A vitória dos *autonomistas* foi esmagadora, a despeito de nova tentativa dos nacionalistas

184 Discurso do presidente italiano Nitti em 1919. Citado *in* Enzo Biagi (1964): *Storia del fascismo, Volum 1*. No original: *"L'Italia del mezzo milione di morti non deve perdersi per follie o per sport romantici e letterati dei vanesii"*.

185 Edvard Nilsen & Hans Vatne, ed. (1955): *Verden i bilder*.

italianos de chegar ao poder pelo voto. Os selos antigos foram inutilizados e substituídos por novas emissões, impressas num estilo menos rebuscado. Meu selo, de 1922, mostra um galeão veneziano estampado com o carimbo *Constituenta Fiume*, deixando claro que ali havia um país estável com constituição própria.

A estabilidade, entretanto, era ilusória. Os tumultos eram tão corriqueiros quanto as tentativas de derrubar o governo *manu militari*, sempre rechaçadas pelas tropas italianas.

De volta à Itália, D'Annunzio foi ferido num atentado e não pôde comparecer à *Marcha para Roma* realizada no verão de 1922, um projeto que fora reeditado e encampado com todo entusiasmo por um político em franca ascensão: Benito Mussolini.

A marcha desanda num golpe de estado em que Mussolini arroga-se o título de *Duce* e põe em prática muitos dos maneirismos de D'Annunzio em Fiume, como o uso de camisas pretas, os desfiles bem coreografados e os discursos emocionalmente carregados, acompanhados de uma gesticulação francamente caricata.

D'Annunzio fica furioso. Acha que foi preterido. Além do quê, vê com sérias ressalvas a política fascista que Mussolini passa a encarnar. Irritado, Mussolini age para isolá-lo. "Quando seu dente está podre, existem duas opções: você pode arrancá-lo ou cobri-lo com ouro. Em se tratando de D'Annunzio, eu escolhi esta última."[186]

186 Fred Licht (1982): *The Vittoriale degli Italiani*. No original: *"Quando hai un dente marcio avete due possibilità aperte a voi: o si tira il dente o si riempie d'oro con D'Annunzio ho scelto per il secondo. trattamento"*.

D'Annunzio é nomeado príncipe de Montenevoso e coberto de medalhas e honrarias até morrer, acometido por um derrame cerebral, em 1938. Seu corpo foi sepultado às expensas do Estado numa cripta em sua residência, próximo ao lago de Garda, a seu pedido.

Depois que os fascistas tomaram a Itália, a questão de Fiume ganhou mais relevância. Sob forte pressão italiana, o Reino dos Sérvios, Croatas e Eslovenos assinou o chamado *Tratado de Roma*, no final de janeiro de 1924, pelo qual o Estado era dissolvido e dividido ao meio. A Itália ficou com a parte do leão, enquanto, ao vizinho dos Bálcãs, coube o sensaborão distrito de Susak, a leste. A partilha foi feita à revelia do governo eleito em Fiume, que foi obrigado a se exilar.

A escritora britânica Rebecca West fez um périplo pela região pouco antes da Segunda Guerra Mundial, e o relato que faz é deprimente:

> Lá encontramos uma cidade que lembrava um sonho, um sonho ruim. Originalmente, era uma cidade generosa, concreta e banhada pelo sol, como tantos outros portos pomposos que encontramos mais ao sul, mas, agora, depois de tantos tratados e acordos, estava fragmentada de uma maneira absurda.[187]

187 Rebecca West (1941): *Black Lamb and Grey Falcon*. No original: *"There we found a town that has the quality of a dream, a bad headachy dream. Its original character is round and sunburnt and solid, like any pompous southern port, but it has been hacked by treaties into a surrealist form"*.

Após o fim da guerra, em 1945, os membros do antigo governo retornaram para casa após um exílio de mais de vinte anos. Seu desejo de recomeçar do zero foi brutalmente rechaçado pelas forças iugoslavas que agora ocupavam a cidade. Vários dos antigos *autonomistas* foram liquidados sem misericórdia. Após o acordo de paz de Paris, em 1947, Fiume foi oficialmente integrado à Iugoslávia sob o novo nome de Rijeka.

Com a desintegração da Iugoslávia, Rijeka tornou-se a cidade portuária mais importante da Croácia, e assim permanece até hoje. D'Annunzio foi reabilitado ao panteão dos grandes nomes da poesia italiana.

1922: Carimbo sobre edição de 1919 com galeão veneziano, marcando a convocação de nova assembleia popular

1920: Edição comemorativa da marcha de D'Annunzio. O selo recebeu o carimbo marcando a ocupação das ilhas Arbe e Veglia

LIVROS

Lucy Hughes-Hallett (2013):

The Pike: Gabriele D'Annunzio, Poet, Seducer and Preacher of War.

Alceste De Ambris & Gabriele D'Annunzio (1920):

La Carta Di Liberata del Carnaro.

FILME

Cabiria (1914):

Roteiro de Gabriele D'Annunzio, direção de Giovanni Pastrone.

Lá encontramos uma cidade que lembrava um sonho, um sonho ruim. Originalmente, era uma cidade generosa, concreta e banhada pelo sol, como tantosoutros portos pomposos que encontramos mais ao sul, mas, agora, depois de tantos tratados e acordos, estava fragmentada de uma maneira absurda

REBECCA WEST

ININI
SØR-SHETLANDSØYENE

1925 ~ a ~ 1945

PERÍODO:

1932–1945

PAÍS:

MANCHUKUO

POPULAÇÃO: 30.880.000

ÁREA: 1.554.000 km²

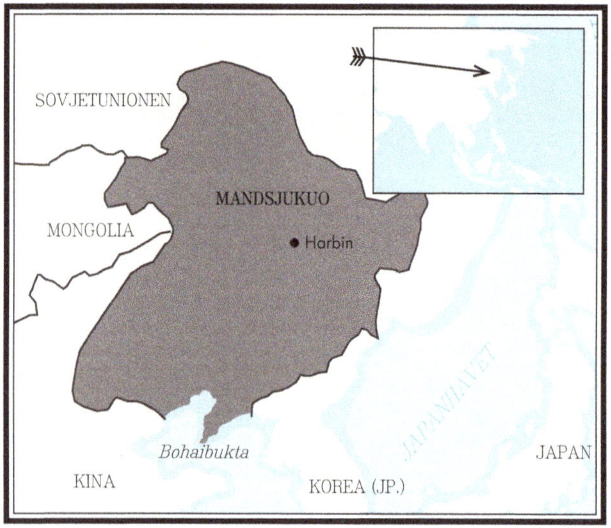

No coração do mal

Com suas macabras experiências com prisioneiros no campo de concentração de Auschwitz durante a Segunda Guerra Mundial, o médico nazista Josef Mengele passou para a história como epítome do mal que o ser humano pode infligir. Por mais sinistro que seja, seu legado obscurece diante do que ocorreu em Manchukuo, no leste asiático, alguns anos antes.

Ninguém fazia ideia do que estava por vir quando o novo país veio ao mundo, na primavera, em 1932, um ano após a invasão japonesa da Manchúria. Os historiadores chineses referem-se a ele como "*pseudo país* de Manchukuo", uma vez que nunca passou de um Estado fantoche dos japoneses desde o nascedouro. Ainda assim, El Salvador e República Dominicana reconheceram prontamente sua existência, secundados pelas futuras potências do Eixo Alemanha e Itália, incluindo o Vaticano, que mantinha um grupo de missionários na região.

Manchukuo tinha uma área três vezes maior que a Suécia e se estendia desde as margens subárticas do rio Amur, a norte, até as planícies férteis do golfo de Bohai, ao sul, cuja fronteira com a China coincidia com o limite da Grande Muralha, erguida para deter a devastação mongol entre os séculos XIII e XVI.

Até o século XX, a área era um distrito puramente agrícola dividido em prefeituras, sob o controle do imperador chinês. A população vivia em aldeias que cresceram sem nenhum planejamento urbano. Os telhados de palha tinham cornijas robustas para proteger as paredes externas das chuvas frequentes e intensas. As paredes de estrutura leve eram ocas para permitir a instalação de portas corrediças, de modo a arejar as áreas internas nos dias quentes de verão. Um europeu moderno, no entanto, ficaria surpreso diante da completa ausência de isolamento térmico, pois os invernos podiam ser severos. Os locais, contudo, tinham uma estratégia peculiar para lidar com o frio. Quando as temperaturas caíam, vestiam roupas pesadas e se recolhiam em aposentos menores no centro da casa, nos quais o assoalho era aquecido com lenha.

Com a construção da ferrovia de Manchukuo, no final do século XIX, várias aldeias ao longo do trajeto cresceram e se tornaram cidades, inclusive de grande porte. Os engenheiros poloneses e russos que ajudaram a planejá-las lhes emprestaram um certo ar europeu.

O progresso da urbanização deu aos japoneses uma vantagem. A população do novo Estado cresceu vertiginosamente, de 30 para 50 milhões, principalmente devido à imigração japonesa, embalada pela propaganda que garantia que a cooperação com o país vizinho contribuiria para a paz entre os povos. Impresso com este propósito, meu selo mostra uma cegonha pairando serenamente acima das águas. Porém, na borda inferior, encimando o texto na grafia *hanzi*, podemos ver o mastro e a bandeira de um navio de guerra.

Não há dúvida de que a motivação primeira dos japoneses eram recursos minerais, principalmente os grandes depósitos de minério de ferro. A fim de dar legitimidade à coisa, o então imperador chinês, Pu Yi, foi feito chefe de Estado. Homem frágil e acovardado, escondia o rosto atrás de grossos óculos redondos feitos de chifre de vaca, e compensava o físico miúdo envergando uniformes vários números maiores, fartamente decorados com medalhas, faixas e dragonas. Pu Yi provavelmente não ficava à vontade naquele papel, que se resumia a pouco mais que assinar decretos japoneses e cortar fitas em solenidades de inauguração de siderúrgicas, pontes e ferrovias. Ainda assim, permaneceu no poder até os russos assumirem o comando, após a grande ofensiva batizada de *Operação Tempestade de Agosto*, nos estertores da Segunda Guerra Mundial.

Pu Yi tentou fugir para o Japão e se render aos estadunidenses, mas foi capturado pelo Exército Vermelho e deportado para a Sibéria. Mais tarde, retornou à China e terminou seus dias como maoísta convicto, a se dar crédito ao filme *O Último Imperador* (1987), de Bernardo Bertolucci. Neste ínterim, também escreveu a autobiografia, *De imperador a cidadão*, na qual candidamente assume sua culpa: "Sem sentir vergonha, tornei-me um grande traidor e favoreci um regime sangrento que converteu uma parte significativa do meu país numa colônia".[188]

No entanto, Pu Yi provavelmente não estava ciente do lado mais sinistro da presença japonesa em Manchukuo. Sob o pretexto de realizar operações de purificação de água, a Unidade 731 transformou o país num laboratório para desenvolver armas químicas e biológicas a serviço da emergente máquina de guerra do Japão.

O diretor do projeto, general Shiro Ishii, tinha 1,80 metro de altura e destoava da estatura média dos seus compatriotas. Usava óculos de armação redonda como Pu Yi, que lhe caíam bem melhor, tanto no rosto como no espírito. Vestia-se sempre com apuro e era muito cortês, talvez até um pouco autocentra-

188 Simon Winchester & Aisin-Gioro Pu-Yi (1987): *From Emperor to Citizen. The Autobiography of Aisin-Gioro Pu Yi.* No original: "I shamelessly became a leading traitor and the cover for a sanguinary regime which turned a large part of my country into a colony".

do demais — mesmo assim seus subordinados o veneravam. É certo que, às vezes, exagerava na bebida e invadia as residências de cortesãs locais, mas isso só o tornava mais respeitado e admirado pelos seus.[189]

A fábrica foi construída em Pingfang, uma planície desmatada ao sul da cidade de Harbin, com 150 edificações retangulares em concreto, de portes variados, perfazendo uma área de seis quilômetros quadrados. O complexo incluía um templo xintoísta para atender às necessidades espirituais dos funcionários, além de escolas para seus filhos. É para lá que Shiro Ishii desloca-se todos os dias em sua limusine blindada desde Harbin, onde vive com a esposa, sete filhos e empregados numa mansão da época da ocupação russa, um palacete que sua filha mais velha descreveria depois como digno do romance *E o vento levou*.[190]

Os experimentos eram conduzidos principalmente em seres humanos vivos. Incluíam a remoção e modificação de cérebros e intestinos, injeções com sangue de cavalo, testes em câmaras de gás, câmaras de pressão e centrífugas, embora o mais importante fosse a exposição a patógenos. Eram realizados procedimentos com antraz, febre tifoide, disenteria e cólera e uma série de bactérias correlatas da peste bubônica, menos conhecidas, mas igualmente letais. Como vetores, usavam-se moscas, cuja criação era feita em milhares de viveiros fabricados com esse propósito.

As cobaias, principalmente civis chineses e russos, eram referidos como "troncos" e incluíam mulheres, idosos e crianças. Ao todo, mais de dez mil deles pereceram em Pingfang. Nenhum sobreviveu. Outros um milhão morreram em outros locais — quando moscas contaminadas eram despejadas sobre cidades chinesas, por exemplo. Numa ocasião, soldados espalharam centenas de bolos embebidos com paratifo nos bosques em torno de Nanquim,[191] então assolada por uma epidemia de fome.

Ao contrário de Pu Yi, a maioria dos empregados na Unidade 731 conseguiu escapar para o Japão em 1945. Lá, renderam-se às forças americanas e logo receberam imunidade irrestrita sob ordens do supremo comandante do Pacífico, Douglas McArthur, enquanto as provas dos crimes de guerra eram destruídas. Muitos deles, incluindo o próprio Shiro Ishii, ingressaram no recém-lançado *Programa de Desenvolvimento Biológico dos Estados Unidos*. Shiro Ishii morreu placidamente em 1959 sem poder testemunhar como os EUA aplicaram seus conhecimentos, com grande eficácia, durante a Guerra do Vietnã.

Em 1945, Manchukuo retorna à China e hoje constitui as províncias de Liaoning, Jilin, Heilongjiang e partes da Mongólia interior. Restam poucos vestígios da Unidade 731, mas sob as colinas da antiga cidade está um dos aterros químicos mais perigosos do mundo. Até aqui as coisas parecem estáveis, mas a combinação de temperaturas mais elevadas e chuvas mais intensas na área de Harbin ao longo deste século pode, a qualquer momento, despertar o vampiro adormecido.

---

189 Byrd, Gregory Dean (2005): *General Ishii Shiro: His Legacy is That of Genius and Madman*.

190 Hal Gold (2004): *Unit 731: Testimony*.

191 Atual Nanjing.

1940: Cegonhas de Manchukuo sobre mastro de navio

LIVROS

Hal Gold (2004):

Unit 731: Testimony.

Simon Winchester & Aisin-Gioro Pu Yi (1987):

From Emperor to Citizen. The Autobiography of Aisin-Gioro Pu Yi.

Haruki Murakami (1999):

Trekkoppfuglen (*Crônica do pássaro de corda*).

FILME

O último imperador (1987):

Roteiro de Mark Peploe, direção de Bernardo Bertolucci.

Sem sentir vergonha, tornei-me um grande traidor e favoreci um regime sangrento que converteu uma parte significativa do meu país numa colônia

PU YI

PERÍODO:

1931–1946

PAÍS:

ININI

POPULAÇÃO: 5.000

ÁREA: 160.000 km²

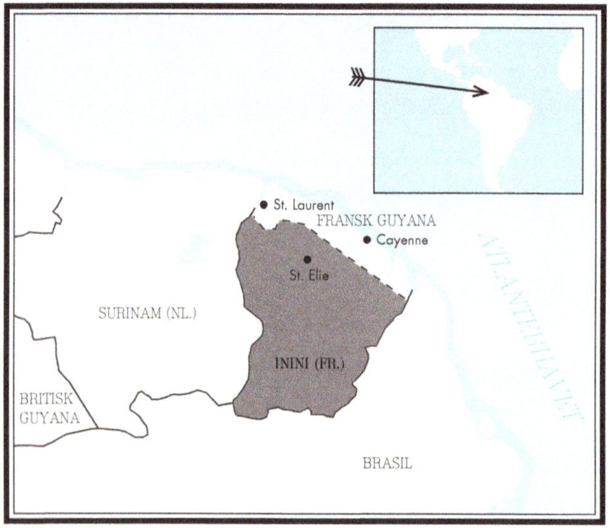

Pecados capitais acobertados pela floresta

Desde 1932, Inini emitiu selos próprios reutilizando antigas edições da Guiana Francesa. O tráfego postal na área era mínimo e ninguém queria sobrecarregá-lo. Quando Inini deixa de existir como colônia, em 1946, restam caixas e caixas de selos não utilizados que acabam indo parar nas mãos de colecionadores de todo o mundo. Meu selo provavelmente é um destes, impregnado de esporos de cogumelos e umidade da floresta depois de passar alguns anos armazenado num porão em St. Elie, St. Laurent ou Cayenne. Não tem o mesmo valor de um exemplar carimbado, mas é o mais próximo disso. Passo a língua suavemente sobre o lado da cola e minha boca se enche de um sabor agridoce. Parece promissor.

A Guiana Francesa localiza-se numa zona chuvosa um pouco acima do Equador. A uma curta distância da costa, a floresta cerrada avança sobre tudo, e o transporte de mercadorias e pessoas precisa ser feito por barcos de pequeno porte através de um emaranhado de rios e igarapés. Os primeiros colonos foram atraídos ali pelo ouro. Inúmeras expedições partiram para encontrar a cidade mítica de *El Dorado*, que os rumores diziam estar logo a oeste. É fato que ouro até existia, embora em quantidades mais modestas, porém ainda suficientemente grandes para que a extração do metal se mantenha como principal indústria até hoje.

O escritor e aventureiro norte-americano Hassoldt Davis visitou a região e descreveu o encontro que teve com um garimpeiro crioulo de nome Fanfan. Certa noite, ele sonhou com uma mulher sem cabeça que apontava para um local às margens do rio Petit-Inini e lhe entregava uma bola dourada do tamanho de uma melancia. O sonho se repetiu na noite seguinte, mas, como desta vez a mulher parecia bem irritada, Fanfan decidiu tentar a sorte. Ele encontrou a árvore que a mulher indicara e, após cavar por alguns minutos, tinha nas mãos um objeto do tamanho de uma cabeça humana. Foi assim que "La Grande Pépite" veio ao mundo.[192]

A maior parte da extração de ouro era uma atividade ilegal e, não raro, envolvia o uso de violência. O fato de que na mesma área havia uma colônia penal em franca atividade empresta uma atmosfera quase apocalíptica a um enredo que já conta com altas doses de pecado, tentação e arrependimento.

Ainda durante a Revolução Francesa, indivíduos que causassem problemas eram exilados na Guiana, que, em meados do século XIX, passa a abrigar diversas prisões ao longo da sua área costeira. O exemplo mais notório talvez seja a *Ilha do Diabo*, onde se hospedaram Alfred Dreyfus e, mais tarde, Henri Charrière – que conseguiu fugir em 1941, metido num saco de cocos, para escrever um livro relatando a aventura.[193]

No início do século XX, a administração colonial começou a buscar outros meios para se financiar. A solução foi usar o interior da Guiana Francesa para agricultura, exploração florestal e extração de ouro regulamentada. Para tornar a coisa mais eficiente, o interior foi desmembrado em 1930. A nova colônia ganhou um governador, sediado em St. Elie, e um nome, *Inini*, em homenagem a um afluente menor do rio Maroni, que faz fronteira com o Suriname, a oeste.

Inini era um território duas vezes maior que a Bélgica, mas com apenas três mil habitantes, além de alguns índios isolados que não foram incluídos na contagem. Eles habitavam pequenas aldeias dispersas pelas profundezas da floresta tropical e pertenciam às etnias aruaque, kalina, emerillon, palikur, wayampi e wayaná. Sua subsistência dependia inteiramente da natureza. Enquanto a tribo wayampi praticava a agricultura à base de queimadas, os emerillons viviam da caça e pesca. Suas tabas abrigavam de dez a cem indivíduos, eram construídas em clareiras às margens dos rios e geralmente consistiam em grandes ocas comunitárias ovaladas, firmadas com galhos grossos e cobertas de palha.

Os nativos conheciam melhor que ninguém os caprichos da natureza, mas recorrer aos índios para abrir estradas e construir ferrovias em Inini foi uma ideia que não prosperou. Era óbvio que a mão de obra teria que ser importada, e a tradição mandava que se recorresse aos prisioneiros.

Em 3 de junho de 1931, o vapor *La Martinière* desembarca trazendo 523 *anamitas*[194] da Indochina, após uma travessia de 35 dias no mar. Todos são feitos prisioneiros por atividade rebelde contra os senhores coloniais franceses. Um deles é Nguyen Dac Bang, oriundo de um vilarejo no distrito de Son-Duong, no extremo norte do Vietnã, próximo à fronteira com a China. "Chegamos à prisão subindo o rio desde St. Laurent, algumas sema-

192 Hassoldt Davis (1952): *The Jungle and The Damned.*

193 Henri Charrière (1971): *Papillon.*

194 Da província de Anam, no Vietnã.

nas após zarpar de Cayenne. O rio era bonito, com centenas de ilhotas ao longo do curso."[195]

Nguyen e seus companheiros detentos são imediatamente obrigados a levantar acampamentos e limpar terras para o cultivo de alimentos. Depois disso, são transferidos e passam a trabalhar construindo estradas e rodovias. Chove o dia inteiro e a temperatura raramente cai abaixo de trinta graus. Muitos morrem de malária, mas a situação podia ser pior. Ninguém morre de fome. Os acampamentos não têm cercas porque a mata em si é considerada eficaz o bastante para conter fugas. Durante as pausas, os prisioneiros podem caçar e pescar à vontade.

Estranhamente, ninguém fala em voltar para casa depois que a sentença for cumprida. Segundo a *lei Doublage*, os detentos precisam permanecer ali por um período correspondente ao da sentença imposta, se inferior a oito anos, ou por toda a vida se superior a isso. É certo que as autoridades francesas lhes dão terras e cabeças de gado e até ajudam na imigração de esposas e filhos desde a Indochina, mas para casa ninguém voltará. Anos depois, a Segunda Guerra Mundial eclodiria na Europa, o que confere a Inini um novo status: passa a ser colônia do regime filonazista de Vichy, na França.

Certa noite, Nguyen consegue escapar e, poucas semanas depois, chega à Guiana Britânica, mais a norte. Lá recebe asilo jurando lealdade à França livre sob o general de Gaulle, abre um restaurante franco-asiático na cidade portuária de Georgetown e se casa com uma local.

195 Hy V Luong (1992): *Revolution in the Village*. No original: "We arrived at our penitentiary home upstream from St. Laurent within a few weeks of our departure from Cayenne. The river was beautiful with hundreds of islets along the stream".

O projeto Inini acabou se provando um fiasco completo. A área desmatada não foi suficiente e as linhas férreas e as estradas que chegaram a ser construídas foram rapidamente reclamadas pela floresta. Felizmente, podemos dizer olhando em retrospecto, pois a biodiversidade aqui é extremamente rica, com mais de 1.200 espécies de árvores, além de inúmeras outras de plantas e animais, como bugios, onças e antas. Diz-se, inclusive, que a variedade de espécies por hectare é maior do que em toda a Europa.[196]

Em 1946, seguindo-se a uma onda de protestos na França, a Guiana Francesa deixa de ser a colônia onde mais de oitenta mil prisioneiros cumpriram pena ao longo da história. O território ainda pertence à França, embora o termo *colônia* tenha sido substituído por outro menos carregado de simbolismo — *département d'outre-mer* —, e é dividido em *arrondissements* exatamente como se estivéssemos no centro de Paris.

196 Comité Français de l'Union Internationale pour la Conservation de la Nature (2003): *Guyane*.

1931: Arqueiro da etnia kalina. O selo leva o carimbo da Guiana Francesa, de 1929

LIVROS

Hy V Luong (1992):

Revolution in the Village: Tradition and Transformation in North Vietnam 1925-1988.

Aage Krarup Nielsen (1939):

Helvete hinsides havet: En straffanges opptegnelser fra Guyana (Inferno d'além-mar: Relato de um prisioneiro da Guiana).

Henri Charrière (1971):

Papillon.

FILME

Papillon (1973):

Roteiro de Henri Charrière e Dalton Trumbo, direção de Franklin J. Schaffner.

Chegamos à prisão subindo o rio desde St. Laurent, algumas semanas após zarpar de Cayenne. O rio era bonito, com centenas de ilhotas ao longo do curso

NGUYEN DAC BANG

PERÍODO:

1914–1944

PAÍS:

SASENO

POPULAÇÃO: 10 + soldados

ÁREA: 5,7 km²

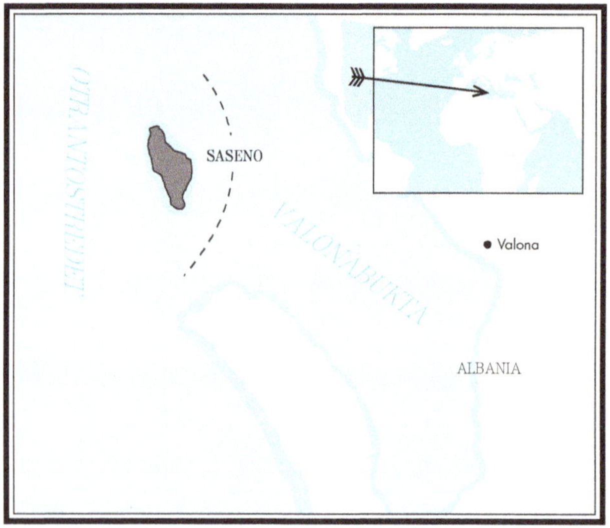

Memórias infantis em meio à desolação

A Odisseia, *poema épico atribuído a Homero e datado do ano 700 a.C., descreve o retorno de Ulisses da Guerra de Troia. Pelo caminho, ele passa ao largo da ilha de Ogygia, a morada da ninfa Calipso, filha do titã Atlas, e naufraga sob uma forte tempestade. A ninfa captura a tripulação, a qual mantém a pão e água, e transforma Ulisses em escravo sexual durante sete anos.*

Os historiadores são unânimes em assinalar que a *Odisseia* evoca passagens reais, e sugerem que Ogygia seja a ilhota de Saseno, na entrada do Adriático.[197] A única objeção: Saseno é desprovida de fontes de água potável. De que maneira uma ninfa poderia sobreviver ali, ainda mais na companhia de Ulisses e sua tripulação sedenta, não sabemos.

Embora a ilha seja esturricada de tão árida e, portanto, estéril, sempre foi motivo de cobiça. Muito antes da nossa era, foi ocupada por piratas — talvez um *aggiornamento* menos poético do papel que antes cabia às ninfas —, depois por grandes potências como Turquia, Grécia e Inglaterra, e sucessivas vezes pela Itália. Com sua localização próxima ao golfo de Valona — golfo de Vlorë, na atual Albânia —, permitia controlar todo o tráfego marítimo através do estreito de Otranto, uma espécie de Gibraltar do Adriático.

197 Tim Severin (1987): *The Ulysses Voyage.*

Em 1914, a ilha era guardada por uma dezena de soldados gregos precariamente equipados. Eles se renderam sem lutar quando *bersaglieri* italianos, de chapéus de plumas e uniformes azuis, lá aportaram numa noite em fins de outubro. A escassez de água foi uma razão importante para os invasores avançarem pelo continente, onde também ocuparam a cidade portuária de Valona, atual Vlorë. Valona foi recapturada pelos albaneses em 1920 e, nos anos que se seguiram, os italianos em Saseno tiveram que se haver com barris de água turva e salobra trazidos da península de Salento, no oeste da bota italiana.

Saseno mede menos de seis quilômetros quadrados e emerge do mar como o dorso de um camelo marrom, as duas corcundas projetando-se a pouco mais de trezentos metros de altitude. A oeste, o Otranto confronta falésias íngremes, enquanto a costa flanqueando a Albânia, a leste, consiste em praia rochosa e estreita abrigada entre duas enseadas de águas tranquilas. A baía de São Nicolau, a norte, considerada mais propícia, foi dotada de molhe e de cais.

Uma base naval não demoraria a ser sediada na ilha, inicialmente servindo a lanchas torpedeiras. Em 1922, quando Mussolini chegou ao poder na Itália, foi reforçada por uma flotilha de submarinos e declarada *Mare Nostrum*.[198] Os submarinos desempenhavam um papel crucial na estratégia do ditador fascista.

Meu selo traz a efígie do rei Vítor Emanuel III da Itália, com bigode bem aparado e olhar confiante. A imagem é enganosa, pois é sabido que o soberano tinha uma personalidade tímida e retraída. Desgostava da política e procurava ficar alheio a ela. Uma das poucas exceções foi quando externou um apoio comedido a Mussolini, ditador que passou os anos seguintes semeando a destruição a seu bel-prazer. O texto simples e direto com a palavra "Saseno" foi usado apenas em 1922. Depois, as emissões foram puramente italianas.

Meu exemplar só pode ter sido usado para selar uma correspondência de algum marinheiro para sua família no continente. O censor deve ter assegurado que a missiva não mencionava as patrulhas exaustivas que faziam pela costa balcânica. O remetente, por sua vez, escusou-se de mencionar suas desventuras amorosas com um soldado no alojamento vizinho, mas é possível que tenha comentado algo sobre o peixe-espada que fisgaram nos arredores de Corfu. A isca foi um pedaço de muçarela apodrecida que o peixe abocanhou instantaneamente. Ao fim e ao cabo, trata-se de um mesmo sentimento: saudade, querer estar perto de casa e dos seus, tudo somado a um tédio insuportável. Para muitos recrutas, Saseno era o lugar mais deprimente do mundo.

Quem pensava de outro modo era Rina Durante. Ela se radicou na ilha aos três anos de idade, com mãe, pai e três irmãs, os únicos paisanos entre 1.500 militares. Seu pai era oficial comandante, e a família se fixou longe dos alojamentos, no topo da corcunda sul, numa casa que é descrita como uma torre igual àquelas sobre as quais lemos nos contos de fadas, segundo ela.

Rina Durante tornou-se mais tarde uma jornalista e escritora de destaque. Socialista, feminista e simpatizante da rebeldia estudantil de 1968, sempre revisitava as lembranças de infância na ilha, cujo solo se cobria de amarelo no verão,

198 David Abulafia (2011): *The Great Sea: A Human History of the Mediterranean.*

quando os prados floresciam “como uma pepita de ouro no mar azul”.[199]

Em suas lembranças, menciona a fauna diversa e um tanto especializada: o *lagarto acobreado europeu*, o *lagarto da Dalmácia*, mais escuro, e o esverdeado *lagarto dos Bálcãs*, que raramente chegava a 30 centímetros de comprimento. Lembra-se também do gato de pelo eriçado que ganhou de presente de um marinheiro, apesar dos fortes protestos do pai, do amor que sentia pelas irmãs e dos mergulhos que faziam juntas.

Rina amava Saseno, que a família foi obrigada a abandonar em 1939, no início da Segunda Guerra Mundial.

Os alemães ocuparam a ilha entre 1943 e 1944, quando foi conquistada pelas forças albanesas e renomeada Sazan.

Durante os primeiros anos da Guerra Fria, a marinha soviética estabeleceu ali uma base avançada de submarinos, logo expandida com a instalação de uma fábrica de armas químicas e biológicas. Após um súbito esfriamento das relações entre soviéticos e albaneses, a base foi fechada em 1961. Os albaneses então assumiram a fábrica por alguns anos, com o apoio da China.

Hoje, o cais na baía de São Nicolau abriga uma pequena base da guarda costeira operada conjuntamente pela Albânia e pela Itália. No alto da corcunda mais próxima, num tom amarelo já desbotado pelas intempéries, estão os vestígios de assentamentos militares em estilo funcionalista, e também algumas unidades mais bem conservadas de bunkers especialmente construídos pelos albaneses, dos quais há milhares no continente. Por toda parte, há pilhas de metal enferrujado e montes de máscaras de gás utilizadas em testes pelos soviéticos.

A ilha parece mais lúgubre do que nunca, e as coisas podem piorar. Os prognósticos para o sul do Adriático mostram uma forte redução da precipitação atmosférica. Ao mesmo tempo, a temperatura deverá subir pelo menos cinco graus ao longo do século XXI. Dentro em breve, só haverá sobre Saseno nuvens de poeira. Para os deuses gregos, a estiagem não será problema, tampouco para Rina Durante, que tanto quis rever o lugar. E bem que tentou, mesmo depois do fim da Cortina de Ferro, mas sempre teve o acesso negado por militares ciosos da importância estratégica da ilha.

Alguns anos após a morte de Rina, a escritora e cineasta Caterina Gerardi, de quem era amiga íntima, finalmente obteve autorização para lá desembarcar, acompanhada de uma equipe de filmagem. As imagens captadas resultaram num documentário sobre a infância de Rina.

199 Citado em Caterina Gerardi (2013): *L'Isola di Rina. Ritorno a Saseno. Saseno* No original: “... come una pepita d'oro nel mare azzurro”.

1922: Edição com carimbo sobre selo italiano de 1906, com a efígie do rei Vitório Emanuel III

LIVROS

Davis Abulafia (2011):

The Great Sea: A Human History of the Mediterranean.

Caterina Gerardi (2013):

L'Isola di Rina. Ritorno a Saseno (inclui DVD).

Como uma pepita de ouro no mar azul

RINA DURANTE

PERÍODO:

1921–1944

PAÍS:

TANNU TUVA

POPULAÇÃO: 95.400

ÁREA: 170.500 km²

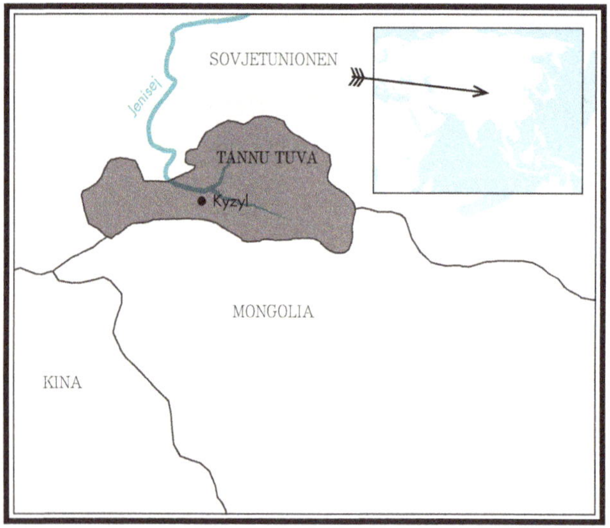

Um país isolado com selos excêntricos

No livro Reise ins Asiatische Tuwa (Viagem pela Tuva asiática)*, de 1931, o austríaco Otto Mänchen-Helfen menciona um aventureiro inglês rico e destemido, uma encarnação de herói de romance de Jules Verne, que viaja pelo mundo com um só objetivo em mente: assentar uma pedra memorial no centro geodésico de todos os continentes com a inscrição "Eu estive no centro deste continente", acrescida da data.*[200] *Podemos imaginá-lo um homem de barba bem aparada, com a pele queimada de sol e cabelos louros desgrenhados, vestindo uma bermuda cáqui surrada com cadarços nas bainhas. Com as mãos pousadas nos quadris, ele observa confiante as planícies cobertas de grama que se estendem até a cordilheira de Altai. Ele já ficou pés na África e nas américas do Norte e do Sul. Agora é a vez da Ásia e a sensação é de que está diante de uma mulher bela e arredia a quem deseja conquistar.*

O centro do continente está situado no topo de uma colina, perto da vila de Saldam, em Tannu Tuva. O memorial que assentou ali foi posteriormente removido e substituído por uma escultura soviética de concreto.

No caos que se seguiu à Revolução Russa, em 1921, Tannu Tuva proclamou-se uma república independente, tendo o monge la-

200 Otto Mänchen-Helfen (1931): *Reise ins asiatische Tuwa*. No original: *"I was here at the center of this continent"*.

maísta Donduk Kuular como primeiro-ministro e o budismo como religião oficial. Apesar das aparências, o país intensificou os laços de amizade com os soviéticos após ingressar no protetorado de Urianghai, na Rússia czarista, uma década antes. A região esteve antes sob o jugo dos turcos, chineses e mongóis. A área era equivalente ao Reino Unido e, além das planícies cobertas de pasto, possuía trechos florestais esporádicos ao longo dos riachos que se unem para formar o grande rio Ienissei. Os habitantes eram sobretudo nômades, com forte inclinação ao xamanismo. Eles perambulavam com seus rebanhos de camelos, ovelhas e iaques de pelo comprido, e se abrigavam em *iurtes*.

Um iurte é uma cabana espaçosa que pode ser facilmente desmontada e transportada no lombo de um camelo, e há três mil anos vem sendo construída da mesma maneira. A estrutura consiste num único conjunto de ripas em forma de treliça que perfazem uma parede circular de teto abaulado e terminação em formato de cone. A forração é de camadas espessas de feltro de lã suficientes para repelir tanto a chuva quanto o frio. O interior é mobiliado com bancos concêntricos ao redor de uma lareira, onde são preparadas as refeições à base de carne e laticínios. À noite, costuma-se comer rolinhos chamados de *tsampa* acompanhados de chá de manteiga sob a luz bruxuleante de velas de cera.

Muitas famílias haviam desistido da vida nômade em troca de um bom salário nas minas nos arredores da capital, Quizil. Com isso, centenas de iurtes passaram a despontar na paisagem de encostas gramadas ao norte da cidade, muitos deles decorados com cores vivas, padrões geométricos e imagens de leões, tigres, águias e dragões — um contraste e tanto diante das estoicas edificações de madeira nua, habitadas quase na sua totalidade por imigrantes russos.

Em 1944, Tannu Tuva foi anexada a uma União Soviética em rápida expansão e perdeu sua independência para sempre. Exatamente como se deu a anexação é um processo pouco claro, mas o pretexto só pode ter sido os recursos naturais recém-descobertos, principalmente o urânio. Convém lembrar que a era atômica estava despontando no horizonte.

Otto Mänchen-Helfen foi um dos poucos europeus ocidentais a visitar o Estado independente de Tannu Tuva. Desde 1929, ele vinha enfrentando dificuldades para obter um visto de entrada: "Percorri um sem-número de agências e escritórios, obtive atestados, carimbos, assinaturas e confirmações, preenchi formulários com mais de uma centena de perguntas, incluindo o que estava fazendo no ano de 1917 e por quê".[201]

Após a anexação soviética, as fronteiras foram completamente fechadas. A Guerra Fria estava em curso e os norte-americanos tinham certeza de que um grande complexo de desenvolvimento e produção de armas nucleares — uma espécie de contraparte a Los Alamos, nos EUA — estava para ser inaugurado nos arredores de Quizil.

No lado oposto do globo, o cientista Richard Feynmann, recém-agraciado com o Nobel de Física, está obcecado com a ideia de visitar Tannu Tuva, uma obsessão que, às vezes, beira o patológico. Após repetidas tentativas frustradas, em 1991 ele escreve o livro *Tuva or Bust!* (*Ou Tuva ou nada!*, em tradução livre). A se lhe dar o devido crédito — *noblesse oblige* —, não são razões profissionais que o motivam, mas um fascínio genuíno

201 Ibid. No original: "Das brachte ich alles vor, lief zu tausend Stellen und Aemtern, erhielt Bescheinigungen, Stempel, Unterschriften, Bestätigungen, füllte die hundert Rubriken der Frageboden aus ("Was haben Sie im Jahre 1917 gemacht und warum?") und erhielt endlich das russische Visum zur Ausreise nach Tuwa".

pelo peculiar canto gutural difônico de Tuva e, mais ainda, pelos selos do país.

Com efeito, os selos de Tannu Tuva merecem um lugar à parte. O primeiro deles foi impresso em 1926, com ilustrações da roda da vida budista e números e texto no alfabeto hudum – nada exatamente muito original. Porém uma série de edições surpreendentemente modernas surge em seguida, em formatos triangulares ou losângicos, trazendo ilustrações exuberantes de camelos, gazelas, ursos, iaques, corrida de cavalos e caça e luta greco-romana. Acredita-se que a inspiração tenha vindo da colecionadora de selos húngara Bela Sekula, mais conhecida por falsificar selos etíopes valiosíssimos.[202]

Os selos vêm com a inscrição "Postage Tuva" em caracteres romanos, algo corriqueiro em emissões europeias. Não resta dúvidas de que a maioria foi vendida diretamente a filatelistas sem nem mesmo passar pelo país. Todos são desenhados em Moscou, impressos em Moscou e até carimbados em Moscou, muitas vezes ignorando a própria realidade tuviana. Há selos com dirigíveis sobrevoando as estepes e camelos correndo ao lado de trens, entre outros. Tannu Tuva jamais recebeu a visita de um dirigível e nunca teve sequer um metro de linha férrea em operação.

Os selos que guardam alguma verossimilhança com a realidade local costumam ser imagens inspiradas nas fotografias feitas por Otto Mänchen-Helfen. A edição com o condutor de camelos foi obviamente extraída do seu livro. Embora o tráfego postal em Tannu Tuva fosse uma atividade ancilar, aposto que

202 Samuel M Blekhman (1997): *The Postal History and Stamps of Tuva.*

meu exemplar passou de fato pelo país. Não apenas devido ao carimbo, mas também por estar rasgado e esmaecido o bastante para ter saído do álbum de um colecionador, por mais relapso que fosse.

Hoje, Tannu Tuva é uma república satélite da Federação Russa. A população é de pouco mais de trezentos mil habitantes, dois terços dos quais são tuvianos étnicos. Muitos ainda vivem como nômades, enquanto os russos operam a mineração e a agricultura convencional.

O norueguês Johnny Haglund fez um périplo pela região no início dos anos 2000 e afirma que os vilarejos construídos durante a época de Stálin não veem o ar da graça de uma pá ou de um martelo desde então. Prédios, estradas, linhas elétricas e abastecimento de água e esgoto estavam inoperantes ou em condições precaríssimas, mas as aldeias continuavam habitadas, e as pessoas continuavam bebendo seu chá de manteiga e consultando xamãs. Estes haviam aposentado suas sandálias rituais com solas de asbesto, também conhecido como *lã de rocha*, e já não mais dançavam sobre a brasa ardente, mas a purificação de espíritos ia de vento em popa. Haglund, a quem advertiram para não sair de casa depois que a noite caísse, não obedeceu aos avisos e deparou com dois xamãs munidos de tambores e chicotes. Eles insistiram que ele precisava ser purificado e lhe fizeram o serviço completo, obedecendo ao princípio de "combater o mal com o próprio mal".[203]

203 Johnny Haglund (2003): *Forunderlige steder.*

1936: Ilustração com criador de camelo, baseada em foto do livro de Otto Mänchen-Helfen, Viagem pela Tuva asiática

LIVROS

Otto Mänchen-Helfen (1931):

Reise ins asiatische Tuwa (*Viagem pela Tuva asiática*).

Richard Feynmann & Ralph Leighton (1991):

Tuva or Bust! (inclui CD de canto gutural).

RECEITA

Chá de manteiga (5 porções)

100g de folhas de chá

1 litro de água

200g de manteiga (de preferência de iaque)

sal

Misture as folhas de chá na água e deixe ferver durante doze horas, retirando a espuma e acrescentando mais água conforme necessário. Verta a mistura num recipiente hermético com a manteiga e um pouco de sal e agite. A consistência deve ser oleosa e grossa. Sirva numa caneca de cerâmica.

Tsampa (5 porções)

Chá de manteiga

Farinha de cevada

Toste a farinha sob fogo baixo numa frigideira. Despeje o chá de manteiga numa vasilha e acrescente a farinha tostada para dar forma a rolinhos. Acrescente mais chá até os rolinhos ficarem úmidos e levemente pegajosos. Deguste acompanhando o chá de manteiga.

PERÍODO:

1923–1956

PAÍS:

ZONA INTERNACIONAL DE TÂNGER

POPULAÇÃO:

150.000

ÁREA:

373 km²

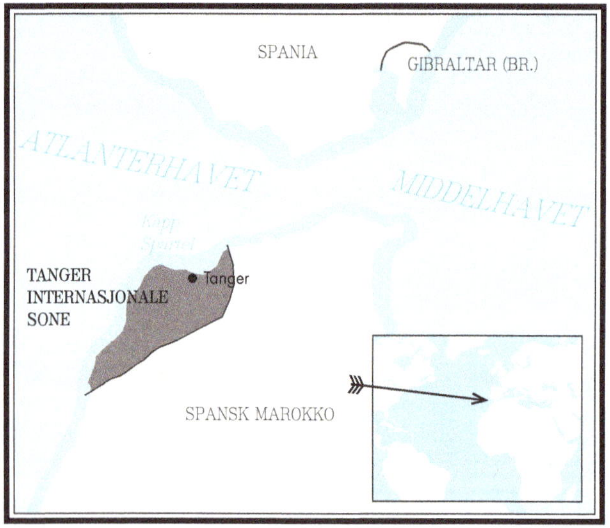

Uma Sodoma contemporânea

O farol do cabo Espartel situa-se no topo de um penhasco, trezentos metros acima das fortes ondas do Atlântico. A torre quadrada, construída inteira em alvenaria, acompanha o estilo mourisco inclusive nos arabescos. As paredes exteriores são amarelas e o metal da lanterna está coberto por uma pátina esverdeada. O farol foi concluído em 1864 e resulta de um acordo celebrado entre os Estados Unidos e países europeus de grande tradição náutica — incluindo Grã-Bretanha, Espanha, França e até Suécia. A manutenção e operação do equipamento estariam assim asseguradas para sempre.

Mais a norte se pode divisar a Espanha continental e Gibraltar, marcando a entrada do Mediterrâneo. Olhando em volta, o que vê é uma região que, até alguns milhares de anos atrás, era inteiramente tomada pela vegetação e servia de pastagem para numerosos rebanhos de elefantes. No início do século XX, a paisagem já era dourada e erma, com sinais de desertificação por toda parte. A oeste está a cidade de Tânger, com suas casas brancas, empilhadas como caixas de sapatos, nas encostas ao redor do porto. À distância é impossível saber ao certo o que transcorre ali, mas a reação tanto dos moradores como dos camponeses dos arredores da *Zona Internacional de Tânger* não foi positiva. Para eles, o lugar era comparável a Sodoma, um antro de pecado, a materialização da ira de Alá.

Várias nações estavam de olho naquele encrave estratégico, inclusive os britânicos, que já detinham o controle de Gibraltar.

Uma vez que o imperador alemão Guilherme II passou a cortejar o xarife de Tânger, elas resolveram agir temendo que o livre acesso ao Mediterrâneo estivesse em risco.

A vitória na Primeira Guerra Mundial bem que tranquilizou os ânimos, mas não bastou para impedir o surgimento da *Zona Internacional de Tânger*, estabelecida formalmente em 1923, mediante acordo entre o sultão do Marrocos e os mesmos países que tomaram para si a responsabilidade de cuidar do farol. A zona incluía a cidade de Tânger e seus arredores e era inteiramente desmilitarizada. A administração coube a diplomatas das potências signatárias em conjunto com delegados locais, e se baseava no princípio da mínima presença estatal. Qualquer forma de regulamentação financeira estava fora de questão, bem como termos burocráticos como tributação e desembaraço aduaneiro. Da mesma forma, toda intervenção que evocasse princípios como seguridade social, assistência à saúde e combate à pobreza estava descartada *a priori*. O judiciário estava nas mãos de quatro juízes internacionais, mas os casos precisavam ser de extrema gravidade para serem levados aos tribunais.

A zona não tinha um correio próprio, mas três sistemas postais paralelos — um britânico, um espanhol e um francês — cabendo aos moradores decidir qual deles usar. Os selos espanhóis eram os mais baratos. Os britânicos, os mais caros, porém mais confiáveis. Já os franceses eram, sem dúvida, os mais artísticos.[204]

Os selos britânicos eram edições antigas com efígies austeras do rei Eduardo VIII e de outros monarcas, sobrepostas com o carimbo *Tangier*. As edições francesas seguiam a estética dos selos do Marrocos colonial. O meu é desenhado por Luc-Olivier Merson, e o carimbo esconde parcialmente uma mulher berbere sentada à direita, olhando de soslaio para quem a vê. Com braços robustos e vestindo algo que parece ser uma armadura, ela está preparada para trabalhar na colheita.

204 Graham Stuart (1931): *The International City of Tangier.*

O cotidiano local também serviu de inspiração aos espanhóis para resultar em edições muito específicas, como a que traz o retrato anônimo de um mouro. Ele olha por cima do ombro com um semblante desconfiado. Jamais saberemos se foi essa a intenção do designer, mas a imagem simboliza melhor que qualquer outra a atmosfera vigente, pelo menos entre a população local. Um de cada três dos quase cem mil residentes estava envolvido em negócios obscuros,[205] os mais comuns sendo contrabando, lavagem de dinheiro e tráfico internacional de armas. Para gerenciá-los e cuidar do fluxo de caixa, não faltavam uma invejável rede de bancos e milhares de caixas postais.

Par a par com o liberalismo econômico, a cultura também era liberal. Caravanas de camelos carregadas de ópio e haxixe desciam regularmente das montanhas Rif, no sul, e o centro da cidade logo foi tomado por mais de trinta bordéis para todos os gostos, heterossexuais e homossexuais. A prostituição geralmente envolvia crianças.

Fica explicado por que a *Zona Internacional de Tânger* atraía uma gama diversificada de personagens em busca não só de ganhos financeiros, muitos dos quais também eram réus condenados à prisão em seus países de origem por assassinatos, falências, crimes de guerra, evasão do serviço militar ou exercício de atividades políticas proibidas. O resultado era "uma mistura promíscua de nações, línguas e culturas".[206] Como se não bastasse, o lugar transformou-se em destino preferencial de amaluca-

205 Paul Bowles (1958): *The Worlds of Tangier.*

206 Greg Mullins (2002): *Colonial Affairs: Bowles, Burroughs and Chester Write Tangier.* Tangier No original: "a place where nations, languages and cultures could mix promiscuously".

dos, beatniks e milionários excêntricos norte-americanos. Um destes foi o autor Paul Bowles, que adquiriu uma pequena casa na parte alta da cidade velha, a Medina. "Uma caixa de sapatos muito apertada e desconfortável de ponta a ponta", conforme registrou.[207] Mesmo assim, ele caiu de amores por Tânger à primeira vista:

> Cheia de pessoas em trajes leves e exóticos (...) as ruas sinuosas de Medina, que às vezes desembocam em túneis estreitos sob as casas, às vezes em longas escadarias, são um convite a caminhadas solitárias e meditativas (...) pois todas as ruas terminam numa paisagem natural, de maneira que nosso olhar sempre é surpreendido por um trecho do porto com os navios, pela crista das montanhas, ou pela infinita linha do horizonte sobre o mar.[208]

Bowles teve a companhia dos colegas Truman Capote, Tennessee Williams, Allen Ginsberg e William Burroughs, que embarcaram numa vida social extravagante financiada por mecenas ricos como Barbara Hutton, herdeira do Grupo Woolworth. Num intervalo entre uma festa e outra, eles escreveram obras que merecidamente viriam a se tornar objeto de culto no futuro. Poucas cidades tiveram mais importância para a literatura norte-americana contemporânea além de Tânger.[209]

207 Paul Bowles (1958): *The Worlds of Tangier*. No original: "A very small and uncomfortable shoe box stood on the end".

208 Ibid. No original: "... its passageways were full of people in bright outlandish costumes (...) the back streets of the Medina, crooked, sometimes leading through short tunnels beneath the houses, sometimes up long flights of stairs, lend themselves to solitary speculative walks (...) at the end of each street there is almost always natural view, so that the eye automatically skims over that which is near at hand to dwell on a vignette of harbour with ships, or mountain ranges, or sea with distant coastline..."

209 Stacey A. Suver (2012): *A Dream of Tangier: Revolution and Identity In Post-War Expatriate Literature.*

A festa terminou de maneira abrupta em 29 de outubro de 1956. O restante do Marrocos havia se tornado independente das potências coloniais. Era evidente que a Zona Internacional de Tânger estava com os dias contados, por mais tolerante que fosse o novo regime islâmico do país vizinho. Os bordéis foram fechados da noite para o dia e o comércio de entorpecentes, proibido. O pouco que se permitiu de extravagância ocidental resumiu-se à fábrica de Coca-Cola, que prontamente doou mil engradados de refrigerantes para os festejos que se seguiram.[210]

Depois disso, Tânger entrou numa fase de industrialização e modernização. A cidade mudou completamente de aparência. Paul Bowles, que ainda não a havia abandonado, enxergou nisso alguma consolação:

> Poucos lugares no mundo devem ter mudado de aparência de maneira tão abrupta nos últimos vinte e cinco anos. (...) Diante da sistemática destruição de tudo que é antigo (os novos prédios europeus são, quase sem exceção, uma ofensa aos olhos, ao passo que os marroquinos estão erguendo coisas ainda piores), é difícil compreender porque Tânger ainda não se transformou num pesadelo estético.[211]

210 Michael K. Walonen (2010): *Lamenting Concrete and Coke: Paul Bowles and Brion Gysin on the Changing Spaces of Postcolonial Morocco.*

211 Paul Bowles (1958): *The Worlds of Tangier*. No original: "There must be few places in the world which have altered visually to such an extent in the past quarter of a century (...) with everything old being systematically destroyed and the new European buildings are almost without exception eyesores, while the ones the Maroccans put up are even worse, how is it that Tangier escapes becoming an aesthetic nightmare".

1936: Edição do correio inglês com Eduardo VIII e carimbo do mesmo ano

1948: Retrato de um mouro ilustrando selo do correio espanhol

1918: Edição do correio francês com carimbo da França Marroquina de 1902

LIVROS

Paul Bowles (1958):

The Worlds of Tangier.

Graham Stuart (1931):

The International City of Tangier.

FILME

Tânger (1946):

Roteiro de Alice D. G. Miller, direção de George Waggner.

Todas as ruas terminam numa paisagem natural, de maneira que nosso olhar sempre é surpreendido por um trecho do porto com os navios, pela crista das montanhas, ou pela infinita linha do horizonte sobre o mar

PAUL BOWLES

PERÍODO:

1938–1939

PAÍS:

HATAY

POPULAÇÃO: 234.379

ÁREA: 4.700 km²

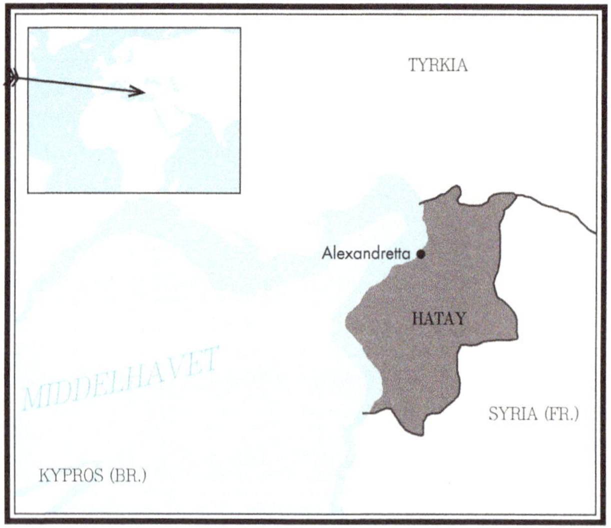

Genocídio e referendo fraudado

Em 15 de setembro de 1915, o ministro do Interior otomano, Talaat Pasha, emitiu uma diretiva para expulsar todos os armênios residentes na Turquia.

> Quem quer que ouse se contrapor a esta ordem será considerado um inimigo do governo. Não importa se são mulheres, crianças ou doentes, por mais cruel que possam parecer os meios, ignorando sentimentalismos e sem dar ouvidos à voz da consciência, é preciso dar cabo da sua existência.[212]

Após séculos de uma exuberante diversidade, um ruidoso movimento nacionalista ganhou corpo na parte turca do Império Otomano, advogando uma limpeza étnica do país.[213] O alvo inicial eram os armênios, um grupo étnico caucasiano cada vez mais populoso. Antes do ano de 1916 chegar ao fim, entre quinhentos mil e um milhão deles seriam mortos num massacre mais tarde conhecido como *Genocídio Armênio*.

A perseguição chegou até Hatay, ao sul, a porta de entrada para a Península Arábica, por onde líderes como Alexandre, o Gran-

212 Jacques Derogy (2017): *Resistance and Revenge: Armenian Assassination of Turkish Leaders Responsible for the 1915 Massacres and Deportations.*

213 Hans-Lukas Kieser (2006): *Turkey Beyond Nationalism: Towards Post-Nationalist Identities.*

de, e Ricardo Coração de Leão marcharam com seus exércitos. A cada incursão, o que ficava para trás era uma terra arrasada, pois as vastas e férteis margens do rio Orontes tinham muito a oferecer, tanto que a população local, uma mistura de sírios, gregos, judeus, curdos e armênios, além de um grande contingente de turcos, aumentava a olhos vistos.

Após a derrota dos otomanos na Primeira Guerra Mundial, França e Inglaterra retalharam o Oriente Médio de acordo com suas conveniências. A base da divisão foi determinada pelo petróleo, considerando reservas e rotas de transporte. Os franceses ficaram com o setor ao norte, incluindo a área de Hatay, a que chamaram Alexandretta em função da cidade portuária de mesmo nome. A República da Turquia, que emergira das ruínas do Império Otomano, não tardou a desafiá-los. Os líderes turcos não eram menos nacionalistas que seus predecessores e, no início da década de 1930, determinaram que a área de Hatay fora da Turquia durante quarenta gerações e deveria voltar a sê-lo.

Para acalmar os ânimos, a Liga das Nações, juntamente com a França e o Reino Unido, elaborou uma constituição para estabelecer um país neutro e independente no lugar.

A República de Hatay — *Hatay Devleti*, em turco — foi proclamada em 4 de julho de 1938. A fim de garantir eleições democráticas, a Liga das Nações enviou emissários para registrar todos os eleitores com idade superior a 21 anos. O representante norueguês, Jonas Lie, era um promotor de Justiça mais conhecido por ser um bom escritor de romances policiais sob o pseudônimo de Max Mauser. Ele acabara de lançar o romance *Fetisj* (*Fetiche*), ambientado nas selvas africanas. A delegação embarcou no Expresso do Oriente em Berlim, e Jonas Lie teve tempo de mergulhar na leitura d'*Os sete pilares da sabedoria*[214], de T. E. Lawrence, cujo tema central incluía também a região para onde se destinavam. Ao chegar, ele foi o responsável por registrar os eleitores das montanhas Amanus:

> A paisagem é exaurida pelo calor opressivo, o sol arde de um céu que há meses não vê nuvens, calcinando e aniquilando tudo o que vive. (...) À frente temos a magnífica planície cercada por montanhas. O Orontes serpenteia preguiçoso em seu leito amarelado e turvo a caminho do Mediterrâneo.[215]

Nas montanhas Amanus há um grupo de aldeias armênias. Durante a destruição causada pelos otomanos na Primeira Guerra Mundial, os habitantes fugiram para o alto da montanha Musa Dagh onde se entrincheiraram por quarenta dias até finalmente serem resgatados pelas forças navais francesas.[216] Agora, vários deles estavam de volta ao local.

O talento de Jonas Lie para o romance policial pode ser percebido nas entrelinhas do texto que escreveu sobre sua reunião com o patriarca armênio Shnork Kalustian na aldeia de Bitas:

> Era um homem alto e espadaúdo, simpático e no seu auge. Seu rosto era forte e marcado pelo tempo. Sofrimento, tristeza e preocupação haviam desenhado

214 Sverre Rødder (1990): *Min ære er troskap: om politiminister Jonas Lie.*

215 Jonas Lie (1940): *I "fred" og ufred.*

216 Franz Werfel (1965): *De førti dagene på Musa Dagh.*

nele sulcos profundos. Sua voz grave tinha um quê de veemente.[217]

Lie perde um bom tempo admirando a vasta biblioteca do patriarca e se deixa impressionar: "Nem *Minha luta*, de Hitler, nem o diário de guerra de Mussolini faltavam na estante do patriarca armênio".[218]

São os turcos étnicos que levam a maioria na Assembleia Nacional e, rapidamente, adotam as leis turcas, a lira turca e o turco como idioma principal. Na Turquia, o presidente Kemal Atatürk já tem nas mãos o rascunho da bandeira nacional e ordena que a república recém-formada emita uma série de selos tendo ele próprio como motivo. A Turquia é um Estado secular, e Atatürk aparece em roupas de estilo europeu com uma discreta gravata borboleta sobre um recatado colarinho. À primeira vista, sua face parece surpreendentemente gentil. Na forma, ele exala democracia, mas, ao mesmo tempo, transmite uma impressão vitrificada e fria.

O resultado da eleição deixa os armênios apavorados. Juntamente com grandes grupos de árabes, gregos, judeus e curdos, muitos fogem por meio das fronteiras sul e leste. O êxodo aumenta depois que um grande contingente de tropas turcas é mobilizado para manter a paz e a ordem.

Com o passar do tempo, surgem provas de que a eleição foi inteiramente viciada pelo uso de falsas listas eleitorais, suborno de cristãos alauítas e exclusão total de árabes e armênios[219], mas nada disso é levado em conta pelos representantes da Liga das Nações e os turcos mantêm a vitória. Meses depois, no mesmo ano, obtêm a vitória noutro referendo, desta vez para se juntar à Turquia para sempre. Com ressalvas, a França aproveita a oportunidade e exige dos Turcos que assinem um compromisso de neutralidade caso uma nova guerra seja deflagrada na Europa.[220] Em 29 de junho de 1939, a Assembleia de Hatay é formalmente dissolvida e o país funde-se com a Turquia, com status de província.

Ao retornar para a Noruega, Jonas Lie abandona a carreira de escritor policial, filia-se à Nasjonal Samling (Assembleia Nacional), o partido nacional-socialista e, mais tarde, torna-se ministro do gabinete de Vidkun Quisling, na Noruega ocupada.

Na província de Hatay, severas restrições foram impostas para fortalecer a posição da cultura e da língua turcas. Durante muito tempo, o turco era o idioma obrigatório mesmo em conversas privadas. As regras abrandaram ao longo dos anos, mas o turco ainda é o único idioma adotado nas escolas.

---

217 Jonas Lie (1940): *I "fred" og ufred.*

218 Ibid.

219 Robert D. Kaplan (1998): *Verdens ender: En reise ved inngangen til det tjueførste århundre.*

220 Ewan W. Anderson (2014): *Global Geopolitical Flashpoints: An Atlas of Conflict.*

1939: Edição com carimbo turco de 1931 trazendo
o rosto do presidente Kemal Atatürk

LIVROS

Franz Werfel (1965):

De førti dagene på Musa Dagh (*Quarenta dias em Musa Dagh*).

Jonas Lie (1940):

I "fred" og ufred (*Em "paz" e guerra*).

A paisagem é exaurida pelo calor opressivo, o sol arde de um céu que há meses não vê nuvens, calcinando e aniquilando tudo o que vive

JONAS LIE

PERÍODO:

1940–1945

PAÍS:

ILHAS DO CANAL

POPULAÇÃO:

66.000

ÁREA:

194 km²

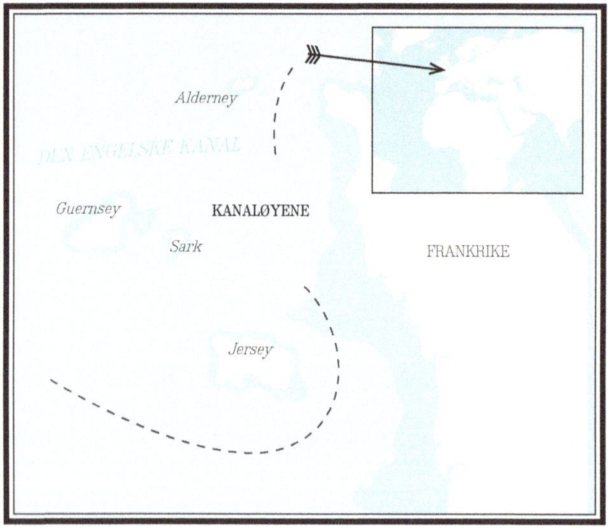

Sabotagem com selos

Na visão dos paraquedistas alemães que saltaram sobre elas em meio a nuvens de tempestade no verão de 1940, as Ilhas do Canal devem ter despontado como uma sucessão de pontinhos verdes salpicados aleatoriamente sobre o mar azul. À medida que desciam, o amarronzado nas franjas externas ia delimitando o alcance da maré. Aos poucos, ficava evidente que a principal atividade econômica ali era a agricultura. Com aquelas encostas levemente inclinadas, sem montanhas ou florestas por perto, não poderia ser diferente. Por fim surgiram as enseadas, perfeitas para embarcações de baixo calado, abrigando as aldeias caiadas de branco e o porto com suas docas e quebra-mar.

Julia Tremayne vive na ilha de Sark, localizada no centro do arquipélago, a poucos quilômetros da costa francesa. Em 3 de julho de 1940, ela resumiu os eventos recentes em seu diário:

> Todos dizem que eles parecem muito simpáticos e, se obedecermos às regras, as coisas serão praticamente como antes. Podemos frequentar a igreja e a capela, mas ninguém tem autorização sair depois das onze da noite, destilados não podem ser vendidos nos hotéis, apenas cerveja, todas as armas tiveram que ser rendidas e não podemos cantar nosso hino nacional. (...) O pior de tudo é a suástica tremulando sobre Bel Air.

Quem diria que passaríamos por isso na nossa linda ilha que tanto amei durante quase quarenta anos.[221]

Após centenas de anos sendo devastadas por vikings e duques normandos, as Ilhas do Canal (ou Ilhas Anglo-Normandas) passaram ao domínio da coroa britânica no século XIII. Ainda assim, mantendo certa independência com dois distritos, chamados *bailiwicks*, cada um governado por um oficial (*bailiff*) apontado pelos britânicos. Ao sul ficava Jersey, assim chamado em alusão à maior ilha do arquipélago, e, ao norte, Guernsey, mesmo nome da segunda maior ilha.

No início da Segunda Guerra Mundial, 92 mil pessoas viviam nas Ilhas do Canal. Depois que recuaram do continente europeu, os britânicos decidiram que o arquipélago não teria mais relevância estratégica. Em junho de 1940, uma operação naval maciça evacuou para a Inglaterra cerca de um quarto da população, a maioria crianças, garotos e jovens com idade suficiente para se alistar.

Os alemães também não davam tanta importância estratégica às ilhas. Para Hitler, era só uma questão de propaganda, pois seria a primeira ocupação nazista de um território inglês. Assim sendo, tudo correu pacificamente e nenhum tiro foi disparado. Os alemães não interferiram em nada além do que o necessário. Além das restrições à venda de bebidas, o fuso horário foi alterado de *Horário de Greenwich* para *Horário da Europa Central* e a mão das vias passou da esquerda para a direita. Além disso, começaram a ser construídos bunkers e túneis que integrariam a chamada *Muralha do Atlântico*, uma linha costeira formada por centenas de fortalezas que se estenderia desde o sul da Espanha ao norte da Noruega. O trabalho foi realizado por prisioneiros de guerra da Europa Oriental e do norte da África, concentrados em grandes acampamentos.

Os alemães se sentiram seguros. A maioria dos jovens abandonara as ilhas, e o relevo plano era fácil de ser patrulhado e péssimo para um combate de resistência. O maior problema eram os Vs pintados nas paredes e postes na calada da noite. Para combatê-lo, os invasores apelaram a informantes colando cartazes em todos os edifícios públicos:

> Será oferecida uma recompensa a quem quer que forneça informações sobre pessoas culpadas de escrever em espaços públicos a letra V ou qualquer outro símbolo com intuito de depreciar as autoridades alemãs.[222]

Como em qualquer outro lugar, as autoridades alemãs começaram a produzir selos. A fim de não provocar os locais desnecessariamente, deixaram de lado obviedades como retratos de Hindenburg, *Mutter Germania* ou até do próprio Hitler. Em vez disso, recorreram a designers locais.

Em Guernsey, Edward William Vaudin foi comissionado para a tarefa. O homem devia ser um patriota. Aproveitou a oportunidade e pôs em prática uma espécie de resistência particular, em pequena escala. Se ampliarmos o selo, podemos

221 Simon Hamon (2015): *Channel Islands Invaded: The German Attack on the British Islands in 1940 Told Through Eye-Witness Accounts, Newspaper Reports, Parliamentary Debates, Memoirs and Diaries*. No original: "Everybody says they seem very nice and if we keep to all the rules laid down, things will go on much as usual. No one must be out after 11pm, no spirits sold in hotels, only beer, all guns to be given up, the national anthem is not to be sung. We can go to church or chapel. German money is to be used, and worst of all the swastika is flying over Bel Air. Who would have thought we would have lived to see that in this beautiful little Island that I have loved for nearly forty years".

222 Robert Fisher (2013): *German Occupation of British Channel Islands*. No original: "A reward will be given to any person giving information about anyone who marks on any visible place the letter V or any other words or signs calculated to offend the German Authorities".

reparar quatro microscópicos *Vs* em cada um dos cantos — tão pequenos que os alemães ou não deram por eles ou preferiram ignorá-los. Não se sabe se os demais moradores estavam cientes da sabotagem, pois o design, a qualidade do papel e a perfuração eram tão grosseiros que não favoreciam essa percepção.

A maior provocação, no entanto, estava na ilustração principal com os três leões. Os alemães presumiram que se tratava do brasão pessoal do *bailiff* local e a deixaram passar. Na realidade, era uma cópia do brasão de armas do rei Jorge VI, uma herança monárquica que remonta aos tempos de Ricardo Coração de Leão.

Em Jersey, o designer Edmund Blampied executou um trabalho ainda mais enigmático sob ordens do *Feldkommandant*, coronel Friedriech Knackfuss. A encomenda era uma série de selos com paisagens locais. A ilustração de coletores de algas no valor nominal de 3 *pennies* encimava um V invertido e continha alguns floreios que poderiam ser associados às iniciais GR de *Gregorius Rex*, mais uma vez uma alusão ao rei Jorge (*George* em inglês).

Em sua casa, em Sark, Julia Tremayne segue anotando suas impressões sobre a ilha, onde várias residências particulares já abrigavam soldados do numeroso contingente alemão: "Creio que os alemães estão se refestelando com a ótima manteiga de Sark, carnes de reses recém-abatidas, pão caseiro e leite à farta. Suas despensas estão bem abastecidas".[223]

223 Simon Hamon (2015): *Channel Islands Invaded: The German Attack on the British Islands in 1940 Told Through Eye-Witness Accounts, Newspaper Reports, Parliamentary Debates, Memoirs and Diaries*. No original: "I expect the German troops are reveling in the luxury — plenty of good Sark butter, home-killed meat, home-made bread, gallons of milk and the shops well-stocked".

Durante muitos anos, Sibyl Mary Hathaway, *Dame of Sark*, fez da ilha uma espécie de feudo particular. Maior autoridade nobiliárquica ali, não tolerava pessoas bêbadas e banira o álcool havia décadas. Ao mesmo tempo, tentava transformar o lugar num destino turístico de luxo e, por isso, proibiu o uso de veículos barulhentos. Os percursos eram feitos a pé ou, no caso de emergências, no lombo de cavalos ou em carruagens. Em geral, os alemães acataram de bom grado suas normas. Quando visitavam *Dame* Sibyl, inclinavam o corpo, beijavam sua mão e meneavam a cabeça ao se despedir. Ela ficava satisfeita, sobretudo porque vários oficiais alemães tinham ascendência nobre. Nunca na história das ilhas as normas de etiqueta foram tão observadas.

No Dia D, 6 de junho de 1944, as forças aliadas passaram ao largo das Ilhas do Canal com destino ao continente europeu. À medida que avançavam para a França, o arquipélago ficava cada vez mais isolado. As linhas de suprimento de alimentos e outros bens do continente haviam sido rompidas. Mesmo tendo adotado um severo racionamento de comida, tanto ilhéus como soldados alemães passaram meses de privações, fome e angústia.

As Ilhas do Canal só foram libertadas depois do fim das hostilidades na Europa; Sark, apenas em 10 de maio de 1945. Quando os moradores evacuados retornaram às ilhas, a partir do final do verão, a vida estava de pernas para o ar. As propriedades estavam completamente arrasadas. Até a fala das crianças era outra. Haviam perdido o antigo sotaque local.

Pouco a pouco, as coisas foram entrando na normalidade. Entre as ruínas das fortificações alemãs, a indústria do turismo alcançou novos patamares, enquanto as ilhas se consolidaram como um paraíso fiscal em moldes caribenhos. Em Sark, uma pequena frota de tratores foi autorizada a trafegar, a despeito do ruído elevado dos motores.

1941: Edição local de Guernsey com brasão de armas do Rei Jorge VI

1943: Edição local de Jersey com coletores de algas

LIVROS

Simon Hamon (2015):

Channel Islands Invaded: The German Attack on the British Islands in 1940 Told.

Through Eye-Witness Accounts, Newspaper Reports, Parliamentary Debates, Memoirs and Diaries.

O pior de tudo é a suástica tremulando sobre Bel Air. Quem diria que passaríamos por isso na nossa linda ilha que tanto amei durante quase quarenta anos

JULIA TREMAYNE

PERÍODO:

1944

PAÍS:

ILHAS SHETLAND DO SUL

POPULAÇÃO:

Sem residentes fixos

ÁREA:

3.687 km^2

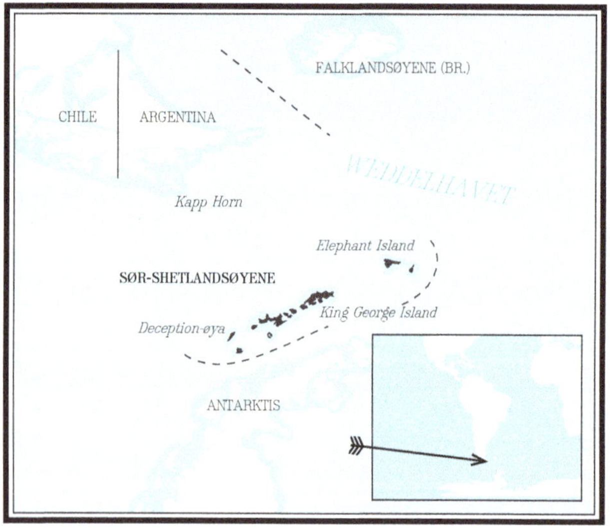

Pinguins assando no forno

De início, a cena que me vem à cabeça é o clássico desenho animado da Disney em que os brinquedos fazem fila para serem pintados por gnomos zelosos na fábrica do Papai Noel. Nas Ilhas Shetland do Sul, não há brinquedos, mas pinguins de verdade, vestindo seus trajes de gala, sempre empertigados, barulhentos e curiosos. Estão enfileirados não para serem pintados por gnomos, infelizmente, mas para servir de combustível na enorme refinaria de óleo na ilha Decepção. Eles são agarrados pela pontinha das asas e atirados ao fogo. Seus corpos ricos em gordura são o combustível ideal, na falta de outro, para abastecer as chamas.

Se o critério for o derramamento de sangue, nenhuma outra região abordada neste livro supera as Shetland do Sul. Além dos pinguins, uma quantidade incomensurável de focas e baleias foi capturada e abatida até a década de 1960 para servir de matéria-prima para óleo, margarina e ração. Uma única baleia-azul tem dez mil litros de sangue, o equivalente a duas mil pessoas. Dito de outra maneira: o mesmo que todas as baixas das forças militares norueguesas durante a Segunda Guerra Mundial.

Ainda na temporada de caça de 1914-15, 1.800 baleias-azuis foram arrastadas para a terra nas Shetland do Sul.[224] O número dobrou até 1930 e passou a incluir outras espécies como baleias-comuns, jubartes e cachalotes.

224 Dan Bortolotti (2008): *Wild Blue: A Natural History of the World's Largest Animal.*

As Ilhas Shetland do Sul estão a cem quilômetros de distância do continente antártico e são um prolongamento da cordilheira dos Andes, ao norte. O arquipélago abrange uma dúzia de ilhas maiores e várias de menor porte, perfazendo uma área total inferior a quatro mil quilômetros quadrados. Apesar de a maior parte ser coberta por geleiras permanentes e as águas ao redor congelarem durante o inverno, há vida em abundância na região, inclusive em terra. Durante o verão, centenas de espécies de líquenes tingem as montanhas de laranja, amarelo e vermelho-ferrugem, e os penhascos ficam apinhados de gaivotas, petréis e painhos.

Foi a grande quantidade de leões-marinhos que primeiramente atraiu caçadores britânicos às ilhas, na década de 1820. Mais tarde, vieram os baleeiros, e foi exatamente a caça à baleia que levou o governo norueguês a pedir esclarecimentos sobre a situação legal do arquipélago após a dissolução da união com a Suécia, em 1905. Até então, a Antártica era considerada *terra nullius*. A Noruega, de início, pediu arrego a sua irmã mais velha, a Inglaterra. Após conferências internas, durante as quais os velhos hábitos coloniais falaram mais alto, os ingleses responderam que as ilhas deviam ser consideradas território britânico, mas, como não estavam particularmente interessados em reclamar a posse do arquipélago diante das demais nações, deram carta branca para que os baleeiros noruegueses continuassem a matança.

Um certo Axel F. Mathiesen registra *in loco* enormes grupos de baleias exalando pelos espiráculos: "Sopros congelados! Quão maravilhoso é estar em harmonia com a natureza selvagem coberta de branco".[225]

225 *Aftenposten*, 30 de julho de 1919.

Depois que a cota de baleias abatidas é preenchida e as carcaças são amarradas a reboque, o navio adentra o arquipélago pela ilha Decepção, ao sul. Embora não seja uma das maiores das Shetland do Sul, sedia o melhor porto do arquipélago. Sua origem é um vulcão cuja cratera foi inundada e está conectada ao mar por um pequeno canal, porém largo o bastante para permitir o trânsito de navios de maior porte. No interior fica a baía com seus mais de trinta quilômetros quadrados, bem protegida e dotada de docas de primeira classe. A muralha negro-acinzentada das escarpas se projeta por quase quinhentos metros de altura. Fumaça e vapor d'água estão sempre visíveis, e a brisa recende a um leve cheiro de enxofre.

Quando *Hektor*, a primeira fábrica norueguesa, começou a operar em Decepção, em 1913, as praias já estavam amontoadas de esqueletos de baleias — caveiras, vértebras e costelas. O branco dos ossos, polidos pelo mar e pelas aves marinhas, chegava a refletir o brilho do sol. A fábrica foi instalada sobre uma planície arenosa ao sul da baía, não muito longe de uma grande colônia de pinguins. Tinha alojamentos, galpões, uma pocilga, oficinas e o respectivo maquinário. No alto de uma colina nos arredores, sobre o telhado de uma casinha vermelha, estava permanentemente hasteada a *Union Jack*, a bandeira britânica. A residência era ocupada por um inspetor britânico durante toda a temporada de pesca, de novembro ao final de fevereiro.

Trabalhavam na fábrica nada menos que dois mil operários. As carcaças de baleias eram fatiadas grosseiramente na doca de descarga próxima à praia. Os ossos eram descarnados e a gordura fervida até se transformar em óleo. Os empregados ficavam imersos numa água sanguinolenta e mal conseguiam parar em pé sobre o sebo escorregadio. O fedor acre e intenso entranhava-se em tudo e em todos.

No conforto do lar, na Noruega, os armadores preocupavam-se apenas em contar o dinheiro, uma situação que só vai mudar à medida que o preço do óleo de baleia gradualmente começar a cair durante a Grande Depressão, no início da década de 1930. O ano de 1931 marca o fim das operações da Estação Baleeira Hektor, que é fechada e abandonada.

Alguns anos depois, o aviador norueguês Bernt Balchen fez escala na ilha para tomar parte numa das muitas expedições aéreas do norte-americano Richard E. Byrds à Antártica. O local estava deserto, mas a maioria dos edifícios estava intacta, e o hospital poderia ser reativado a qualquer momento, pois todo o equipamento fora literalmente embebido em gordura. Em contrapartida, Balchen descobriu que quase todas as mesas de operação e leitos haviam sido emporcalhados com fezes humanas.[226] É provável que tenha sido um protesto contra a caça às baleias feito por ingleses, chilenos ou argentinos, que acorriam às ilhas com mais frequência. A disputa pela soberania do arquipélago se acirrara depois que expedições descobriram reservas de petróleo, carvão e cobre nos arredores.

O Chile fez o primeiro movimento na luta pela soberania, em 1940, seguido pela Argentina, em 1942. No começo, tudo transcorreu com civilidade. Os chilenos recorrem a proclamações, enquanto os argentinos vão até Decepção e depositam no solo da ilha um cilindro de metal com uma reivindicação formal sobre todo o território das Shetland do Sul. O cilindro é capturado pelos britânicos e devolvido aos proprietários. Os argentinos respondem hasteando a bandeira argentina na ilha.

Neste ínterim, a Segunda Guerra Mundial incendeia o mundo e os britânicos temem que os argentinos, amigos da Alemanha, permitam a instalação de uma base nazista ali.[227] A localização estratégica perto do cabo Horn permite controlar o acesso tanto ao Atlântico Sul como ao Pacífico. Assim, são os próprios britânicos quem estacionam forças militares em várias das ilhas na chamada *Operação Tabarin*, em 1944, e emitem selos para divulgar o feito. A base é uma emissão anterior das Ilhas Falklands (Malvinas) exibindo o retrato do rei Jorge VI e uma série de motivos antárticos. Minha cópia traz o navio de pesquisa *William Scoresby*, empregado ativamente na Operação Tabarin.

Após a guerra, os britânicos continuaram a patrulhar o território e a remover sistematicamente quaisquer vestígios da passagem de argentinos e chilenos. Ao reivindicar a soberania das ilhas, os britânicos argumentaram que, desde 1820, vêm aportando ali para caçar leões-marinhos. Tudo mudou quando cientistas chilenos anunciaram ter encontrado pontas de flechas que, aparentemente, atestavam visitas anteriores de povos indígenas do continente sul-americano. A descoberta se provou uma fraude: as flechas haviam sido introduzidas posteriormente.[228]

O Tratado da Antártica, assinado em 1.º de dezembro de 1959 pelos doze países com atividade no continente, assegura o usufruto perpétuo e universal não apenas das ilhas, mas de todo o território antártico, desde que para fins pacíficos. Tanto Argentina quanto Chile e Reino Unido são signatários, mas, mesmo assim, mantiveram suas reivindicações territoriais sobre as Ilhas Shetland do Sul.

226 Leo Oterhals (2000): *Hvite horisonter.*

227 Erland Kolding Nielsen, Arild Hvidtfeldt, Axel Andersen, Tim Greve (1982): *Australia, Oceania og Antarktis.*

228 Ruben Stehberg e Liliana Nilo (1983): *Procedência antérctica inexacta de dos puntas de proyéctil.*

Com o passar do tempo, o arquipélago passou a sediar estações de pesquisa de diversos países, sobretudo na Ilha do Rei Jorge. Decepção chegou a ser habitada até 1969, quando uma grande erupção vulcânica interrompeu as atividades. Mesmo deserta desde então, é um destino turístico crescente de navios que transitam pela Antártica. A maioria das casas pegou fogo ou foi soterrada pela lava, mas os enormes tanques enferrujados nas colinas ao sul são como elmos de cavaleiros gigantes que outrora perseguiam as baleias.

1944: Edição com carimbo sobre selo das Falkland (Malvinas) exibindo o navio de pesquisas William Scoresby

LIVROS

Peter J. Beck & Clive H. Schofield (1994):
Who Owns Antarctica: Governing and Managing the Last Continent.

Sopros congelados! Quão maravilhoso é estar em harmonia com a natureza selvagem coberta de branco

AXEL. F. MATHIESEN

1945 ~a~ 1975

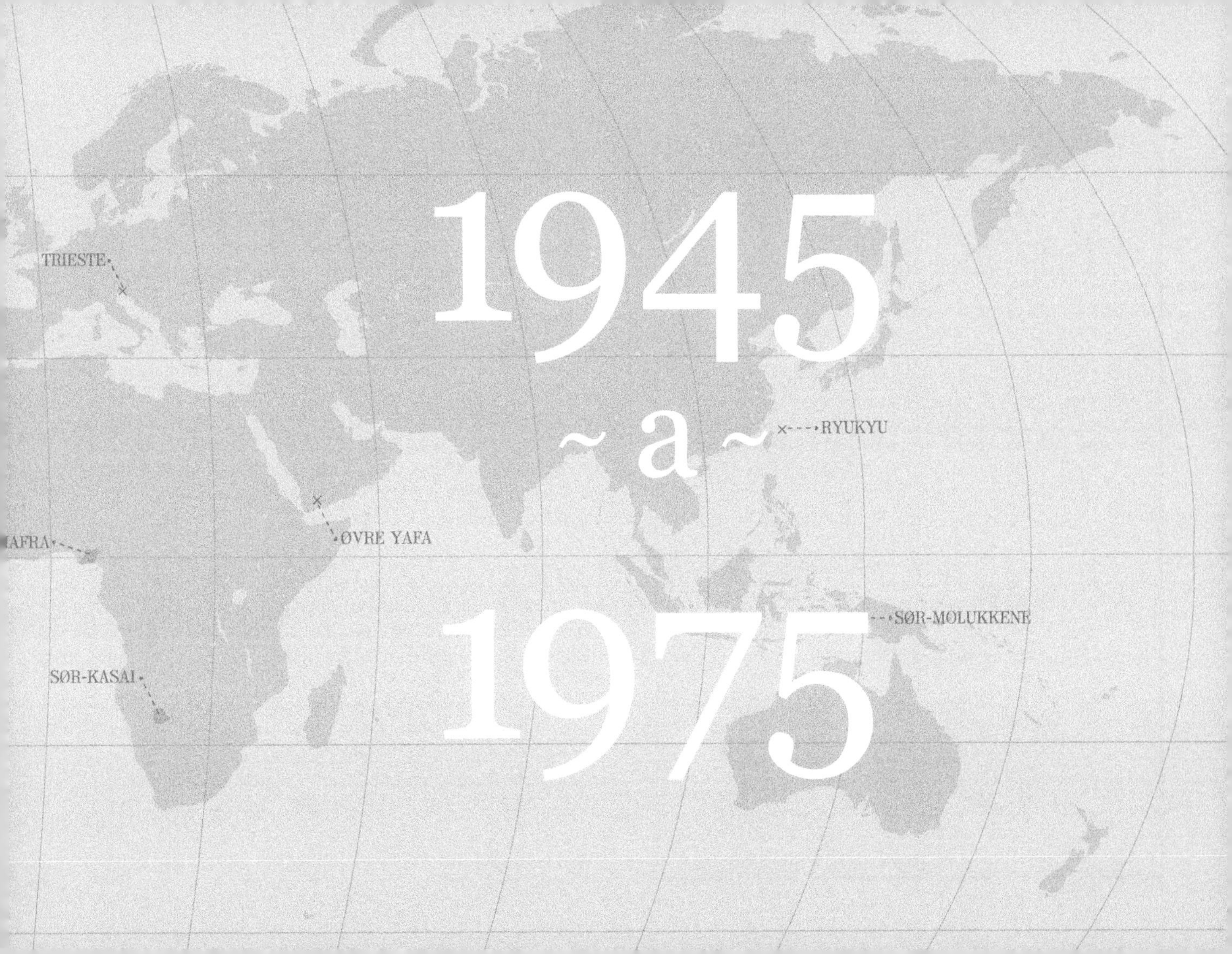

PERÍODO:

1947–1954

PAÍS:

TRIESTE

POPULAÇÃO: 330.000

ÁREA: 738 km²

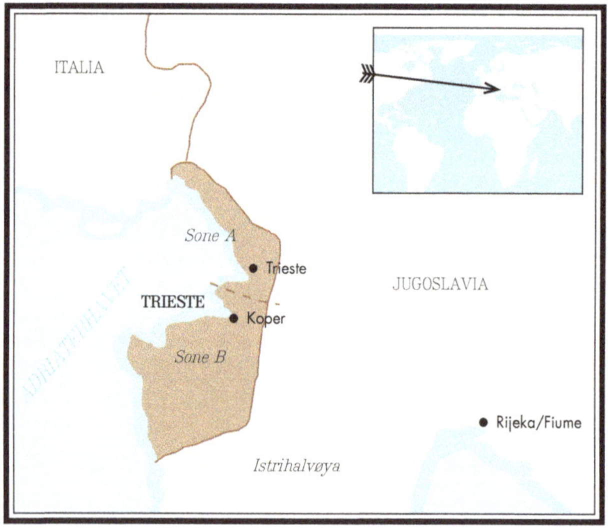

Uma encruzilhada nos caminhos da História

Nicole, a protagonista do drama erótico La ragazza di Trieste (A garota de Trieste)[229] *sofre de esquizofrenia e parece a própria encarnação da cidade onde vive. Trieste, encravada numa baía no coração do Adriático, sempre foi um lugar de contradições internas incontornáveis, cuja essência é difícil de definir. A exemplo de Danzig, no Báltico, e Hatay, no Mediterrâneo, a cidade encontra-se numa encruzilhada — nem mais, nem menos — por onde bandidos e mocinhos fluíram ao longo dos tempos, ora avançando, ora retrocedendo. É quase como se Trieste nos permitisse empiricamente chegar à seguinte conclusão: se você quer uma vida sossegada, vá morar numa península ou em algum lugar no interior; seja como for, só não queira viver às margens de uma baía!*

Trieste foi fundada pelos romanos no século II, devastada pelos hunos após a queda do Império Romano, em seguida administrada alternadamente por bizantinos, carolíngios e venezianos. Depois, pela Áustria e pela Hungria. Napoleão Bonaparte também deixou sua marca, e a Itália finalmente assumiu o controle da cidade após a Primeira Guerra Mundial. As mudanças bruscas permitiram o florescimento de uma miríade de culturas e de uma diversidade populacional poucas vezes vista. Sendo a maior parte composta por italianos, a cidade reúne influências croatas, eslovenas e de um sem-número de etnias indistintas —

229 *La Ragazza di Trieste* (1982).

além de abrigar uma quantidade inesgotável de gatos sem raça definida.

Em termos gerais, o resultado é positivo, segundo a escritora inglesa Jan Morris. Ela viveu em Trieste na década de 1990 e conta de uma gente de sorriso fácil, de bem com a vida e desprovida de qualquer traço de malícia. Seus habitantes são íntegros, não se deixam levar por modas passageiras, mudanças repentinas de humor ou qualquer coisa que seja politicamente correta.[230]

O autor Claudio Magris, nascido e criado em Trieste, descreve uma atmosfera absurda que é ao mesmo tempo orgulhosa, magnânima e cosmopolita, alternando melancolia com um humor resignado de quem acha que vive o fim dos tempos. No livro *Microcosmos*, ele baseia seu relato a partir do Café San Marco, no centro da cidade, bem ao lado do parque "com castanheiras, plátanos e abetos, um espelho d'água escuro onde galhos e folhas flutuam e pássaros afundam como pedras e desaparecem".[231]

Parafraseando um visitante frequente, o autor austríaco Hermann Bahr, ele diz que gosta de Trieste porque a cidade lhe dá a sensação de "estar em lugar nenhum".

De acordo com Magris, o escritor irlandês James Joyce também se sentia à vontade em Trieste, talvez pelo mesmo motivo. Ele morou na cidade em períodos alternados até 1920, dando aulas de inglês a jovens burgueses como ganha-pão. Trieste é o berço da sua obra-prima, *Ulisses*, marco da literatura modernista em que toda a ação transcorre num único dia. O cenário pode ser ambientado em Dublin, mas a inspiração para algumas personagens certamente veio de Trieste, cidade que deixou em Joyce, segundo Magris, uma marca indelével: "E Trieste, ah! Trieste devorou meu fígado".[232]

A atmosfera quase permanente de agitação e imprevisibilidade também plasmou as condições políticas na área. Após a Primeira Guerra Mundial, as grandes potências criaram o Estado-tampão de Fiume entre os Bálcãs e a Itália, ao sul da Península da Ístria. Como vimos antes, não deu muito certo.

Alguns anos após a Segunda Guerra Mundial, seria a vez de Trieste, desta vez na face norte da Ístria, mas o cenário político deteriorou-se mais rápido do que o previsto. A essa altura, o ex-primeiro-ministro britânico Winston Churchill já havia proferido seu famoso discurso no Westminster College, Missouri, em 1946: "De Stettin, no Báltico, a Trieste, no Adriático, uma cortina de ferro desceu sobre o continente".[233]

Em janeiro de 1947, o Conselho de Segurança da ONU, em sua Resolução 16, Artigo 24, instaura o *Estado Livre de Trieste*. A decisão final é aprovada em setembro daquele ano e abrange uma área de 738 km², afetando um total de 330 mil habitantes. A área é dividida em duas zonas ao longo da chamada linha Morgan, uma demarcação feita após a capitulação da Itália que se estendia até quase a fronteira austríaca.

A *Zona A* abrange a cidade de Trieste e uma estreita faixa costeira ao norte, enquanto a *Zona B*, menos populosa, mas

230 Jan Morris (2001): *Trieste and the Meaning of Nowhere.*

231 Claudio Magris (1999): *Microcosmos*. No original: "... ippocastani platani e abeti, acqua scura sulla quale galleggiano rami e foglie e nella quale gli uccelli spariscono e affondano come sassi".

232 Ibid. No original: *"And Trieste, ah! Trieste ate my liver".*

233 Winston Churchill (1946): *The Sinews of Peace*. No original: "From Stettin in the Baltic to Trieste in the Adriatic, an iron curtain has descended across the Continent".

quase duas vezes maior, chega a extrapolar o norte da península da Ístria. A Zona A é administrada por forças britânicas e norte-americanas, um contingente de dez mil homens, enquanto a Zona B é controlada pelo exército iugoslavo. Na prática, portanto, não estamos falando de um país independente com seu próprio aparato estatal.

Selos próprios, entretanto, Trieste tem autonomia para emitir, ainda que divididos em duas zonas. Os primeiros a serem emitidos vêm da Zona B e celebram o 1.º de Maio com uma imponente figura feminina ladeando o símbolo oficial do Estado, uma alabarda, tendo ao fundo uma âncora e uma corrente. São impressas três edições com a legenda *Administração Militar do Território Livre de Trieste* em italiano, esloveno e croata, respectivamente. Meu selo é esloveno e leva o carimbo de *Koper*, cidade ao sul da fronteira da zona com cerca de dez mil habitantes, a maioria italianos.

A Zona A usa selos italianos carimbados com as siglas A. M. G. — F. T. T., significando Allied Military Government — Free Territory of Trieste. Meu selo é italiano e data de 1945. É ilustrado com a Turrita, a jovem que personifica a Itália, brotando de um tronco de carvalho — uma imagem carregada de simbologia após a recente derrocada do fascismo.

A tentativa de manter o Estado Livre de Trieste é logo abandonada. A divisão, em comum acordo entre a Iugoslávia e a Itália, ocorre em 1954 e só é formalizada quase uma década mais tarde, por meio do *Tratado de Osimo*, em 1975. A Itália naturalmente assumiu a zona A, que até hoje mantém o nome de Trieste, enquanto a Zona B coube à Iugoslávia. Após o colapso desta, na década de 1990, o território é novamente dividido entre a Província do Litoral, eslovena, e a Província da Ístria, croata.

No lado italiano, Trieste ganhou o status de porto livre dentro da União Europeia com várias prerrogativas, incluindo tarifas reduzidas. A cidade ainda é fortemente multicultural e vem funcionando bem, de acordo com Jan Morris:

> Ao longo da minha vida, tentei tomar o pulso de muitas cidades para mais tarde escrever sobre elas, e percebi que a história singular e a localização um tanto precária de Trieste transformaram a cidade no modelo mais pronto e acabado de decência que se pode encontrar na virada do século XXI. A honestidade aqui ainda é a norma, as pessoas são corteses, os preconceitos geralmente são postos em xeque, a gentileza ainda impera, pelo menos na aparência.[234]

234 Jan Morris (2001): *Trieste and the Meaning of Nowhere*. No original: "I have tried to get the hang of many cities, during a lifetime writing about them, and I have reached the conclusion that a particular history and a precarious geographical situation have made Trieste as near to a decent city as you can find, at the start of the twenty-first century. Honesty is still the norm here, manners are generally courteous, bigotries are usually held in check, people are generally good to each other, at least on the surface".

1948: Edição da Zona A com carimbo sobre selo italiano de 1945, marcando o soerguimento após a guerra

1948: Edição da Zona B celebrando o 1.º de Maio

LIVROS

Claudio Magris (1999):

Mikrokosmos (Microcosmos).

Jan Morris (2001):

Trieste and the Meaning of Nowhere.

FILME

A garota de Trieste (1982):

Roteiro e direção de Pasquale Festa Campanile.

Com castanheiras, plátanos e abetos, um espelho d'água escuro onde galhos e folhas flutuam e pássaros afundam como pedras e desaparecem

CLAUDIO MAGRIS SOBRE O PARQUE MUNICIPAL

PERÍODO:

1945–1972

PAÍS:

RYUKYU

POPULAÇÃO: 818.624

ÁREA: 4.642 km²

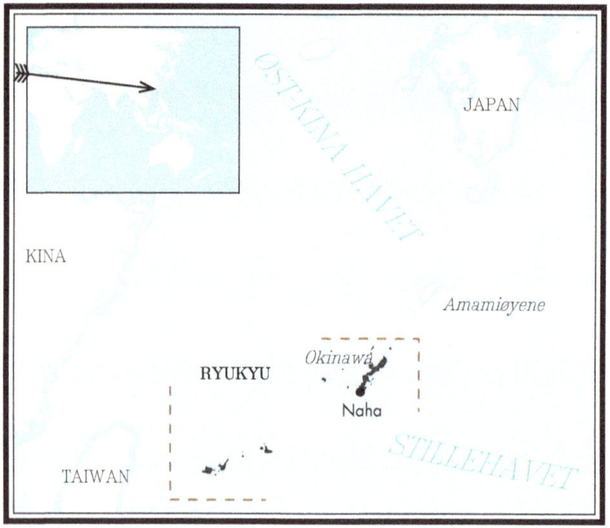

Suicídios sistemáticos

Quem quer que visite o país insular de Ryukyu[235] ficará surpreso com a quantidade de idiomas falados ali. Há pelo menos seis deles, incompreensíveis entre si e menos ainda para os japoneses ao norte. Também ouvirá falar dos invernos amenos e verões quentes e úmidos que caracterizam a vida nas aldeias. O visitante será levado desde a praia para conhecer os terraços com plantações de cana-de-açúcar, batata-doce e tabaco e ficará impressionado com a grandiosidade das árvores de cânfora e das amoreiras, que servem de alimento para as fazendas de bichos-da-seda. Num dia limpo, é difícil imaginar os ciclones tropicais que podem surgir sem aviso prévio e deixar ilhas inteiras desoladas. Não é possível que ali tantos japoneses tenham tirado a própria vida, sistematicamente, durante a Segunda Guerra Mundial. Ali não se sente outra coisa que não paz e segurança.

Ryukyu se estende por várias latitudes, desde o Japão ao norte a Taiwan ao sul, formando uma sucessão de mais de cem ilhas vulcânicas entre o raso mar da China Oriental, a oeste, e o mar das Filipinas, muito mais profundo, até a Fossa das Marianas, no leste.

O arquipélago foi um reino independente por centenas de anos. No século XIX, China e Japão disputaram sua soberania, que acabou nas mãos do Japão, em 1879. Os japoneses dividiram Ryukyu em prefeituras: Kagoshima e Oshima, ao norte, e

235 Em japonês: Ilhas Nansei.

Okinawa, no sul. A fronteira foi traçada entre as Ilhas Amami e Okinawa, a maior de todo o reino. A tomada de poder marcou também o início de um regime brutal.

Os japoneses estavam determinados a varrer qualquer vestígio da antiga cultura local, e o japonês passou a ser adotado como único idioma nas escolas, mas a ideia era limpar as ilhas de outras impurezas mais palpáveis, por assim dizer. Entre outras medidas, introduziu-se o mangusto indiano — um mamífero peludo parecido com um gato, de dentes afiados — para lidar com a infestação de serpentes. Quando se constatou que o animal devorava tanto as cobras quanto outras espécies mais úteis e não tinha inimigos naturais nas ilhas, o mangusto passou a ser a verdadeira praga.

O Japão manteve o controle de Ryukyu até o final da Segunda Guerra Mundial. Em 23 de março de 1945, os Estados Unidos lançaram o ataque às ilhas menores de Kerama, 24 quilômetros a oeste de Okinawa. Depois de tomá-las, avançaram em direção à ilha principal. A ação recebeu o nome um tanto bizarro de *Operação Iceberg* e foi planejada como a última ofensiva antes do ataque ao Japão.

Os norte-americanos apostavam que seriam recebidos como heróis pelos ilhéus. Em vez disso, encontraram uma resistência civil maior e mais intensa do que em qualquer outro lugar da guerra. A campanha de doutrinação de longa data do Japão fora bem-sucedida — os ryukyuanos agora pareciam japoneses e agiam de acordo. Há quem diga que tudo isso resultou de uma propaganda aterrorizante. Durante muito tempo, panfletos, jornais e transmissões de rádio japoneses retratavam os americanos como bárbaros desprovidos de qualquer piedade. Primeiro estupravam para depois matar, atendendo a um chamado da própria natureza.

Numa das Ilhas Yaeyama, cobertas de manguezais, a população inteira foge para as montanhas. Depois de algumas semanas, mais da metade havia morrido de fome e doenças. E em Zamami, uma das ilhas do arquipélago das Kerama, quase todos os habitantes cometem suicídio coletivo após dois dias. Em Okinawa, grupos de jovens saltam do alto dos penhascos negros ao sul da ilha.

Outros estão ativamente envolvidos nos combates. Entre estes, centenas de estudantes do sexo feminino, de quinze anos de idade. Eles se intitulam *princesas-lírios* — *hime-yuri* — e trabalham como enfermeiras de campo. Em Okinawa, quase todas morrem. Quem não é abatido em combate também comete suicídio, geralmente em grupos. Uma princesa-lírio sobreviveu para contar:

> Havíamos recebido uma rigorosa educação japonesa. Deixar-se aprisionar era o mesmo que cometer uma traição. Fomos treinadas para preferir o suicídio ao cárcere.[236]

Os suicídios em massa são frequentemente realizados com granadas de mão e, com poucas exceções, sob ordens de oficiais japoneses. Isso está documentado em detalhes pelo Nobel de Literatura Kenzaburō Ōe no ensaio "Okinawa Notes".[237] Em 2005, dois veteranos de guerra japoneses processaram o escritor alegando que seus relatos não eram verídicos e sim ficcionais, mas perderam a causa.

236 Katsu Moriguchi (1992): *Fukki ganbo*. No original: "Watashitachi wa genkakuna teikoku no kyōiku o motte itanode, shūjin wa uragirimonodearu koto to onajideatta tora remasu. Watashitachiha horyo ni naru tame ni jisatsu o konomu yō ni oshie raremashita".

237 Kenzaburō Ōe (1970): *"Okinawa Notes"*.

É verdade que, em certa medida, o comportamento dos norte-americanos era cruel. Havia estupros e muitos civis eram mortos nos combates. Os soldados alegavam que os inimigos combatiam sem uniforme, mesmo argumento que mais tarde será repetido durante a longa Guerra do Vietnã.

Quando a Batalha de Okinawa terminou, no verão de 1945, mais de 150 mil civis haviam perdido a vida — um terço da população original da ilha.

Após o Japão capitular, foi preciso definir como seria a administração de Ryukyu. Alguns anos antes, os Estados Unidos haviam consultado chineses, que imaginavam uma solução em que também estivessem envolvidos. Apesar das conversas, os EUA decidiram se assenhorar da prefeitura original de Okinawa, formalizando o arranjo no tratado de paz de 1952 celebrado entre o Japão e os Aliados.

O dólar norte-americano é introduzido como unidade monetária e os veículos passam a trafegar na mão direita das vias. Também são emitidos selos — a primeira edição é de 1948 — cuja ilustração e texto têm uma forte coloração local. Meu selo, de 1957, mostra uma deusa alada, chamada *apsara*, que, na mitologia budista, entretém os mortais com a beleza e o som da flauta. O carimbo é de Naha, que, durante séculos, foi a maior cidade de Okinawa, antes de ser reduzida a cinzas por bombardeios nos estágios finais da Segunda Guerra.

Após uma rápida reconstrução, Naha agora parece emergir do meio-oeste dos EUA, uma mistura eclética de estilos arquitetônicos e outdoors amarelados delimitando a larga avenida principal, com fios de telefones emaranhados no alto dos postes e um cortejo permanente de veículos superdimensionados trafegando de um lado a outro.

Os norte-americanos rapidamente construíram grandes bases militares em Okinawa, tanto para a Força Aérea quanto para a Marinha, que permaneceram intocáveis quando o Japão recuperou a soberania formal sobre o arquipélago, em 1972.

Hoje, os norte-americanos mantêm trinta mil homens e dispõem de 19% da área de Okinawa. Os japoneses reintroduziram a mão esquerda no tráfego em 1978. Exceto por isso, poucas foram as mudanças. Um sentimento antiestadunidense vem crescendo em Ryukyu. Ao mesmo tempo, os chineses dobraram a aposta pela soberania das Ilhas Senkaku, ao sul, o que reacendeu o brio nacionalista de ambos os lados. As ilhas são, em si, rochas sem vida e inúteis, mas tudo indica que as águas circundantes escondem grandes depósitos de gás e petróleo.

1957: Edição com uma apsara, deusa alada da mitologia budista

LIVROS

Kenzaburō Ōe (1970):

"Okinawa Notes".

Gregory Smits (1999):

Visions of Ryukyu: Identity and Ideology in Early-Modern Thought and Politics.

Arne Røkkum (2006):

Nature, Ritual and Society in Japan's Ryukyu Islands.

Havíamos recebido uma rigorosa educação japonesa. Deixar-se aprisionar era o mesmo que cometer uma traição. Fomos treinadas para preferir o suicídio ao cárcere

ANÔNIMA

PERÍODO:

1960–1962

PAÍS:

KASAI DO SUL

POPULAÇÃO:

1.000.000

ÁREA:

30.000 km²

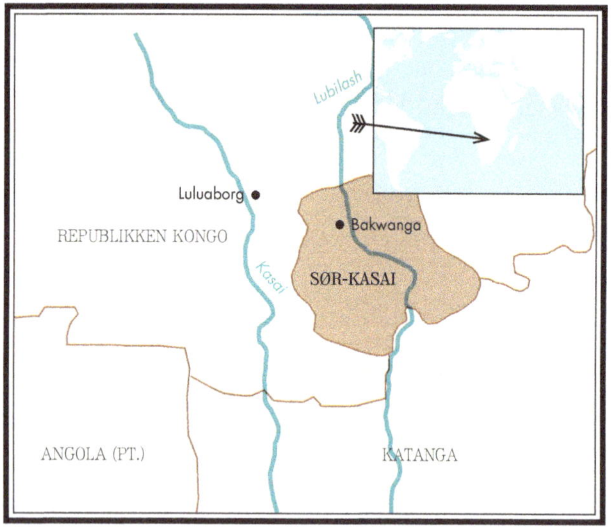

Balubas paupérrimos e minerais preciosos

Ao ser conduzido em carro aberto do aeroporto para o local da cerimônia que encerraria formalmente a colonização belga sobre o Congo, o rei Balduíno, da Bélgica, teve sua magnífica espada cerimonial roubada. Não que fosse ser usada para alguma coisa, mas o ladrão a arrancou do colo real e fugiu saltando sobre o capô da limusine. Ultrajado com a insolência, o rei quis abreviar a cerimônia, mas não resistiu à tentação de louvar seu tio, Leopoldo II, que reinara sobre o chamado Estado Livre do Congo *com legendária brutalidade. Patrice Lumumba, mais tarde presidente do Congo, reagiu à provocação no mesmo instante: "Não somos mais seus macacos".*[238]

Em 1959, o Congo Belga fornecia dez por cento do cobre do mundo, 50 por cento do cobalto e 70 por cento de todos os diamantes industriais. Portanto, não era de admirar que, na primavera de 1960, os belgas tenham resistido às demandas da elite congolesa por soberania nacional imediata. Porém, como havia subscrito a carta da ONU, alguns anos antes, reconhecendo claramente o princípio da independência, não havia como a Bélgica voltar atrás.

Nas semanas seguintes, o novo país precisava ser consolidado. O Congo era enorme e consistia em grande parte de

238 Leo Zelig (2008): *Lumumba: Africa's Lost Leader.* No original: "Nous ne sommes plus vos singes".

florestas impenetráveis. Mais de duzentas línguas eram faladas dentro das fronteiras, e o número de grupos étnicos não era menor. Nada disso era refletido na antiga divisão colonial de distritos e estruturas de poder. A crise estava apenas esperando acontecer.

Primeiro a província de Katanga declara independência, depois o Kasai do Sul, em 8 de agosto de 1960. Aqui, Albert Kalonji desponta como líder. Ele chefia a poderosa tribo baluba e se intitula rei — *mulopwe*. Seu governo é militarista e autoritário. Membros de outras tribos são neutralizados. Oposicionistas são mortos ou exilados.

A capital é instaurada em Bakwanga, hoje Mbuji-Mayi, próximo de grandes jazidas de diamantes descobertas na virada do século. Nas semanas seguintes, balubas de toda a região acorrem em grandes números, em muitos casos vítimas de perseguição e vingança da tribo lula.

Os balubas haviam governado sua própria área tribal, entre os rios Lualaba e Lubilash, no final do século XIX, mas foram divididos pelos soldados e burocratas coloniais de Leopoldo II no início do século XIX. Portanto, no início de 1960, habitavam aldeias amplamente dispersas, mas ainda assim bem administradas e surpreendentemente bem organizadas. Nada nelas justifica o termo depreciativo "*full baluba*" empregado nos países escandinavos como sinônimo de "bagunça" ou "caos completo", embora a expressão tenha origem inegável neste grupo étnico.[239] A vida acontece em torno de uma única via rural, com casas retangulares de tijolos prensados ladeando ambas as margens. Os telhados são cobertos com chapas de metal corrugado para proteger das fortes chuvas tropicais. Defronte às portas, pendem trapos de tecido não apenas como sinal de fortuna e hospitalidade, mas também para distinguir os moradores daquela residência em particular. As crianças brincam juntas no campo e são surpreendentemente quietas. Na maioria das vezes, imitando os adultos: as meninas tentam carregar coisas na cabeça e brincar de família, os meninos fazem arcos e vão caçar nos quintais. A brisa em volta carrega o aroma da folhagem e de ervas frescas.

O que os espera em Bakwanga são a escassez de água e os edifícios em ruínas. A cidade não possui estradas, eletricidade nem esgotos. E o solo é pobre, na melhor das hipóteses só se presta ao cultivo de mandioca. O resultado são surtos de *kwashiorkor*, uma doença causada por deficiência nutricional cujos sintomas notórios são rostos e estômagos intumescidos. As vítimas preferenciais são crianças e o número de mortes é elevado.

Missionários cristãos atuavam na área de Kasai desde a virada do século. O norueguês Gunnerius Tollefsen chegara ali a bordo de um barco de baixo calado pilotado por um capitão dinamarquês. Na proa, um homem forte com uma vara de bambu guiava o caminho por entre os insidiosos bancos de areia.

Tollefsen ficou desesperado ao ver que os balubas continuavam sendo descritos como violentos e quis deixar registrado seu testemunho: "Os balubas são de fato um povo pacífico, mais aberto à mensagem do Evangelho do que muitas outras tribos do Congo".[240]

239 Toril Opsahl, Universidade de Oslo.

240 Gunnerius Tollefsen (1963): *Men Gud gav vekst. En pionermisjonær ser seg tilbake.*

Juntamente com os colegas missionários, ele tenta ajudar os moradores da área de Kasai enviando-lhes um avião carregado de peixe seco norueguês, no Natal de 1960.

O regime de Kasai do Sul recebeu algum aporte financeiro de empresas belgas em troca de concessões de mineração. A maior parte desse dinheiro converteu-se em armamentos, não em comida e remédios. Um percentual menor serviu para emitir selos próprios, primeiramente reaproveitando uma antiga emissão colonial belga acrescentada dos dizeres État Autonome du Sud Kasaï. Mais tarde, o país imprimiu edições com vistosas cabeças de leopardo que falam por si. A impressão ficou a cargo da gráfica suíça Courvoisier e, no último minuto, os selos receberam um *V* de *vitória* — um símbolo eficaz para os Aliados durante a Segunda Guerra Mundial que talvez viesse a calhar ali também.

Entrementes, o governo central do Congo, com o presidente Lumumba à frente, havia decidido intervir no Kasai do Sul de uma vez por todas. A ONU logo intercedeu. Os capacetes azuis já estavam no local para garantir a paz, mas foram obrigados a recorrer ativamente às armas. Mais tarde, a União Soviética foi acionada e, de muito bom grado, ofereceu transporte aéreo para as tropas do governo congolês no outono de 1961.

Nos combates que se seguiram, três mil balubas foram mortos e centenas fugiram. Kalonji foi feito prisioneiro, mas conseguiu escapar e instaurar um governo provisório apenas para se render definitivamente em outubro de 1962.

Eric Packham trabalhou nas Nações Unidas como Diretor de Assuntos Civis em Luluabourg, na fronteira com o Kasai do Sul em 1961 e 1962. Depois, escreveu sobre sua experiência:

> O que acho fascinante no Congo é a mistura do absurdo com o sério, do cruel com o belo, do inocente com o mal, da covardia e da tristeza com a generosidade e a nobreza, do assustador com o ridículo. O tédio não existe porque nunca se sabe o que está para acontecer no momento seguinte: o clima pode mudar tão rapidamente quanto a expressão no rosto de um bebê.[241]

O Kasai do Sul foi reincorporado à República do Congo como uma das 21 províncias do país, contudo, mais tarde, foi reestruturado e denominado Kasai do Leste após um princípio de levante, em 1965. E assim prosseguiu o restante do território do Congo, fermentando tensões internos que nunca encontraram uma solução, com conflitos sangrentos sempre voltam a eclodir.

Ao mesmo tempo, o país vem sendo lenta e continuamente expropriado das reservas de ouro, diamantes e outros minerais valiosos que possui. Desde a fímbria da floresta ao redor das inúmeras pistas de pouso clandestinas, os moradores locais assistem a negociações silenciosas transcorrendo com estranhos enquanto pacotes de roupas, remédios e dinheiro são descarregados dos aviões, que decolam abarrotados de minerais rumo a Dubai, Bruxelas, Hong Kong e Londres.[242]

---

241 Eric Packham (1996): *Freedom and Anarchy*. No original: "What I found fascinating in the Congo was the mix of the absurd and the deadly serious, the horrific and the beautiful, the innocent and the evil, the mean and cowardly and the generous and noble, the terrifying and the hilarious. There was never a dull moment because one never quite knew what would happen next: the mood could change as quickly as the expression on the face of a baby".

242 Juakali Kambale (2011): *Who is stealing DRC's gold?*

1961: Cabeça de leopardo com o V da vitória

LIVROS

Eric Packham (1996):

Freedom and Anarchy.

Gunnerius Tollefsen (1963):

Men Gud gav vekst. En pionermisjonær ser seg tilbake (E Deus fez crescer. Um missionário pioneiro olha em retrospecto).

M. W. Hilton-Simpson (1912):

Land and the Peoples of the Kasai.

O que acho fascinante no Congo é a mistura do absurdo com o sério, do cruel com o belo, do inocente com o mal, da covardia e da tristeza com a generosidade e a nobreza, do assustador com o ridículo

ERIC PACKHAM

PERÍODO:

1950

PAÍS:

MOLUCAS DO SUL

POPULAÇÃO: 1.090.000

ÁREA: $46.914\ km^2$

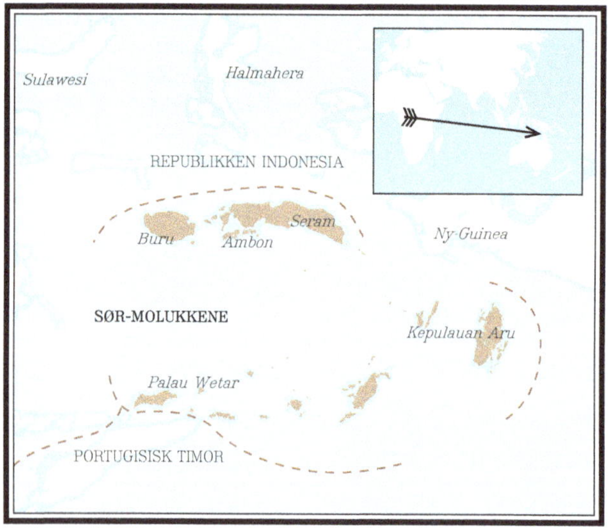

Especiarias e terrorismo

É madrugada de 2 de dezembro de 1975. Um pequeno grupo de homens entra no trem de passageiros lotado, cada um carregando um pacote comprido embrulhado em papel de presente com motivos natalinos. Assim que passam pela cidadezinha de Wijster, na Holanda, eles desembalam suas armas e acionam o freio de emergência. O trem estanca no meio do nada. O condutor é o primeiro a ser assassinado. Durante os dias que se seguem, vários reféns vão sendo mortos e arremessados pelas janelas. Em princípio não se sabe o que os terroristas pretendem, mas logo fica claro que buscam chamar a atenção para a questão das Molucas do Sul.[243]

As Molucas do Sul são um pequeno arquipélago no mar de Bandah, entre a Nova Guiné e Sulawesi, e sempre foram objeto de disputa devido a especiarias como noz-moscada e cravo-da-índia, que só eram encontradas na região. Ao chegar ao mercado europeu, os temperos valiam seu peso em ouro. Os portugueses foram os primeiros europeus a chegar, ainda no século XVI, mas logo tiveram que se haver com as outras potências coloniais. Valendo-se de alguma diplomacia e muita truculência, a Companhia Holandesa das Índias Orientais superou os concorrentes e conquistou o monopólio das exportações de especiarias do arquipélago.

Os holandeses horizontalizaram metodicamente toda a cadeia produtiva, do cultivo à distribuição. Algumas ilhas con-

243 Antoine M Hol & John AE Vervaele (2005): *Security and Civil Liberties: The Case of Terrorism.*

centravam-se apenas na noz-moscada, outras foram reservadas para o cravo. Os habitantes locais eram expulsos e os colonizadores se apossavam das terras importando escravos para trabalhar nas lavouras. O mercado só foi diminuir em meados do século XIX, depois que plantas e sementes contrabandeadas começaram a brotar nas Seychelles e em Madagáscar. Além disso, outros temperos importados da Índia e da África começaram a cair no gosto dos europeus.

Após o colapso da companhia, o Estado holandês encampou a região, depois convertida em colônia e fundida com o resto do arquipélago conhecido pelo nome de Índias Holandesas, cuja extensão compreendia do estreito de Malaca à Austrália. Após um interstício sob domínio do Japão, que ocupou a área durante a Segunda Guerra Mundial, os holandeses retomaram o controle em 1945 e pretendiam tocar os negócios como sempre tocaram, *business as usual*.

A postura foi logo desafiada por líderes locais que lançaram um movimento independentista. O governo holandês cedeu ante a pressão internacional, e um tratado de paz assinado em 1949 estipulou que o arquipélago inteiro deveria ser organizado como uma federação de estados independentes. Era o que pretendiam várias das regiões afetadas, inclusive as Molucas do Sul.

Os poderosos líderes da grande ilha de Java, no extremo oeste, pensavam diferente. Como não pretendiam se pautar pelo tratado, estabeleceram a *República da Indonésia* como um modelo centralizado para toda a região. Até segunda ordem, eles assumiriam a liderança do país. No entanto, o fato de serem muçulmanos foi justamente o fator que despertou o desejo de independência nas Molucas do Sul, em 25 de abril de 1950, como *República Autônoma de Maluku Selatan*.

Apesar dos excessos brutais dos colonizadores, grande parte da população indígena cristianizada convertera-se num exemplo de sucesso para os missionários calvinistas holandeses. Além disso, a Holanda tratara de integrar boa parte da população masculina a seu exército colonial. Agora, os soldados haviam sido desmobilizados da noite para o dia, mas permaneciam leais ao trono holandês. Isso também se aplicava ao seu comandante-em-chefe, Chris Soumokil, que se graduara em direito na Holanda. Ocorre que ele e sua equipe não tinham conhecimentos básicos de administração pública. Para piorar, a disciplina dos soldados esmoreceu assim que os oficiais holandeses voltaram para casa. "Havia apenas três oficiais-adjuntos, Sopacua, Tahapary e Siwabessy. Nenhum queria receber ordens dos demais. Cada um se considerava o mais apto a assumir o comando."[244]

As Molucas do Sul ainda conseguem estabelecer um centro administrativo em *Ambon*, uma ilhota ao norte do arquipélago, em detrimento da ilha de *Seram*, muito maior e mais deserta, ao norte. Ambas possuem florestas densas que margeiam a zona da praia. Em Seram, há montanhas que beiram os três mil metros de altitude.

Os selos próprios são emitidos com texto superposto a edições de 1949 da administração colonial holandesa. A sólida casa de pé-direito alto que ilustra meu exemplar tem origem em Sumatra e pouco a ver com as Molucas do Sul. As casas aqui são construídas com bambu e folhas de palmeira e parecem muito

244 J. A. Manusama fra Soumokils ledergruppe, citado *in* Richard Chauvel (2008): *Nationalists, Soldiers and Separatists: The Ambonese Islands from Colonialism to Revolt, 1880-1950*. No original: "There were three adjutants, Sopacua, Tahapary and Siwabessy, the rest were sergeant-majors, sergeants and corporals. None of them wanted to serve under another, each of them thought they were better".

mais efêmeras. A explicação é o relevo íngreme das ilhas, que obriga as aldeias a serem constantemente deslocadas. A impermanência está enraizada na cultura: a hora é de mudar quando certo número de aldeões morreu de velhice ou de outras causas. Raramente o intervalo entre cada mudança ultrapassa os vinte anos, período após o qual o local fica sujeito a uma maldição de duração semelhante. Por isso mesmo, os holandeses nunca tiveram sucesso ao tentar estabelecer assentamentos permanentes na área.

O presidente, Sukarno, da República da Indonésia, não aceitou o Estado rebelde e destacou uma poderosa força-tarefa naval para atacar Ambon. Apesar de bem treinadas, as tropas sul-molucanas eram inferiores em número e foram obrigadas a se render em 28 de setembro de 1950, quando o pequeno Estado insular contava seis meses de existência.

Os holandeses, que haviam apoiado o modelo da federação, ofereceram refúgio temporário aos soldados e suas famílias na Holanda. No total, 12.500 sul-molucanos aproveitaram a oportunidade, embora tivessem sido informados de que aquela era uma solução temporária e futuramente seriam repatriados ao lugar de onde vieram.

Na Europa, os refugiados são confinados em assentamentos remotos que antes serviram de prisão a soldados nazistas, vivendo em total isolamento da sociedade holandesa. As crianças frequentavam escolas separadas, sem nenhuma política de integração. Obter cidadania holandesa estava fora de questão. Os holandeses, por sua parte, acreditavam piamente que os sul-molucanos voltariam ao país de uma ou outra maneira, embora ninguém soubesse dizer como.[245]

245 Wim Manuhutu (1991): *Moluccans in the Netherlands: a Political Minority?*

Enquanto isso, Chris Soumokil continuou liderando um exército de mil guerrilheiros na selva de Seram até ser forçado a se render às forças indonésias, em dezembro de 1963.

Após três anos preso, ele foi executado. Os sul-molucanos da Holanda reagiram estabelecendo seu próprio governo no exílio, cada vez mais desiludidos com a possibilidade de reaver as Molucas do Sul. A desilusão foi dando lugar à frustração e à sensação de estarem submetidos a uma situação insustentável.

Na década de 1970, a Holanda foi submetida a uma onda de ataques terroristas virulentos. O primeiro foi à residência do embaixador indonésio, o segundo ao trem em Wijster. Aqui os terroristas se renderam após doze dias, em parte devido a uma sucessão de noites extremamente frias e em parte porque havia rumores de que os indonésios dariam o troco retaliando as Molucas. Um novo ataque ferroviário voltaria a ocorrer, desta vez em maio. Além disso, uma escola e uma prefeitura foram alvos, com várias vítimas fatais. Os terroristas nunca alcançam seus objetivos e vão acumulando fiasco atrás de fiasco.

Fica claro, para as autoridades holandesas, que não há solução fora da integração. Os campos de confinamento são fechados. A maioria dos sul-molucanos obtêm a cidadania holandesa e os ataques terroristas são interrompidos.

O governo exilado permanece intacto até hoje, e novos presidentes são eleitos regularmente. Embora ninguém acredite mais na possibilidade de um retorno às Molucas do Sul, os ânimos sempre se acirram de quando em vez. Em 2010, após o presidente indonésio ter anunciado uma visita de Estado à Holanda, o presidente do governo no exílio, John Wattilete, apresentou uma petição para que ele fosse preso por crimes de guerra. A petição foi, obviamente, rechaçada pelas autoridades holandesas, mas o indonésio não quis pagar para ver e cancelou a visita.

1950: Edição com carimbo sobre selo da Indonésia sob administração holandesa, 1949, mostrando uma residência minangkabau

LIVROS

Wim Manuhutu (1991):

Moluccans in the Netherlands: A Political Minority?

Havia apenas três oficiais-adjuntos, Sopacua, Tahapary e Siwabessy. Nenhum queria receber ordens dos demais. Cada um se considerava o mais apto a assumir o comando

J. A. MANUSAMA, DA ADMINISTRAÇÃO ESTATAL

PERÍODO:

1967–1970

PAÍS:

BIAFRA

POPULAÇÃO: 13.500.000

ÁREA: 77.306 km²

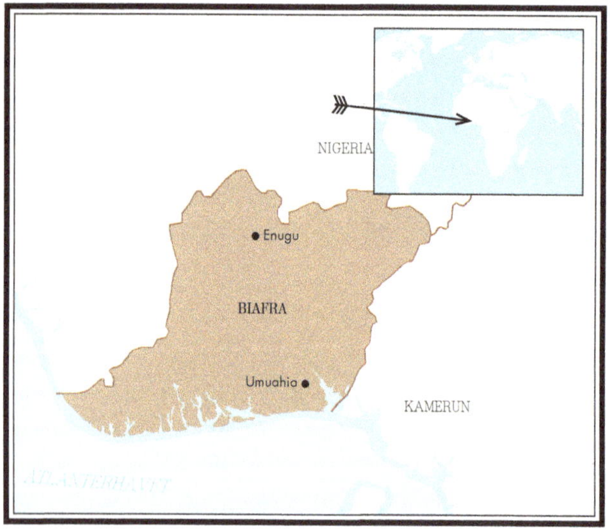

Epidemia de fome e guerra terceirizada

Os profissionais de saúde encontram a criança emaciada, de olhos esbugalhados e barriga inchada. Enxames de moscas cinzentas lutam por espaço ao redor da sua boca e de seus olhos. O pequeno usa sua última reserva de forças para lutar contra aqueles fantasmas vestidos de branco na sua frente, tenta morder e arranhá-los, mas desiste, exaurido. A agulha é inserida e a solução açucarada flui para a corrente sanguínea. Nos primeiros dias, ele receberá um aporte extra de calorias e proteínas, respectivamente cereais moídos e pasta de feijão. O tratamento leva de quatro a oito semanas, se for bem-sucedido.

Estamos diante de um *Biafra Baby*, um termo que a história se encarrega de deixar impregnado para sempre no idioma. Todos sabem o que é um bebê de Biafra. Ele sofre de *kwashiorkor*, uma forma severa de desnutrição causada por deficiência proteica prolongada.

Quando os médicos franceses apresentaram o bebê de Biafra ao Ocidente, em 1968, o sofrimento já andava há muito tempo de mãos dadas com as guerras no continente africano. Logo após a guerra civil na Nigéria, a epidemia de fome assolou a região e os médicos franceses tentaram obter o apoio da Cruz Vermelha. Em vão. Foi assim que surgiu a organização *Médecins Sans Frontières* – Médicos Sem Fronteiras, que, em seguida, exibiu as imagens chocantes de crianças doentes numa intensa campanha de relações públicas na Europa e na América do Norte. Milhões de nós sentimos o estômago revirar.

A Nigéria livrou-se do jugo colonial do Reino Unido em 1960. As tensões entre os vários povos que habitavam eram latentes há muito tempo. Tratava-se de disputas sobre recursos, mas também por motivos religiosos. Enquanto as áreas tribais ao norte tinham uma clara maioria muçulmana, os habitantes do litoral eram cristãos ou animistas. A crise culminou num golpe de estado empreendido pelos cristãos *igbos*, a sudeste, seguido rapidamente por um contragolpe vindo do norte, que deixa um rastro de milhares de vítimas fatais entre os igbos.

Numa transmissão de rádio às seis da manhã de 30 de maio de 1967, o governador militar do leste da Nigéria, Chukwuemeka Odumegwu Ojukwu, anuncia a criação de *Biafra* como Estado independente e soberano do povo igbo. O nome provém da baía de Biafra, nos arredores, e o território estende-se desde o rio Níger, a oeste, até a cordilheira que demarca a fronteira atual entre a Nigéria e os Camarões, a leste. O anúncio assegura que o novo país terá o domínio da plataforma continental marítima correspondente, uma vez que empresas britânicas haviam descoberto petróleo na área. A extração, que está em andamento há alguns anos, cresceu vertiginosamente para se tornar a maior fonte de receitas da Nigéria.

Biafra localizava-se numa área de estação chuvosa durante os meses de verão e estiagem severa durante o inverno. O país era do tamanho da Irlanda e contava com, no máximo, 13,5 milhões de habitantes, sobretudo agricultores que viviam em tradicionais casas quadradas de pé-direito baixo, piso de terra batida e telhado de palha. A comunidade era organizada em pequenas aldeias, nas quais os dirigentes obedeciam a princípios democráticos reunindo representantes das diferentes famílias para tomar decisões conjuntas. Isso mudou durante a colonização no século XIX, quando os britânicos introduziram o modelo feudal dos *warrant chiefs* (régulos), o que também acelerou o surgimento de estruturas urbanas na área.

Biafra não demorou a adotar seu próprio hino nacional, com letra em inglês. O título era "Land of the rising sun" ("Terra do sol nascente"):

> Terra do sol nascente,
> Amada e idolatrada,
> Pátria adorada de nossos corajosos heróis,
> Haveremos de defender nossas vidas, ou senão perecer
> Haveremos de proteger nossos corações contra nossos inimigos.
> Se é a morte o preço de tudo o que estimamos, porém
> Morramos sem nenhum temor.[246]

O Japão há muito se intitulava Terra do Sol Nascente — *Nippon* — e com mais propriedade, por assim dizer, uma vez que Biafra encontrava-se no extremo poente da África. O que se buscava era o aspecto simbólico da expressão, mas ao musicar o hino com um excerto extravagante da *Suíte Finlândia* de Jan Sibelius, ficou evidente a falta de coordenação entre os dirigentes do novo Estado.

246 Versos de abertura do Hino Nacional de Biafra, "Land of the rising sun", letra de Nnam di Azikiwe. No original: "Land of rising sun, we love and cherish,/Beloved homeland of our brave heroes;/We must defend our lives or we shall perish,/We shall protect our hearts from all our foes;/But if the price is death for all we hold dear,/Then let us die without a shred of fear".

Em relação aos selos, eles foram mais comedidos. A primeira emissão ocorreu em abril de 1968 na forma de carimbos com a inscrição "Sovereign Biafra" ("Biafra soberano") sobre selos nigerianos. Mais tarde, emitiram-se selos próprios impressos com ajuda portuguesa.

Meu exemplar foi impresso no aniversário de um ano da independência. É difícil decifrar o carimbo, mas, com base em outros três carimbos que parecem estar no mesmo envelope, posso inferir que se trata de *Umuahia*, segunda capital de Biafra depois de Enugu. A ilustração lembra o quarto infantil bagunçado dos quadrinhos infantis *Calvin e Haroldo*[247]. O texto "Ajude as crianças biafrenses" não ajuda a tornar a mensagem menos estapafúrdia.

Certo é que não há motivos para fazer troça disso. A guerra civil era inevitável, entre outras razões porque o restante da Nigéria jamais admitiria que Biafra se apossasse das receitas do petróleo. Depois de muitos avanços e recuos nas frentes de combate, o Estado separatista viu ruírem seus planos e foi obrigado a pedir um cessar-fogo ao governo nigeriano.

Ojukwu fugiu para a Costa do Marfim e Biafra foi novamente incorporado à Nigéria em 15 de janeiro de 1970. Até então, mais de um milhão de pessoas haviam morrido, a maioria de fome e doenças.

No romance *Meio sol amarelo*, assim chamado em alusão à bandeira de Biafra, a escritora Chimamanda Ngozi Adichie afirma que a guerra também teve uma dimensão internacional, pois as grandes potências haviam contribuído fortemente com ambos os lados. A União Soviética, que se habituou a explorar as crises internacionais para aumentar sua própria influência, investiu na vitória da Nigéria enviando especialistas em armas, aviões de combate e bombas. A antiga potência colonial britânica, por sua vez, temia que os soviéticos cristalizassem uma posição forte na região e também decidiu contribuir fornecendo armas para os nigerianos. "Apenas para autodefesa, nada de bombas aerotransportadas e armamentos mais sofisticados", segundo o primeiro-ministro Harold Wilson.[248]

O governo britânico tinha outro dilema nas mãos. Como tantas vezes antes — e depois —, envolvia o petróleo. A França já havia tomado o partido de Biafra, e os britânicos temiam que suas petroleiras Shell e British Petroleum perdessem mercado para os concorrentes franceses caso Biafra vencesse a guerra. O fato de a China também enviar especialistas militares e armas para Biafra não facilitou as coisas.

Enquanto a Grã-Bretanha vacilava, a Europa ficava do lado de Biafra, especialmente as organizações cristãs. Pontes aéreas com missões de socorro foram organizadas para tentar reduzir o impacto da epidemia de fome.

Tacitamente, admitiu-se que oficiais europeus contribuíssem assessorando o modesto exército biafrense, que inicialmente contava com apenas três mil homens pouco versados em armas de combate modernas. Um desses oficiais foi o sueco Gustav von Rosen, que criou sua própria força aérea em pequena escala com aviões batizados de "Biafra Babies". Eram aeronaves de treinamento suecas enviadas via França, onde eram adaptadas com mísseis de ataque.

247 Av Bill Waterston 1985–1995.

248 Kwasi Kwarteng (2011): *Ghosts of Empire: Britain's Legacies in the Modern World.*

Na pior das hipóteses, a ajuda acabou prolongando a guerra, que terminou sem ter resolvido problema algum. Por outro lado, o conflito expôs os antigos interesses das potências coloniais na área. Oxalá os africanos tenham aprendido a lição sobre o que esperar desses interesses, para bem e para mal — de preferência, este último.

1968: Edição com bandeira e cientistas em comemoração ao aniversário da independência de Biafra

LIVROS

Chinua Achebe (1966):

Mønsteret rakner (O padrão está rachando).

Carl Gustaf von Rosen (1969):

Biafra. Som jeg ser det (Biafra. Como eu vejo).

Chimamanda Ngozi Adichie (2008):

Half of a Yellow Sun.

Apenas para autodefesa, nada de bombas aerotransportadas e armamentos mais sofisticados

HAROLD WILSON, PRIMEIRO-MINISTRO BRITÂNICO, SOBRE O ENVIO DE ARMAMENTOS AO LADO NIGERIANO

PERÍODO:

aprox 1800–1967

PAÍS:

YAFA SUPERIOR

POPULAÇÃO: 35.000

ÁREA: 1.600 km²

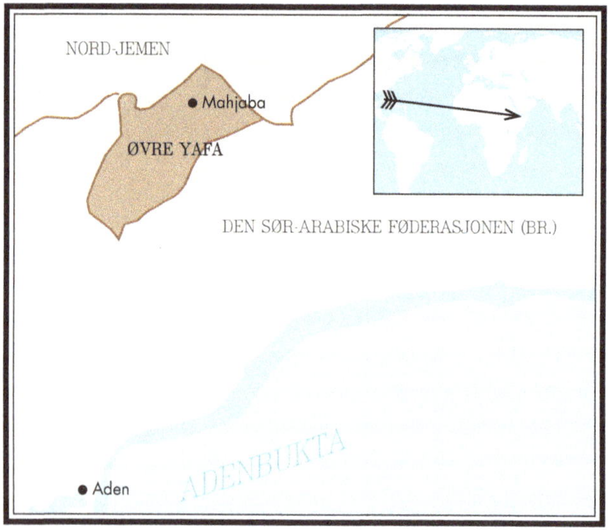

Casas de barro e selos extravagantes

A vila de Mahjaba *está localizada a 120 quilômetros da costa do golfo de Áden, num estreito desfiladeiro dois mil metros acima do nível do mar. Raramente é mencionada em mapas modernos e o número de habitantes é um mero palpite — talvez algumas centenas. Desde o início do século XIX, foi a capital do Sultanato de Yafa Superior, que reuniu as tribos setentrionais de Yafa.*

Mahjaba compreende duas dúzias de torres imponentes de até sete andares e parece uma Manhattan em miniatura. Os edifícios são assentados sobre pedras e elevados em tijolos de barro compactados de oitenta centímetros de espessura na base e quinze centímetros no topo, todos bem alinhados e rebocados com argamassa de argila local, que os transforma numa extensão natural da paisagem avermelhada ao redor. Aqui o concreto nunca chegou. Ainda bem, porque com sua resistência a altas temperaturas e sua capacidade de reter a umidade, nenhum outro material pode se comparar ao solo barrento quando se trata de resfriar e estabilizar a temperatura ambiente durante verões cujas temperaturas diurnas podem chegar a cinquenta graus.

São as mulheres que constroem as casas em Mahjaba. A escada interna é chamada *arus*, noiva.[249] As guarnições das janelas são decoradas no tom azul-claro do manganês, enquanto as lajes são delimitadas na fachada por linhas horizontais brancas. Na paisagem assombreada da encosta entre as casas

249 Salma Samar Damluji (2007): *The Architecture of Yemen: From Yafi to Hadramut.*

há trilhas serpenteando entre acácias, arbustos de tamarindo e, ocasionalmente, uma lavoura de milheto.

Yafa Superior tinha 1.600 km²— mais ou menos o tamanho da cidade de Londres — e abrigava entre trinta mil e quarenta mil habitantes. Todos eram muçulmanos ortodoxos, mas com um surpreendente pendor por superstições e misticismo, de tambores mágicos a danças da chuva.

Depois de colonizar Áden no início do século XIX a pretexto de combater a pirataria na área, os ingleses enfrentaram sultanatos vizinhos, inclusive longe do litoral. O sultão de Yafa Superior, *Qahtan ibn 'Umar ibn al-Husayn al-Harhara*, assinou um acordo de cooperação e defesa em 1903. Assim, a área tribal passou a fazer parte do protetorado britânico de Áden, pelo menos no papel. Até o ano de 1960, a área foi visitada apenas por um punhado de europeus. Eles retornavam dando conta de habitantes hostis e de estradas acessíveis apenas por burros ou camelos, e se queixavam do assédio permanente dos soldados do sultão.

Também havia conflitos tribais internos. A década de 1950 marcou uma série de rebeliões localizadas e, finalmente, uma revolta violenta contra o próprio sultão, *Muhammad ibn Salih ibn 'Umar al-Harhara*, que havia assumido a chefia da dinastia Harharah em 1948. Ele se viu obrigado a pedir ajuda aos britânicos, que enviaram caças-bombardeiros *Hawker Hunter* para deter os manifestantes. Muitas aldeias foram reduzidas a pó. Um oficial britânico envolvido na coordenação dos ataques resumiu o resultado: "O território permaneceu invicto e hostil, cheio de yafis corajosos e arrogantes".[250]

250 Donald S. Foster (1969): *Landscape with Arabs.* No original: "(The territory) remained unconquered and hostile, its valleys alive with vigorous, arrogant Yafais'..."

Em 1963, os britânicos reuniram os sultanatos da região na *Federação da Arábia do Sul*, mas o sultão preferiu aderir ao *Protetorado Árabe do Sul*, junto com outros estados menores, a leste, por causa das regras menos rígidas. Embora ainda estivessem sob o mandato britânico, os países eram quase soberanos. Assim sendo, em 30 de setembro de 1967, Yafa Superior decidiu emitir dez selos-modelo, ilustrados com a bandeira nacional em vermelho e verde e decorados com uma lua crescente e uma cimitarra. A medida parece fora de propósito, uma vez que o serviço postal, interno ou externo, era virtualmente inexistente. Yafa Superior não tinha um correio operante e então, como agora, não havia sequer uma caixa postal em Mahjaba. Na verdade, a ideia partiu da gráfica britânica Harrison & Sons, que aventou ao sultão a possibilidade de fazer um bom dinheiro vendendo os selos a colecionadores pelo mundo. O soberano achou ótimo.

O absurdo atinge o paroxismo algumas semanas depois, quando a série principal é secundada por selos cujos motivos são obras de grandes mestres da pintura universal. Um outro assinala o aniversário de cinco anos do assassinato do presidente Kennedy, e outro traz um moinho holandês. Meu exemplar é uma obra bem conhecida do impressionista francês Edgar Degas, na qual as bailarinas de tutu estão em completo descumprimento do código de vestuário muçulmano. Sorte do sultão que este selo nunca passou por seus domínios. O mais próximo a que chegou foi provavelmente Áden, onde os selos levavam o carimbo de Yafa Superior.

A brutalidade britânica na região gradualmente fortaleceu os movimentos anticoloniais e nacionalistas que se alastravam por todo o Oriente Médio naquele momento, personificados na figura heroica de Gamal Abdel Nasser. Depois de chegar ao poder no Egito, ele repeliu a tentativa de invasão por uma aliança entre Israel, Inglaterra e França, em 1956, um feito inédito.

O clima acabou contagiando toda a região de Áden. De nada adiantou aos britânicos continuar liquidando sistematicamente oposicionistas. Depois que o até então leal exército colonial amotinou-se, em novembro de 1967, estava acabado. Os britânicos retiraram-se da noite para o dia.

Todos os monarcas amigos da Grã-Bretanha na área foram derrubados e o sultão de Yafa Superior foi liquidado em 29 de novembro de 1967. O microestado foi dissolvido e incorporado à recém-criada *República Popular do Iêmen do Sul*, alguns anos depois renomeada *República Popular Democrática do Iêmen*. Apoiado em primeira hora pelos soviéticos, o país se tornou o primeiro e o último Estado marxista de todos os tempos no Oriente Médio.

A firmeza ideológica ruiu na década de 1990, quando a república popular foi fundida com o *Iêmen do Norte* para formar o *Iêmen*. Desde então, o país vem sendo devastado por sucessivas guerras civis. As tribos yafis também foram envolvidas. Enquanto os drones americanos passam zumbindo pelo céu, o poder vai passando de mão em mão nos emirados estabelecidos a esmo por diversos grupos islâmicos.

A cada ocasião, as perdas materiais são severas, para grande frustração dos habitantes locais. Resta a eles o consolo pelo fato de que as casas de barro podem ser reparadas e reconstruídas com relativa facilidade. Um monte de terra é um monte de terra. A qualidade é a mesma, seja o pó resultado de bombardeios ou da erosão natural.

1967: Edição ilustrada com as "Bailarinas", de Edgard Degas

LIVROS

Steven W. Day (2012):

Regionalism and Rebellion in Yemen: A Troubled Nation.

Salma Samar Damluji (2007):

The Architecture of Yemen: From Yafi to Hadramut.

O território permaneceu invicto e hostil, cheio de yafis corajosos e arrogantes

DONALD S. FOSTER, SOLDADO BRITÂNICO

Bibliografia

Aasen, Per Arne (1954). *Alfred Saker: Bantu-Afrikas apostel.* Stavanger: Misjonsselskapets forlag.

Abulafia, David (2011). *The Great Sea: A Human History of the Mediterranean.* Oxford: Oxford University Press.

Achebe, Chinua (1966). *Mønsteret rakner.* Tradução norueguesa por Carl Fredrik Engelstad. Oslo: Dreyer.

Adichie, Chimamanda Ngozi (2008). *Half of a Yellow Sun.* Nova York: Anchor Books.

Ahmida, Ali Abdullatif (2011). *Making of Modern Libya: State Formation, Colonization, and Resistance.* Nova York: State University of New York Press.

Alcabes, Philip (2010): Dread. *How Fear and Fantasy Have Fueled Epidemics from the Black Death to Avian Flu.* ReadHowYouWant.com.

Ali, Tariq (1985). *Et indisk dynasti: familiene Nehru og Gandhi.* Tradução norueguesa por Per Malde. Oslo: Aschehoug.

Åsbrink, Brita (2010). *Ludvig Nobel: "Petroleum har en lysande framtid": En historia om eldfängd olja och revolution i Baku.* Stockholm: Wahlström & Widstrand.

Andelman, David A. (2014). *A Shattered Peace: Versailles 1919 and the Price We Pay Today.* Hoboken, New Jersey: John Wiley & Sons, Inc.

Anderson, Ewan W. (2014). *Global Geopolitical Flashpoints: An Atlas of Conflict.* Nova York: Routledge.

Anderson, Lisa (1982). *The Tripoli Republic.* Wisbeck: Menas Press.

Anderssen, Justus & Henrik Dethloff (1915). *Frimerkesamlerens ABC.* Cristiânia: Aschehoug.

Anônimo (1792). "Om livet på plantagerne". Revista Minerva, Copenhague.

Anônimo (1875). *Sketch of the Orange Free State.* Bloemfontein: Brooks & Fell, Printers.

Awa, Okonkwo Okuji (2009). *My Journey from Stamp Collecting to Philately.* Lulu.com.

Baden-Powell, Robert (1957). *I livets skole: verdernsspeidersjefen Lord Baden-Powells erindringer med tegninger av forfatteren.* Tradução norueguesa por Claus Ths. Petersen. Oslo: Lutherstiftelsen.

Baldinetti, Anna (2014). *The Origins of the Libyan Nation.* Nova York: Routledge.

Baldus, Wolfgang (1970). *The Postage Stamps of the Kingdom of Sedang.* History and background stories of unusual stamps, n.º 4.

Barrett-Lennard, Charles Edward (1862). *Travels in British Columbia: with a narrative of a yacht voyage round Vancouver's Island.* Londres: Hurst and Blackett, Publishers.

Beaglehole, John C. (1961). *The Journals of Captain James Cook: The Voyage of the Endeavour 1768-1771.* Cambridge: Hakluyt Society.

Bechhofer, Carl Eric (1923). *In Denikin's Russia and The Caucasus 1919-1920*. Londres: W. Collins Sons & Co. Ltd.

Beck, Peter J. & Clive H. Schofield (1994). *Who Owns Antarctica: Governing and Managing the Last Continent*. Durham: University of Durham.

Begam, Nawab Sultan Jahan (1912): *An Account of My Life*. Tradução inglesa por C.H. Payne. Londres: John Murray.

Belfield, H. Conway (1902). *Handbook of the Federated Malay States*. Londres: Edward Stanford.

Berrichon, Paterne (1899). *Lettres de Jean-Arthur Rimbaud — Égypte, Arabie, Éthiopie*. Paris: Société du Mercure de France.

Biagi, Enzo (1964). *Storia del fascismo*, tomo 1. Roma: SADEA-della Volpe Editori.

Bird, Isabella L. (1883). *The Golden Chersonese*. Nova York: G. P. Putnam's Sons.

Bjøl, Erling (1986). *Imperialismen*. Oslo: Cappelen.

Blekhman, Samuel Markovich (1997). *The Postal History and Stamps of Tuva*. Woodbridge, Va: Scientific Consulting Services International.

Bongard, Terje & Eivin Røskaft (2010). *Det biologiske mennesket*. Trondheim: Tapir forlag.

Bortolotti, Dan (2008). *Wild Blue: A Natural History of the World's Largest Animal*. Toronto: Thomas Allen Publishers.

Bourke-White, Margaret (1951). *Gjennom India. Det nye India og Pakistan*. Tradução norueguesa por Pedro Rubio. Stavanger: Stabenfeldt forlag.

Bowles, Paul (1958). *The Worlds of Tangier*. Holiday 23, n.º 3.

Boyce, James (2010). *Van Diemen's Land*. Melbourne: Black Inc.

Brackman, Roman (2000). *The Secret File of Joseph Stalin: A Hidden Life*. Londres: Frank Cass.

Brebbia, Carlos A. (2006). *Patagonia, a Forgotten Land*. Southampton: WIT Press.

Breiteig, Bjarte (2013). *Île Sainte-Marie*. Oslo: Flamme forlag.

Brochmann, Georg (1948). *Panamakanalen*. Oslo: Dreyers forlag.

Bruun, Christopher (1964). *Soldat for sanning og rett. Brev frå den dansk-tyske krigen 1864*. Oslo: Samlaget.

Buvik, Per (2001). *Dekadanse*. Oslo: Pax.

Cameron, Stuart & Bruce Biddulph (2015). *SS Hungarian*. The Clyde built ships database.

Caulk, Richard Alan (2002). *Between the Jaws of Hyenas: A Diplomatic History of Ethiopia*. Wiesbaden: Harrassowitz Verlag.

Cavling, Henrik (1894). *Det danske Vestindien*. Copenhague: Reitzel.

Charriere, Henri (1971). *Papillon*. Tradução norueguesa por Axel Amlie. Oslo: Cappelen.

Chauvel, Richard (2008). *Nationalists, Soldiers and Sepa-*

ratists: The Ambonese Islands from Colonialism to Revolt, 1880-1950. Leiden: KITLV Press.

Child, Jack (2008). *Miniature Messages: The Semiotics and Politics of Latin American Postage Stamps*. Durham: Duke University Press.

Churchill, Winston (1946). *The Sinews of Peace*. Edição eletrônica por Rosetta Books, 2014.

Clarke, Robin (1992). *Vann: Den egentlige krisen*. Tradução norueguesa por Steinar Moe. Oslo: Aschehoug.

Clifford, Hugh (1906). *Heroes in Exile*. Londres: Smith, Elder & Co.

Cotton, Arthur (1894). *The Story of Cape Juby*. Londres: Waterlow & Sons.

Criscenti, Joseph (1993). *Sarmiento and His Argentina*. Boulder: Lynne Rienner Publishers.

Damluji, Salma Samar (2007). *The Architecture of Yemen: From Yafi to Hadramut*. Londres: Laurence King Publishing.

Davis, Hassoldt (1952). *The Jungle and the Damned*. Nova York: MA Duell/Sloan/Pearce/Little B.

Day, Steven W. (2012). *Regionalism and Rebellion in Yemen: A Troubled Nation*. Cambridge: Cambridge University Press.

Debo, Richard K. (1992). *Survival and Consolidation: The Foreign Policy of Soviet Russia 1918-1921*. Montreal: McGill-Queen's University Press.

Denikin, Anton I. (1922). *The Russian turmoil, memoirs, military, social and political*. Londres: Hutchinson.

_______. (1975). *The Career of a Tsarist Officer: Memoirs 1872-1916*. Minneapolis: University of Minnesota Press.

Diamond, Jared (2012). *Kollaps. Hvordan samfunn går under eller overlever*. Tradução norueguesa por Anne Arneberg. Oslo: Spartacus.

Di Lampedusa, Giuseppe Tomasi (1958). *Il Gattopardo* / (1985) *Leoparden*. Tradução norueguesa por Anna Margrethe Norum. Oslo: Aschehoug.

Dodd, Jan & Mark Lewis (2008). *Rough Guide to Vietnam*. Rough Guides UK.

Dowson, E.M. (1918). *A Short Note on the Design and Issue of Postage Stamps Prepared by the Survey of Egypt for His Highness Husein Emir & Sherif of Macca & King of the Hejaz*. Survey of Egypt.

Diamond, Jared (2012). *Kollaps. Hvordan samfunn går under eller overlever*. Tradução norueguesa por Anne Arneberg. Oslo: Spartacus.

Duly, Colin (1979). *The Houses of Mankind*. Londres: Thames & Hudson.

Eco, Umberto (1962). *Opera aperta*. Milano: Bompiani

Edmundson, William (2011). *The Nitrate King: A Biography of «Colonel» John Thomas North*. Nova York: Palgrave Macmillan.

Evans, Stephen R., Abdul Rahman Zainal & Rod Wong Khet Ngee (1996). *The History of Labuan Island*. Singapore: Calender Print.

Falk-Rønne, Arne (1975). *Reisen til verdens ende*. Oslo: Luther.

Fernández-Kelly, Patricia & Jon Shefner (2006). *Out of the Shadows: Political Action and the Informal Economy in Latin America*. Pennsylvania: Pennsylvania State University Press.

Feynmann, Richard & Ralph Leighton (1991). *Tuva or bust!* Nova York: W. W. Norton.

Fisher, Robert (2013). *German Occupation of British Channel Islands*. Stamps.org.

Fisher, Robin (1992). *Contact and Conflict: Indian-European Relations in British Columbia*. Vancouver: UBC Press.

Fliflet, Albert Lange (1967). *Kalevala*. Versão norueguesa. Oslo: Aschehoug.

Foster, Donald S. (1969). *Landscape with Arabs*. Londres: Clifton Books.

Frich, Øvre Richter (1912). *Kondoren. En Landflygtigs roman*. Cristiânia: Narvesen.

Furness, William (1910). *The Island of Stone Money*. Philadelphia: J. B. Lippincott Company.

Galeano, Eduardo (1992). *Latinamerikas åpne årer*. Tradução norueguesa por Arne Hem. Oslo: Pax.

______. (1999). *Ildens erindring 3: Vindens århundre*. Tradução norueguesa por Kai Swensen. Oslo: Pax.

Gerardi, Caterina (2013). *L'Isola di Rina. Ritorno a Saseno*. Roma: Milella.

Gold, Hal (2004). *Unit 731: Testimony*. Boston: Tuttle Publishing.

Grannes, Alf, Kjetil Rå Hauge & Siri Sverdrup Lunden (1981). *Som fugl Føniks. Bulgaria gjennom 1300 år*. Lysaker: Solum.

Grass, Günter (1999). *Blikktrommen*. Tradução norueguesa por Trygve Greiff. Oslo: Gyldendal.

Gribbin, John (1985). "Uncertainty that settled many a doubt". New Scientist 6.

Griffin, Nicholas, ed. (2002). *The Selected Letters of Bertrand Russell, Volume 2: The Public Year 1914-1970*. Londres: Routledge.

Haglund, Johnny (2003). *Forunderlige steder*. Oslo: Orion.

Hammer, S.C. (1915). *Wilhelm II. Et blad av Tysklands nyeste historie*. Cristiânia: Aschehoug.

Hamon, Simon (2015). *Channel Islands Invaded: The German Attack on the British Islands in 1940 Told Through Eye-Witness Accounts, Newspaper Reports, Parliamentary Debates, Memoirs and Diaries*. Barnsley: Frontline Books.

Hamsun, Knut (1903). *Æventyrland. Oplevet og drømt i Kaukasien*. Copenhague: Gyldendal.

Hansen, Thorkild (1968). *Slavernes skibe*. Copenhague: Gyldendal / (1969) *Slavenes skip*. Tradução norueguesa por Harald Sverdrup. Oslo: Gyldendal.

Hansen, Thorkild (1970). *Slavernes* **øer**. Copenhague: Gyldendal / (1990) *Slavenes øyer*. Tradução norueguesa por

Georg Stang. Stabekk: Den norske bokklubben.

Harding, Les (1998). *Dead Countries of the Nineteenth and Twentieth Centuries. Aden to Zululand*. Lanham: Scarecrow Press.

Hawkins, Peter (2007). *The Other Hybrid Archipelago: Introduction to the Literatures and Cultures of the Francophone Indian Ocean*. Lanham: Lexington Books.

Hewison, Hope Hay (1989). *Hedge of Wild Almonds: South Africa, the Pro-Boers & the Quaker Conscience, 1890-1910*. Londres: James Currey.

Heyerdahl, Thor (1970). *Ra*. Oslo: Gyldendal.

Hickey, Gerald Cannon (1988). *Kingdom in the Morning Mist. Mayrena in the Highlands of Vietnam*. Pennsylvania: University of Pennsylvania Press.

Hillcourt, William (1966). *Baden-Powell: mannen med de to liv*. Tradução norueguesa por Otto Minde. Oslo: Ansgar.

Hilton-Simpson, M.W. (1912). *Land and the peoples of the Kasai*. Londres: Constable.

Hol, Antoine M. & John A.E. Vervaele (2005). *Security and Civil Liberties: The Case of Terrorism*. Cambridge: Intersentia.

Hornung, Otto (1982). *The Man from Tierra del Fuego*. Stamp Collecting, July 1982.

Horsfield, Margaret & Ian Kennedy (2014): *Tofino and Clayoquot Sound: A History*. Madeira Park: Harbour Publishing.

Hughes, Gwyneth (1991). *Det røde imperiet: Sovjetunionens skjulte historie*. Tradução norueguesa por Per Kristian Gudmundsen. Oslo: Universitetsforlaget.

Hughes-Hallett, Lucy (2013). *The Pike: Gabriele d'Annunzio, Poet, Seducer and Preacher of War*. London: Fourth Estate.

Hull, Basset (1890). *The Stamps of Tasmania*. Londres: Philatelic Society.

Høiback, Harald (2014). *Krigskunstens historie fra 1500 til i dag*. Oslo: Cappelen Damm akademisk.

Idsøe, Olav (1978). *Et folkemord. Tasmanernes undergang*. Oslo: Dreyer.

Jensen, Carsten (1999): *Jeg har hørt et stjerneskudd*. Tradução norueguesa por Bertil Knudsen. Oslo: Forlaget Geelmuyden Kiese.

Johnson, Charles (1724). *A General History of the Pyrates*. Londres: T. Warner.

Kamal, Mohammad Arif (2014). *The morphology of traditional architecture of Jeddah: Climate design and environmental sustainability*. GBER, Volume 9, Edição 1.

Kaplan, Robert D. (1998). *Verdens ender: En reise ved inngangen til det tjueførste århundre*. Tradução norueguesa por Tor Edvin Dahl. Oslo: Aschehoug.

Kavanagh, Julia (1858). *A summer and winter in The Two Sicilies*. Londres: Hurst and Blackett Publishers.

Khan, Shaharyar M. (2000). *The Begums of Bhopal: A History of the Princely State of Bhopal*. Londres: I. B. Tauris Publishers.

Kieser, Hans-Lukas (2006). *Turkey Beyond Nationalism: Towards Post-Nationalist Identities*. Londres: I. B. Tauris Publishers.

Kingsley, Mary Henrietta (1897). *Travels in West Africa. Congo Français, Corisco and Cameroons*. Londres: Macmillian & Co.

Klingman, Lawrence & Gerald Green (1952). *Hans Majestet O'Keefe*. Tradução norueguesa por Odd Feydt. Oslo: Cappelen.

Knightley, Philip & Colin Simpson (1969). *The Secret Lives of Lawrence of Arabia*. Londres: Thomas Nelson & Sons.

Krebs, Gilbert & Bernard Poloni (1994). *Volk, Reich und Nation: Texte zur Einheit Deutschlands in Staat, Wirtschaft und Gesellschaft 1806-1918*. Asnières: Presses de la Sorbonne Nouvelle et CID.

Kwarteng, Kwasi (2011). *Ghosts of Empire: Britain's Legacies in the Modern World*. Londres: Bloomsbury.

Landro, Jan H. (1998). *Günter Grass*. Stabekk: De norske bokklubbene.

Lawrence, James (2006). *The Middle Class: A History*. Londres: Hachette Digital.

Lawrence, Thomas Edward (1927). *Revolt in the Desert*. Nova York: Doran. Tradução norueguesa por Olav Angell. Oslo: Gyldendal.

Leine, Kim (2015). *Avgrunnen*. Oslo: Cappelen Damm.

L'Estrange, M. & Anna Maria Wells (1850). *Heligoland or Reminiscences of Childhood: A Genuine Narrativeo of Facts*. Londres: John W. Parker.

Licht, Fred (1982). *The Vittoriale degli Italiani*. The Journal of the Society of Architectural Historians, Vol. 41, n.º 4.

Lie, Jonas (1940). *I «fred» og ufred*. Oslo: Steenske Forlag.

Linklater, Eric (1950). *The man on my back*. Londres: Macmillian & Co.

Lollini, Andrea (2011). *Constitutionalism and Transitional Justice in South Africa*. Nova York: Berghahn Books.

Luff, John N. (1899). *What Philately Teaches*. Nova York: A Lecture Delivered before the Section on Philately of the Brooklyn Institute of Arts and Sciences, February 24, 1899.

Luong, Hy V. (1992). *Revolution in the Village: Tradition and Transformation in North Vietnam 1925-1988*. Honolulu: University of Hawaii Press.

Løchen, Arne (1900). *J. S. Welhaven: liv og skrifter*. Cristiânia: Aschehoug.

Macfie, Matthew (1865). *Vancouver Island and British Columbia: Their History, Resources and Prospects*. Londres: Longman, Green, Longman, Roberts, & Green.

Magris, Claudio (1999). *Mikrokosmos*. Tradução norueguesa por Tor Fotland. Oslo: Cappelen.

Malleson, G.B. (1875). *A Historical Sketch of the Native States of India*. Londres: Longmans, Green & Co.

Malraux, André (1930). *La Vie Royale*. Paris: Grasset.

Manns, Patricio (1996). *Cavalier seul*. Paris: Phébus.

Manuhutu, Wim (1991). *Moluccans in the Netherlands:*

a Political Minority? Publications de l'École française de Rome, Volume 146, Numéro 1.

Mason, Francis van Wyck (1950). *Menneskevraket fra Dardanellene*. Tradução norueguesa por Sverre Ørn. Oslo: Bergendahl.

Mason, Wyatt (2003). *I promise to be good. The Letters of Arthur Rimbaud*. Nova York: Modern Library, Random House.

Maurer, Noel & Carlos Yu (2010). *The Big Ditch: How America Took, Built, Ran, and Ultimately Gave Away the Panama Canal*. Princeton: Princeton University Press.

Melville, Fred. J. (1923). *Phantom Philately*. Londres: The Philatelic Institute.

Meredith, Martin (2008). *Diamonds, Gold and War: The British, the Boers, and the Making of South Africa*. Nova York: PublicAffairs

Monro, Alexander (1855). *New Brunswick; With a Brief Outline of Nova Scotia. Their History, Civil Divisions, Geography, and Production*. Halifax, N. S.: Richard Nugent.

Morris, Jan (2001). *Trieste and the Meaning of Nowhere*. Nova York: Simon & Schuster.

Mullins, Greg (2002). *Colonial Affairs: Bowles, Burroughs and Chester Write Tangier*. Madison: University of Wisconsin Press.

Murakami, Haruki (1999). *Trekkoppfuglen*. Tradução norueguesa por Kari e Kjell Risvik. Oslo: Pax.

Mänchen-Helfen, Otto (1931). *Reise ins asiatische Tuwa*. Berlim: Verlag Der Bücherkreis GmbH.

Nanjee, Iqbal A. & Shahid Zaki (ukjent utgivelsesår): *Bhopal Puzzle*. Karachi: Stamp Society of Pakistan.

Nansen, Fridtjof (1927). *Gjennom Armenia*. Oslo: Jacob Dybwads Forlag.

Nassau, Robert Hamill (1910). *Corisco Days. The first thirty Years of the West Africa Mission*. Filadélfia: Allen, Lane & Scott.

Nielsen, Aage Krarup (1939). *Helvete hinsides havet: En straffanges opptegnelser fra Guyana*. Tradução norueguesa por Alf Harbitz. Oslo: Gyldendal.

Nielsen, Erland Kolding, Arild Hvidtfeldt, Axel Andersen, Tim Greve et. al. (1982). *Australia, Oceania og Antarktis*. Tradução norueguesa por Eldor Martin Breckan. Oslo: Cappelen.

Nielsen, Aage Krarup (1939). *Helvedet hunsides havet: en straffefanges optegnelser fra Guyana*. Copenhague: Gyldendal.

Nilsen, Edvard & Hans Vatne, ed. (1955). *Verden i bilder*. Oslo: Norsk faglitteratur.

Niiistö, Jussi (2001). *Bobi Sivén – Karjalan puolesta*. Helsinki: Suomalaisen Kirjallisuuden Seura.

Nordenskiöld, Adolf Erik (1880). *Vegas färd kring Asien och Europa*. Stockholm: Biblioteksförlaget / (1881) Tradução norueguesa por B. Geelmuyden. Cristiânia: Mallings boghandel.

Norman, Henry (1895). *The Peoples and Politics of The Far*

East. Nova York: Charles Scribner's Sons.

Ōe, Kenzaburō (1970). *Okinawa Notes*. Tokyo: Iwanami shinsho.

Olsson, Hagar (1940). *Träsnidaren och döden: berättelse från Karelen*. Stockholm: Natur och kultur.

Oterhals, Leo (2000). *Hvite horisonter*. Molde: Lagunen.

Packham, Eric (1996). *Freedom and Anarchy*. Nova York: Nova Science Publishers.

Pasternak, Boris (1958). *Dr. Zhivago*. Tradução norueguesa por Arne Gallis. Oslo: Gyldendal.

Perley, M.H. (1857). *A Hand-Book of Information for Emigrants to New-Brunswick*. Londres: Edward Stanford.

Plaatje, Solomon (1990). *The Mafeking Diary*. Cambridge: Meridon.

Powers, Dennis M. (2010). *Tales of the Seven Seas: The Escapades of Dynamite Johnny O'Brien*. Lanham: Taylor Trade Publishing.

Race, Joe (2010). *The Royal Headley of Pohnpei: Upon a Stone Altar*. Bloomington: Trafford Publishing.

Rainbird, Paul (2004). *The Archaeology of Micronesia*. Cambridge: Cambridge University Press.

Rauschning, Hermann (1940). *Hitler har sagt det*. Tradução norueguesa por Chr. A.R. Christensen. Oslo: Aschehoug.

Ricaurte, José Vicente Ortega & Antonio Ferro (1981). *La Gruta Simbólica*. Bogotá: Bogotá Banco Popular.

Rich, Edwin Ernest (1959). *The History of the Hudson's Bay Company*. Londres: Hudson's Bay Record Society.

Ritsema, Alex (2007). *Helgoland, Past and Present*. Lulu.com.

Rossiter, Stuart & John Flower (1986). *World History Stamp Atlas*. Londres: Macdonald & Co Publishers.

Russel, R.V. (1916). *The Tribes and Castes of the Central Provinces of India*. Londres: Macmillan & Co.

Rødder, Sverre (1990). *Min ære er troskap: om politiminister Jonas Lie*. Oslo: Aschehoug.

Røkkum, Arne (2006). *Nature, Ritual and Society in Japan's Ryukyu Islands*. Abingdon: Routledge.

Saint-Exupéry, Antoine de (1929). *Courrier Sud*. Paris: Gallimard / (1954) *Postflyveren*. Tradução dinamarquesa por Karen Nyrop Christensen. Copenhague: Stjernebøgerne, Ti danske forlæggeres bogklub.

______. (1939). *Terre des hommes*. Paris: Gallimard / (1952) *Sand, vind og stjerner*. Tradução norueguesa por Andreas Hoel. Oslo: Tanum.

Salamanca Uribe, Juana (2007): *La Gruta Simbólica. Una anécdota en sí misma*. Revista Credencial História, Edición 216.

Salgari, Emilio (1900). *Sandokan: Le tigri di Mompracem*. Genoa: Donath. / (2007). *Sandokan: The Tigers of Mompracem*. Til engelsk ved Nico Lorenzutti. ROH Press, rohpress.com.

Sampson, Anthony (1975). *The Seven Sisters: The great*

oil companies & the world they shape. Nova York: Viking Press.

Scammell, Michael (2014). *The CIA's 'Zhivago'*. The Nova York Review of Books, July 10, 2014.

Schimmel, Annmarie (1980). *Islam in the Indian Subcontinent*. Leiden: E. J. Brill.

Schrøder-Nilsen, Ingvald (1925). *Blandt boerne i fred og krig*. Oslo: Steenske forlag.

Schultz-Naumann, Joachim (1985). *Unter Kaisers Flagge, Deutschlands Schutzgebiete im Pazifik und in China einst und heute*. Munique: Universitas.

Scidmore, Eliza Ruhamah (1903). *Winter India*. Londres: T. F. Unwin.

Severin, Tim (1987). *The Ulysses Voyage*. Nova York: Dutton Adult.

Smedal, Gustav (1938). *Nordisk samarbeide og Danmarks sydgrense*. Oslo: Fabritius.

Smits, Gregory (1999). *Visions of Ryukyu: Identity and Ideology in Early-Modern Thought and Politics*. Honolulu: University of Hawaii Press.

Sokolow, Reha, Al Sokolow & Debra Galant (2003). *Defying the Tide: An Account of Authentic Compassion During the Holocaust*. Jerusalém: Devora Publishing.

Soljenítsin, Alexander (1972). *August 1914*. Tradução norueguesa por Ingvild Broch, Ragnfrid Stokke & Bjørn Valderhaug. Oslo: Tiden norsk forlag.

Sontag, Susan (1993). *Mannen som elsket vulkaner*. Tradução norueguesa por Ingrid Haug. Oslo: Cappelen.

Stehberg, Ruben & Liliana Nilo (1983). *Procedéncia antártica inexacta de dos puntas de proyéctil*. Série Científica del Instituto Chileno Antárctico, vol. 30.

Stiles, Kent B. (1931). *Geography and Stamps*. Nova York: Whittlesey house.

St. John, Spenser (1879). *The Life of Sir James Brooke, Rajah of Sarãwak, from his personal papers and correspondence*. Edinburgh: W. Blackwood & Sons.

Strandberg, Olle (1961). *Tigerland og sydlig hav*. Bergen: Eide.

Stuart, Graham (1931). *The International City of Tangier*. Redwood City: Stanford University Press.

Suver, Stacey A. (2012). *A Dream of Tangier: Revolution and Identity in Post-War Expatriate Literature*. Tallahassee: Florida State University.

Tacitus, Cornelius (98). *Germania* / (1935) *Germania*. Tradução norueguesa por Trygve With. Oslo: Johan Grundt Tanum.

Taylor, Alan J. P. (1971). *The Struggle for Mastery in Europe 1848–1918*. Oxford: Oxford University Press.

Tilaka, Laxmibai (2007). *Sketches from Memory*. New Delhi: Katha.

Tollefsen, Gunnerius (1963). *Men Gud gav vekst. En pionermisjonær ser seg tilbake*. Oslo: Filadelfiaforlaget.

Vizcaya, Benita Sampedro (2012): *"Routes to ruin"*. Artigo em LL Journal, Vol 7, n.º 2.

Von Rosen, Carl Gustav (1969). *Biafra. Som jeg ser det*. Tradução norueguesa por Øyvind Norstrøm. Oslo: Cappelen.

Wallis, Wilson D. & Ruth Sawtell Wallis (1955). *The Micmac Indians of Eastern Canada*. Minneapolis: University of Minnesota Press.

Walonen, Michael K. (2010). *Lamenting Concrete and Coke: Paul Bowles and Brion Gysin on the Changing Spaces of Postcolonial Morocco*. Helsinki: Universidade de Helsinki.

Ward, Ernest F. & Phebe E Ward (1908). *Echoes from Bharatkhand*. Chicago: Free Methodist Pub. House.

Wedel-Jarlsberg, Georg (1913). *Da jeg var cowboy og andre oplevelser*. Cristiânia: Norli.

Weicker, Hans (1908). *Kiautschou. Das deutsche Schutzgebiet in Ostasien*. Berlim: A. Schall.

Werfel, Franz (1965). *De førti dagene på Musa Dagh*. Tradução norueguesa por Charles Kent. Oslo: Den norske bokklubben.

West, Rebecca (1941). *Black Lamb and Grey Falcon*. Nova York: The Viking Press.

Wilson, Sarah Isabella Augusta (1909). *South African Memories. Social, Warlike & Sporting, from diaries written at the time*. Londres: E. Arnold.

Winchester, Simon & Aisin-Gioro Pu Yi (1987). *From Emperor to Citizen. The Autobiography of Aisin-Gioro Pu Yi*. Oxford: Oxford University Press.

Wold, Sidsel (1999). *Warra! Warra!: Da de hvite kom til Australia*. Oslo: Omnipax.

Wrigley, Chris (2002). *Winston Churchill: A Biographical Companion*. Santa Bárbara: ABC-CLIO.

Zelig, Leo (2008). *Lumumba: Africa's Lost Leader*. Londres: Haus.